夫人拈花惹草 4

風 文創 794

桐心 著

目錄

第三十一章

雲高華剛到府門口，就見到五娘的馬車快速的離開了。

「五姑娘出門了？」雲高華問管家。

「是，走的有些急。怕是煙霞山有事，小的們也不敢攔。」管家說了一聲。

雲高華點點頭，進了大門，隨後就對下人吩咐道：「請六姑娘來一趟。」

六娘手裡拿著針線，祖父的壽辰要到了，這件屏風也得趕緊繡出來才好。她唯一能拿得出手的，就是手藝了。

七蕊從外面進來，高興得差點跳起來。「姑娘，國公爺請姑娘過去一趟！」

「我？」六娘愣了好半天。「祖父叫我做什麼？」連她父親都少有這樣的殊榮，難怪她會詫異。

「不管為了什麼，國公爺能惦記著姑娘就是好事！」七蕊兀自歡喜著。

芳姨娘急匆匆地從外面進來，有些神思不定。「姑娘，要不要先去問一問五姑娘？」

六娘也沒多想，就道：「在自己家裡，能有什麼事？再說，五姊出門了，不定什麼時候才回來。」

芳姨娘小聲道：「國公爺一直也沒過問過姑娘的事，如今叫姑娘去，只怕是姑娘一輩子的大事。這事姑娘別抹不開面子，事關一輩子，怎麼都得小心謹慎著些。實在不行，等五姑娘回來，再商量著想辦法吧？」

六娘臉色一紅。「姨娘，要真是一輩子的事，也該先跟父親說才是。只怕是別的事也未可知，姨娘想多了。」

芳姨娘想想也對，就笑道：「我是個沒見識的，姑娘別在意我的話。」

雖是親生母親，但卻十分的小心翼翼。六娘心裡有些不是滋味，但還是帶著二喬，快速地去了前院。

雲高華見到這個小孫女，滿意地點點頭，已經是個大姑娘的樣子了。對待六娘，他完全不像是對待五娘一樣小心謹慎，直言道：「突渾國想要與我大秦聯姻，祖父想聽聽妳的想法。」

六娘一愣，迷茫了半天，才似乎意識到什麼似的，臉上的笑意一點點凝固住，滿是錯愕地看著被自己稱為祖父的老人。她不笨，祖父的意思她聽明白了。烏蒙和突渾都來了使者，祖父卻只提了突渾，這就是想叫自己和親突渾吧？

能答應嗎？

誰樂意去一個連語言都不通的地方？無親無故，恍若無根的浮萍，隨水漂泊。

能不答應嗎？

自己的父親只是庶子，從來都是看著祖父的臉色過日子。自己的親事還在祖父的手裡，這回若不能稱了祖父的心思，就算是留在家裡，可這以後的親事能好嗎？況且自己的姨娘還在這府裡，就算自己嫁人了，也不能帶著姨娘走啊！到那時，姨娘該怎麼辦？難道由著他們繼續磋磨？姨娘她生養了自己一場，不能叫她沒了結局啊！

看雲高華端著茶盞，若無其事的喝著，她張開嘴想說話，可突然覺得自己的嗓子像被卡住了似的，半點也發不出聲音。嘴唇動了動，連自己都聽不清自己說了什麼。

她覺得自己第一次這般的惶恐、這般的無助。

在這個家裡，她從不主動給人添麻煩，就那麼靜靜地活著，悄悄地長著。她不敢奢望從這個家裡得到什麼，哪怕就是嫁入貧寒之家，她也能甘之如飴。可是現在，被以這樣的方式，當作一個物件的方式交換出去……如鯁在喉，已經不能表達她此時的心情。

雲高華輕輕地將茶碗放在桌上。「妳回去好好想想，想好了再來回覆我。」

六娘不知道自己是怎麼走出來的。她不願意，但又知道反抗不得。不知不覺走到了田韻苑，香荽迎了出來。

「六姑娘來了，快進來坐著！今兒才從池子裡撈了兩尾魚出來，還真是巧了，都是鯉魚，有四、五斤重呢，留下一起吃飯吧？」

六娘僵硬地笑了笑。「五姊呢？什麼時候回來？」

香荽還真不知道自家姑娘什麼時候回來，但也沒瞞著六娘，小聲道：「是遼王府來人了，請我們姑娘去一趟。看著倒像是出了大事，什麼時候回來，還真不好說。」

原來不光是自己不太平，就是五姊也一腦門子官司。但是五姊從來沒說過這些糟心事，她能承受，自己為什麼就不行？

「那就算了。」六娘站起身，就朝外走去。不是所有的事情，都能由別人給自己拿主意的。

深秋，園子裡草木已經枯黃，即便灑掃的勤快，小路上還是鋪上了一層落葉。水紅的繡花鞋，在枯黃的樹葉上時隱時現，無端的叫人生出幾分徬徨之意。二喬並不知道國公爺跟自家姑娘說了什麼，但看姑娘如今的樣子，只怕不好。她回頭望了望田韻苑，怎麼五姑娘這麼不巧，偏偏不在了呢？

亭子裡，三娘一身素衣。她的頭上用絲巾包著，將一層才長到齊耳的短髮包裹在裡面。她看著六娘失魂落魄的一路走來，就出聲叫她。「六妹，妳這是怎麼了？」

瑪瑙小聲道：「聽說國公爺一回府就叫了六姑娘說話。」

三娘眼裡閃過深思，看著六娘恍若沒聽見她的話一般，從亭子前面緩緩地走過。二喬歉意地對著三娘行了禮，就起身追著六娘而去。

出事了！三娘馬上有了這樣的認知。她快速地站起身，吩咐瑪瑙。「打聽打聽，出了什麼事了？」

瑪瑙應了一聲，這還沒走呢，就見香菱帶著安兒走了進來。

安兒是雙娘身邊的丫頭，怎麼跟著香菱過來了？

「兩位姊姊怎麼一起來了？」瑪瑙開口就笑道。

香菱跟安兒對著三娘行了禮，香菱才道：「是安兒姊姊要找三姑娘。」

安兒上前一步，左右看看，見沒有外人，才道：「今兒宮裡有人給我們王妃送了消息，國公爺要叫六姑娘和親。」

「什麼?!」三娘不可置信，怪不得六娘失魂落魄。「可是已經定下來了？」

安兒搖搖頭。「我們王妃叫我轉告三姑娘，宮裡有人在御前攔了一下，還不曾定下來。」

不用說，能在御前說上話，還能冒險遞消息的人，只能是元娘。那這事，十有九做不得假了。三娘吩咐道：「回去稟告你們王妃，這些事情我已經都知道了。只叫她別跟著摻和，好好過自己的日子是正經。如今，解脫一個是一個。」

安兒聽著這話不祥，也不敢說其他，應了一聲，就趕緊告辭了。

香菱聽得膽戰心驚，可偏偏自家姑娘不在府裡。她知道自家姑娘跟六姑娘的情分，無論如何是不會看著不管的，於是馬上道：「我這就去打發人找我們家姑娘！」

三娘看著急匆匆離開的二人，眉頭皺了起來。祖父既然動了這樣的心思，那這事無論如何都沒有迴旋的餘地了。她先得去外院見見父親，才能知道實際是個什麼情形。

雲順恭想起老爺子所說的話，心裡還真是有幾分意動。聽了三娘過來，他沈吟半晌，才叫人帶了三娘進來。

「爹爹，祖父的意思，您可知道？」三娘著急地問道。經歷一番磨難，她越發的清瘦起來，人雖看著明豔，但一雙眼睛卻如同深潭，沒有一絲的波瀾。

雲順恭指了指邊上的椅子。「坐下說話。」

三娘心裡就有了不好的預感，她慢慢地坐下去，想聽聽從自己的父親嘴裡，又能說出怎樣一番道理來？

「不叫六娘和親，也不是不行。但是妳祖父既然在皇上面前開口了，咱們家要是沒點表示，可就有點說不過去了。叫六娘去，是因為六娘跟突渾國主年紀相當。要是你們都覺得六娘不合適，其實，也不是不能換人。畢竟，烏蒙才是最好的選擇。」雲順恭小聲道。突渾國主如今只是個傀儡，但烏蒙可就不一樣了。烏蒙的大汗耶律雄，可是位難得的英主，雖然年近四旬，但烏蒙卻是多妻的傳統，嫁過去也算不上受委屈。

三娘愕然地看向雲順恭，要是她沒理解錯，父親的意思是希望她能夠和親烏蒙吧？

「我是御賜了婚事的人。」三娘看著雲順恭道。父親真是瘋了！

雲順恭搖搖頭。「正是因為如此，妳才更應該找一條出路啊！難道真的要給一個反賊守一輩子？可要是不守，誰敢娶妳？妳難道真的要這麼過一輩子？爹爹不是養不起妳，可不能看著妳這般一個人孤零零的。如今有一條路，為什麼不試試呢？」

三娘心裡猛地一疼，她想起那個一走了之的人。為什麼他從沒想到他走了，自己怎麼辦？即便沒動過心，可好歹該給個交代的。如今的自己，誰見了不躲著？家裡的爹娘不會說什麼，但是祖父對自己是不喜的；家裡的姊妹也不會說什麼，但確實因為自己，讓她們飽受非議。

想要將自己身上貼著太子的標籤去了，除非是有一個光明正大的理由。比如和親。

和親是為了朝廷、為了這天下，所以，是占著大義。

三娘慢慢地閉上眼睛，她一瞬間就想明白了這裡面的事情，轉頭道：「祖父到底想從裡面得到什麼好處？」

「好處？」雲順恭搖搖頭。「說句大逆不道的話，對妳祖父的有些想法，爹爹也是不太贊成的。皇上跟烏蒙、突渾交好，不過是想通過兩方，給成家和戚家背後插上一根釘子。這本身沒錯，但是他覺得，皇上只要看重同這兩方的關係，那麼，就必然會看重雲家。」

「前提是，這個聯姻的人，必須是雲家女。」三娘自嘲地道。

雲順恭嘆了一聲。「可即便咱們不主動，難道就輪不到咱們雲家身上？皇上捨不得自己的公主，這宗親家又有誰捨得？皇上是跟臣子為難呢，還是跟宗親為難？這爹爹不用說，妳也該知道。可臣子家，除了咱們的身分夠，也沒其他人了。與其等著皇上點名，還不若自己主動一些。結果是一樣的，但主動得到的好處不是更多嗎？爹爹知道妳是個聰明的孩子，所以也沒有瞞著妳，一五一十地跟妳說清楚了。妳有凌雲志，可惜，被情愛所累，生生地折斷了翅膀。可不管是烏蒙還是大秦，皇家總歸是皇家，代表的權力是一樣的。若不出去，妳一生都將困在內宅，等著爹爹跟妳娘也去了，妳就得看著兄弟姪兒的臉色過日子。孩子，妳的性子爹爹知道，這樣的日子，妳肯定是過不了的。不是大秦才有皇后、才有太后的，烏蒙也有。妳身在烏蒙，其實能給家裡的幫助基本上沒有，而家裡能給妳的幫助就更沒有，爹爹沒想過靠著妳得什麼好處。儘管妳祖父說得天花亂墜，十分的誘人，可爹爹之所以意動，就只是覺得天無絕人之路。對六娘，和親是死局；可對妳，卻將妳的人生盤活了。」

雲順恭的話，就像是炸雷一般在三娘的耳邊響起。

心底的那份不甘，瞬間噴薄而出。

是的，對別人，也許是死局。但對於自己，卻無異於一次新生。

為什麼不試一試呢？

雲五娘討厭馬車，她心裡急得冒火了，但還得聽著馬車轆轆的聲音慢慢走。她此時對宮裡的事情一無所知，先前龍三來找她，她詢問對方，宋承明是否有消息來了？但龍三卻只低聲地說戴先生請她去一趟，有要事。若不是事情重大，龍三不會不告知她，因此五娘便匆匆出門來。

遼王府一直在建造，只是現在還沒建好，遼王在京城的班底就還在一個五進的宅子裡縮著。馬車本是要從正門而入的，被五娘給攔了，現在還講究那些虛禮做什麼？

下了馬車，戴先生已經在外面等著了。他一身文士服，顯得有些褶皺，看來很長時間沒有休息整理了。

「姑娘好。」戴先生客氣地行了禮。

五娘回了半禮，才道：「先生不用客氣，還是趕緊說正事吧。」自己不能在這裡待上太長的時間。

戴先生做了一個「請」的姿勢，請五娘去書房說話。

書房裡還有正忙碌的申一明申先生。

見他起身要行禮，五娘攔了。「忙吧，別管那些繁文縟節。」

落了座，戴先生就直言道：「姑娘，我們主子受傷了，這次傷得極重。」

五娘心裡已經有了預感，故而，她的臉色只是微微一變。「有多重？可有生命危險？」

戴先生和申先生對視一眼，才道：「休養半年，該是沒有大礙。不過……」

「不過什麼？」五娘不解地問道。休養半年，那就證明傷得確實不輕，但還不至於這副作態。

「這兩天摺子就會發往京城，摺子上寫的會比實際的傷勢重很多，還請姑娘有個心理準備。」申先生就低聲解釋了一句。

五娘眉頭一皺。「說實話，宋承明到底傷得怎樣了？」

戴先生咳嗽了一聲。「中了三箭兩刀。」

「什麼?!」五娘蹭一下站起來。「這樣了你們還說不重？」

申先生接過話。「跟韃子一戰，本來就已經精疲力盡，不想半路又被人劫殺……」

「誰？誰幹的？」五娘的眉毛差點豎起來。

戴先生被五娘的氣勢震懾，有點結巴地道：「是……是成家。王爺身邊的一個副將出了問題，只是剛好遇刺的地方緊靠著烏蒙……」

原來是出了叛徒！「既然能提拔成副將，必然是在遼東的時日不短了，怎麼會出問題？」五娘實在是不解。

「只怕是早年就埋下的釘子，應該是成家經手的。龍椅上那位再糊塗，也不會這個時候對王爺動手。」申先生嘆了一聲。「他現在還要我們給他守住北邊呢！」

「早不動手，晚不動手，卻偏偏在烏蒙跟大秦要聯姻的時候動手。」五娘抬頭，看向掛在牆上的地形圖。「看來，成家是想給朝廷和烏蒙之間製造點障礙。」

戴先生點點頭。「這次王爺身受重傷，我們的意思，是不是能將計就計？」

「將計就計？」五娘不解地看向兩人。「怎麼一個將計就計？」

申先生看了戴先生一眼，才咳嗽了一聲道：「如今的局勢，真是一觸即發。皇位上那位，難免將我們王爺當成手裡的利劍，以及手裡的盾牌，可如此一來，卻平白消耗了遼東的勢力。遼東不想被束縛，這是遼東將士上下一致的意思。」

「上下一心，這很好啊！」五娘看著兩人，有些不明所以。

「可是姑娘只要還在京城一天，王爺就得受制一天啊！」戴先生一著急就道。

雲五娘愣了一下，就有些明白了。宋承明不能明面上跟天元帝唱對臺戲，只要他還是大秦的遼王，那麼，比起成家和戚家，他就占著名分的優勢，不是反賊，不怕引來討伐；但另一方面，他又不想聽朝廷的調遣，不想成為天元帝手裡的提線木偶，那麼，他就不能有軟肋捏在對方手上。而自己，就是他的軟肋。

只要他面上不能跟天元帝翻臉，就必須遵從他的一些安排，比如，這親事，天元帝不叫成婚，這婚事就成不了，自己就得在京城壓著。就算自己不要雲家的這層身分，私自去了遼東，這婚事還是一樣名不正、言不順。

「你們到底想做什麼，直說便是。」五娘看著二人，道。

戴先生咬咬牙道：「沖喜！我們想打著沖喜的幌子，叫姑娘跟王爺早日完婚！」

什麼？雲五娘以為自己幻聽了。「我今年才十三歲。」完什麼婚？

申先生清咳一聲。「完婚就是定個名分而已，等姑娘及笄，再圓房不遲。再說，過兩月姑娘就十四了，不小了。」

雲五娘看著兩人，竟然說不出反駁的話來。「這是你們的主意，還是宋承明的主意？」

申先生深吸一口氣。「這是我們的主意，我們主子半點都不知道。但我想，姑娘應該能理解這種做法。」

戴先生跟著點點頭，這個黑鍋，他們為自己主子揹定了。

雲五娘狐疑地看了兩人一眼，也沒有深究的意思。不得不說，這算是一個不錯的解決方案。自己離了京城、離了雲家，不光是自己解脫了，其實金家也解脫了，不用處處受制於人，自然是再好不過了。

「這事是大事，我得跟我娘商量才能給你們答覆。」雲五娘沒有一口否決。這婚事已定，早一年晚一年，其實意義也不大。

兩人面上就一喜。「姑娘，這事越快越好。」

五娘看了看外面的天色。「晚上給你們回覆。」現在趕去煙霞山，時間上還來得及。

她沒有多停留，坐在馬車上出了城，就從馬車上下來，帶著春韭和海石翻身上馬，揚鞭而行。

金夫人看著還喘著粗氣的閨女，就遞了一杯茶過去。「妳是怎麼想的？」

雲五娘臉上露出幾分紅暈來。「其實，這不失為一個不動聲色的辦法。省得將來為了婚事，鬧出什麼扯皮的事。」軍前的將領，往往會把家眷留在京城，當作人質。將來萬一天元帝叫宋承明回京成親怎麼辦？成了親，不許自己跟著去怎麼辦？難道要撕破臉？撕破臉對遼東並沒有好處。

金夫人瞪了五娘一眼。「白眼狼！」怎麼就不想想，嫁了人，哪裡能想見娘就見娘的？

五娘喊了一聲冤枉。「娘留在煙霞山，都是因為我的緣故，我是娘的牽絆，我去了，娘就算為了金家，還待在京城，但卻可以來去自由了。而且，雲家妾的身分太委屈娘了，沒有我阻隔在中間，娘也能早早去了身上這層羞辱的枷鎖了。娘，這天大地大，何處去不得？從海上到遼東，還更方便呢！」

金夫人眼圈一紅。「原來妳想早點離開京城，是想叫娘早一點解脫。」

「娘，為了我，妳困在這煙霞山已經十三年，該結束了。」雲五娘拉著金氏的手道。

金夫人笑了笑。「娘暫時不會離開京城，但妳說的對，這京城就是我們母女的牢籠，掙脫了，天地自然就大了。」

「娘，我會好好的。」五娘輕聲道：「我會以雲家女的身分嫁給遼王，我還會跟著遼王再次回到這京城，金家的仇，我會報的。先帝為了他的江山，能滅了金家，女兒就能復仇，叫這江山易位。」

金氏搖搖頭。「要是想叫先皇這一脈死絕，娘有的是辦法，但娘為什麼沒這麼做？這些年來休養生息，倘若孤注一擲，未嘗就不能做到。可娘沒那麼做，一則是因為你們兄妹，娘冒不起一點風險。二則，就是為了這天下蒼生。皇帝若是死了，這天下想當皇帝的何止成家、戚家？到時候為了這麼一個位置而生靈塗炭，這卻不是娘的本意，也不合金家的家規祖訓。寶丫兒，妳記住，在大是大非面前，多大的家族私仇都不值一提。」

雲五娘鄭重地跪在金氏的腳下。「女兒領訓。」

金氏將五娘扶起來。「恰逢天下將亂，未來猶不可知。金家不會摻和這樣的內鬥，但妳嫁為人婦，就另當別論。只要謹記以蒼生為重，娘也就沒什麼可擔心的了。」

竟是答應了以沖喜為由，早日完婚的請求。

雲五娘伸手抱住金夫人的脖子。「娘，我捨不得妳……」

金氏哪裡又捨得？可宋承明這個主意卻沒錯，早一點跳出來，對大家都好。

「也就這兩年，等娘料理完京城的事情，就去遼東看妳。」金氏撫著五娘的背，安慰道。

母女倆正依依不捨，就見大嬤嬤進來。

大嬤嬤小聲道：「姑娘，綠菠那丫頭來了，急匆匆的，像是有什麼大事。」

五娘站好了，才道：「那就叫她進來吧。」

大嬤嬤出去，一會兒功夫就帶了綠菠進來。

綠菠行了禮，才對雲五娘道：「不好了，姑娘！國公爺想叫六姑娘和親突渾！」

五娘一愣。和親？

雲高華這手段，蠢得自己都想上去搧他！

這投機取巧、不幹實事的毛病，難為他這些年還能坐穩著國公之位。

六娘此刻坐在雲家三老爺雲順泰的面前，對自己的將來，六娘已經不抱希望了。

雲順泰看著六娘，好像才第一次意識到這個庶女已經長大了。他嘆了一聲，道：「妳放心，妳祖父跟妳說的事成不了，為父不會答應的！妳安心地在院子裡跟著妳姨娘，過些日子，為父就給妳訂親。親事不能跟妳的姊姊們比，只是為父朋友的一個庶子，過門後就給你們分家，家業沒多少，只能分三百畝的莊子，為父再給妳添點嫁妝，這日子也算能過了。那孩子為父知道，是個老實本分的，這樣也好，沒大本事，至少顧家……」

六娘愕然地看著說個不停的父親，眼淚就流了下來。她怎麼也沒想到，在自己都要絕望的時候，父親會是這個態度。

雲順泰的態度，不光是雲高華吃驚，就是雲順恭和雲順謹也吃了一驚。

「咱們雲家，不能幹這麼沒出息的事！拿自家的孩子出來賺名聲，這跟遇到狼了先把孩子放在狼嘴裡有什麼區別？說我自私也好，說我沒有大局觀也好，說我不顧家族都行，反正要拿我的閨女填坑，肯定不行！」雲順泰第一次在雲高華的壓力下，梗著脖子叫嚷。

雲高華臉上隱隱有些怒氣，哪裡有做兒子的將老子的面皮揭下來往地上踩的？他頓時惱羞成怒，拿起桌上的硯臺就朝老三砸了過去！

雲順泰躲避不及，眼看就要被砸在臉上了，老四雲順謹順手拉了老三一把，硯臺從耳邊劃過，砸在門邊的一個瓷瓶上，瞬間就都碎成了片，落滿一地。

雲順謹就皺眉道：「父親這是做什麼？這硯臺砸在腦袋上，可不是要了三哥的命？再說了，三哥一個做父親的，說的這話怎麼了？橫豎不能拿人家孩子餵狼了，當爹的還在一邊叫好吧？這跟畜生有什麼區別？別說三哥不同意，就是我也不同意！一屋子爺們，護不住孩子，還有什麼臉面活著？整天汲汲營營的算計，到底算計出什麼好來了？」

這可是撕破臉跟雲高華叫板了！

雲順恭見老爺子臉都白了，想來是氣得狠了，他趕緊緩頰道：「都坐下，坐下細說。六娘不用去了，我決定了，叫三娘主動和親烏蒙，三娘自己也是答應了的。」

雲順謹先是皺了皺眉，後來就有點明白雲順恭的意思了。不得不說，雲順恭這次的決定雖然狠心，但不啻為三娘找到了另一條出路。如今是山窮水盡了，但往前再走，未嘗不是柳暗花明？最關鍵的是三娘有這個心思，她願意為了前程拚一把。

雲順謹點點頭，隨後坐下來。「三娘的話倒也能行。烏蒙跟遼東挨著，兩邊有摩擦，也有交情。以後五娘在遼東，跟三娘不遠，相互有個照應，未嘗就沒有一條出路來。」

這話說到雲順恭的心裡去了。這些話他沒跟三娘說，因為在他看來，他這個做爹爹的不摻和，兩個女兒反倒好交流了。五娘畢竟對他這父親有心結，難免會以為這是自己強加給她的，這就不好了。不用管她們，而她們都是聰明人，聰明人自然知道該怎麼做的

雲順泰也點點頭，三娘跟六娘的情況不一樣，要是父親早一點將三娘擺出來，不就沒有今天這事了嗎？難不成搭上一個姑娘不夠，還得再搭上一個？

雲高華喘著氣，看著兩個兒子三言兩語就把這調子給定下來了，一點問他意思的打算都沒有，頓時就氣狠了。「這個家裡，還是老子說了算！」雲高華嘴角緊抿著，眼裡卻透著堅決。

這不是老糊塗嗎？雲順謹突然發現，祖父當年得有多無奈，才將手裡的軍權給上交了，因為後繼無人啊！

「那就您老說了算！」

一道清亮的嗓音從門外透了進來，是五娘。

大晚上的從煙霞山趕回來，看來是知道六娘的事了。

五娘掀簾子進來，身上還穿著騎馬裝，手裡拎著鞭子，進了屋子誰也不看，就看向雲高華。「這家裡，當然還是您說了算！」

誰都知道，五娘說的是反話。

雲高華一愣，就朝外喊道：「反了！外面的人呢？五姑娘過來為什麼不通報一聲？」

雲順謹白眼一翻，還用問嗎？人肯定被五娘給制住了！

五娘呵呵一笑。「祖父這裡的人，越發不濟了！我叫幾個丫頭將他們扔進水裡好好的清醒清醒，也叫他們知道知道輕重！」

幾個丫頭就把國公爺的院子給連鍋端了？雲順泰頓時就替自己那糊塗爹牙疼。也就是自己這一房弱，自己這個當爹的沒本事，六娘也乖巧，老爺子才敢打六娘的主意。換做四娘和五娘試試？還不得把整個國公府給掀翻嘍！

雲高華看著五娘的眼睛微微眯了眯，透著憤憤的危險目光。

但雲五娘哪裡鳥他？只順勢在一邊的椅子上坐了。反正這個家，自己馬上就要離開了，也顧不上什麼情面不情面的話。

「祖父可是覺得，我不該教訓外面的幾個下人？」五娘還是笑咪咪的，可這笑裡，卻透著一股子寒意。

「好好好！」雲高華怒極而笑。「真想不到，我雲家還能出這樣的姑娘！」

「雲家自是出不了我這樣的不肖子孫的。」雲五娘眉頭一挑，就道：「只能說，身上流著金家血的人，骨頭都太硬！」

雲高華又上下打量著雲五娘，雖是一張稚嫩的臉，但第一眼看到她，會叫人一瞬間忽視了她的長相和年紀，而是被她一雙寒潭一樣的眼神吸引了所有的視線。一身火紅的勁裝，手裡拿著一根黝黑的馬鞭，輕輕地拍著另一手的手掌，閒適而隨意裡透著肆意的張揚。

他的第一個感覺就是，這不是雲家的人，雲家的骨子裡沒有這樣的傲氣。

「看來妳也不贊成六娘和親？」雲高華問道。

雲五娘一笑。「這家裡，哪裡有我說話的分？我就是想說，要是我是六娘，我肯定不說不去，反正說了也沒用，大不了一根繩子吊死了乾淨，省得去那勞什子的地方活受罪！到那時候，聖旨已經下了，皇上等著雲家交出閨女來，祖父就把六娘的屍首往上一送……」

雲高華的臉都綠了。真要是六娘敢這麼幹，皇上會怎麼看自己？自己這個國公也算是做到頭了！「……我知道了。」他有些頹然。

五娘心道：這就是敬酒不吃吃罰酒了！好好地跟你說，你不聽，非得等到人出手教訓了才能學乖，白活了一把年紀了！她站起身來。「那祖父早點歇著吧！」說著，轉身就離開了。

雲順恭望著五娘離開的方向，怔怔的出神。以前都說，五娘像足了顏氏，今日再看，還真是誰生的孩子隨了誰，這分明又是一個金氏啊！

五娘才進了內院，就被三娘的丫頭珊瑚給攔住了。

「五姑娘，我們姑娘請您去一趟褚玉苑。」

雲順恭的意思，五娘剛才在外面已經聽到了，他想叫三娘和親烏蒙。五娘點點頭，道：「那就走吧。」

三娘自從回來後，就很少主動說話，也從不去幾個姊妹的院子裡玩。不論誰找她，十次裡倒有九次讓她找理由給推了。今兒主動找自己，也不知道為了什麼。

三娘坐在榻上，見五娘一身勁裝進來，她詫異了一瞬間，然後露出幾分異色。「這是騎馬回來的吧？」

五娘點點頭。「今兒有點急事，回了一趟煙霞山。香荽打發人追了我一路，心裡一急，可不就騎馬回來了嗎？反正晚上了，也沒人看得見。」

三娘微微一笑，就算有人看見，也不打緊。「明天，也教我騎馬吧？」

五娘一愣，就點點頭。這是為了和親以後，去烏蒙生活做準備。「他們都住著帳篷，逐水草而居。」五娘看著三娘道：「只怕，三姊需要學的還有很多。」

三娘點點頭。「氣候可以慢慢的適應，習慣也可以慢慢的改變。總比現在，跟一口枯井似的不起波瀾來得暢快。」

五娘理解的一笑。「那裡天高地廣，草原一望無垠，羊群散佈在草地上，跟移動的雲朵一樣。牧羊人騎著馬，唱著歌驅趕著牛羊，那也是一種美，自由的、少了束縛的美。沒有人會將妳圈在內宅裡，整天抬頭，就是四四方方的天，不會再覺得春天屋簷下添了一對燕子就叫人覺得驚喜了，那裡有數不清的鳥兒在天上劃過，很美！」

三娘發自內心的笑了，如果烏蒙確是這個樣子，那還真是一件美事。

「還有什麼習俗？妳跟我講講。」三娘看著五娘，將茶盞遞過去。

五娘低聲嘆道：「那裡不像咱們，恪守教化。她們沒有三從四德，不會在意女子是否有過婚配，也不會在乎女子是否在婚前忠貞。甚至於，在他們的習俗裡，還有一條，就是兄死弟繼、父死子繼。」

三娘眼裡閃過疑惑。「這個繼，指什麼？」

「財產，包括女人。」五娘的聲音很輕。

三娘的臉卻瞬間就白了。她看著五娘，想看看她是不是在開玩笑？

五娘抬頭看著三娘。「所以，三姊，妳剛才所說的那些習慣，都不算什麼，只有那些衝擊妳道德和認知底線的，才是妳真正要習慣的，妳如果接受不了這一點，遲早會把自己逼死的。烏蒙汗王已經快四十了，要嘛妳妥協，要嘛妳就得盡快生下兒子，順利地將兒子推上汗位。」

三娘的手一點一點攥緊。「五妹，妳總是這麼殘酷。」殘酷得不給她一點想像的空間。

殘酷嗎？或許吧。五娘扭頭看著三娘。「沒有哪條路是好走的，三姊。」她的頭不由得看向東北的方向，那裡等著自己的也不知道是什麼？她站起身來。「我大概也很快要離開雲家了，一旦分開，咱們姊妹再見……」也許就各有立場了。將來，是敵是友，尚且說不上。

三娘跟著站起來，面色一變，道：「妳也要跟遠哥兒一樣，不認雲家了？」

五娘搖搖頭。「三姊，時勢到了現在，雲家的事，還叫事嗎？」

三娘看著五娘的背影，眉頭就先皺起來了，她還不能完全理解五娘的意思。

皇宮。

天元帝拿著手裡的摺子，手都開始顫抖。「付昌九，叫簡親王進宮！」

付昌九不敢耽擱，飛快轉身就出去了。他知道皇上手裡拿著的是遼東來的摺子，只怕遼東又出大事了。

唉！還真是多事之秋啊！

付昌九剛趕到宮門口，遠遠地就聽見馬蹄聲，他心裡咯噔一聲，難不成又出什麼事情了嗎？等近前一看，竟是簡親王府的標記，這可真是太巧了！

簡親王見付昌九出現在宮門口，也嚇了一跳。「付公公怎麼這個時候在這裡？」

「正要去請王爺。」付昌九行了禮，就趕緊道：「皇上也正等著王爺呢！」

簡親王皺皺眉，腳下又快了幾分。「那就快走吧！」

天元帝見簡親王來得這麼快，就一驚。「你這是也收到消息了？」

簡親王就知道天元帝問的是宋承明的事，於是道：「只遼王的幾個下屬來了信件，說了遼王的傷勢，只怕是凶多吉少。他們要求……」

「要求什麼？」天元帝問道。

「要雲家的五娘馬上去遼東，要沖喜。」簡親王一嘆，這還真是個讓人無法對雲家和金家開口的要求。

天元帝眉頭一皺。「沖喜？這……」遼東送來的摺子上，只有傷情和事情的起因經過，但卻不知道遼東將士為宋承明提出這樣的要求來。他本來想答應，但心裡又不由得有些懷疑，真的就傷得那般重？重到了要沖喜的程度？萬一有詐呢？那麼，放了雲家五娘去遼東，遼王豈不是沒有什麼能挾制得住了？他沈吟片刻才道：「這事說起來，信則有，不信則無。沖喜這事，雲家的姑娘就算了，朕另外賜一個側妃過去也就罷了。」

簡親王心裡咯噔一下，這事只怕不行。「要是側妃過去，遼王有個萬一，遼東那些將士的怨氣可就衝著皇上來了。」簡親王看著天元帝道：「遼東距離京城實在太近了，咱冒不起風險啊！如今把穩比其他的都要緊。外賊已經來了，家裡的事情，是不是能放一放？」都是宋家的子孫，何必這般的防備呢？

天元帝嘴角一抿，簡親王的話也有道理。「先問問雲家和金家吧。若是雲家和金家不願意，這事也成不了。」

簡親王的臉色頓時就有些難堪了，都這個時候了，皇上還不忘提防遼王。問雲家和金家？有誰能捨得送十三歲的女兒去沖喜呢？弄不好就是守一輩子的寡啊！如果五娘不能去，那麼將來就算遼王出事，這個責任也會落在雲家和金家身上，與皇上無關。

這份心思，算計的可真明白。

簡親王不是沒懷疑過遼東來的消息的準確性，他也想到了宋承明可能會在其中動歪心思。可是，說實話，朝廷危難的時候，宋家自己人總比外人可信一些吧？

誰知道，皇上的心思還是這樣。

簡親王閉上嘴，什麼也不說了。皇上之前叫自己過來，大概就是想驗證這事的真假，因此哪怕自己心中有疑惑，這個時候，也不能說出來給皇上聽。

兩人簡單地說了幾句後，簡親王才出了皇宮。

元娘就從屏風後走了出來，問道：「您不希望五娘去遼東？」

「朕記得妳這妹妹還沒有及笄吧？年紀小了點。朕見妳捨不得妳家裡的六妹，這五妹只怕妳也捨不得吧？」天元帝嘆了一口氣。「這也是為了她好。萬一遼東有個什麼變故，也不能叫妳妹妹還沒開始的人生就先搭在裡面吧？」

元娘的神色有些緊張。「那還是先問金姨吧？我怕祖父會不念祖孫的情分……」五娘要沖喜的事情，希望金夫人能出面阻止一二。

天元帝心裡一跳，他還真把雲高華的作派給忘了！

元娘連夜叫人遞了消息給金夫人，金夫人只回了一句話——雲家的五姑娘是雲家的人，聽雲家的意見就行。

元娘對金夫人的回覆，心裡存了幾分疑惑。金夫人對五娘如何，她心裡知道，不可能不在乎五娘的將來。但如今卻這麼說，這裡面只怕有些文章。

天元帝問道：「怎麼了？」

元娘將話轉告了之後，就一臉無奈地道：「金家的招牌果然不是假的。為了一句當初對二叔的承諾，竟是真狠心不管五妹了。」

天元帝看了元娘一眼。「妳真這麼想？」

元娘搖搖頭。「我怎麼想，有那麼重要嗎？」要是重要，為什麼當初不直接拒絕叫六娘和親的事，而是叫雲高華回去問六娘的意見？看似給了自己臉面，其實什麼都沒有改變。元娘就用清淩淩的眼睛，這麼看著天元帝。

天元帝嘴角一抿。「妳還是怪朕？」

「我當初就說過，雲家叫我牽掛的不多，除了娘和哥哥，就是這幾個妹妹了。我不求她們能嫁給高官顯貴，只想著她們能平安。」元娘看著天元帝，她想為六娘做最後的努力。

天元帝拉了元娘的手，道：「朕封妳做貴妃好不好？」

這算是給自己的補償嗎？這就是事情再也無法更改的意思了。元娘的眼淚在眼圈裡轉了轉，然後點點頭。「……好。」無力回天，那麼，她只能抓住自己能抓住的。

天元帝伸手將元娘攬在懷裡。「對不起。」

元娘嘴角帶著笑意，眼淚卻慢慢地掉了下來。他是喜歡自己，但這份喜歡，遠遠不是全部。正如同自己，曾經對他動過心，可受到過傷害以後，就再也不能對他傾注真心是一樣的。

誰也不欠誰！

御書房。

雲高華愕然地看著天元帝，幾乎不能相信自己的耳朵。「遼王竟然已經到了要沖喜的地步了嗎？」現在的局勢怎麼會變成這樣？

天元帝看著雲高華，皺皺眉。「朕是問你，遼王府要求沖喜，雲家有沒有意見？朕記得雲五娘還沒有及笄吧？」

雲高華一愣。「是啊！五娘還沒有及笄。」說完，他又是一愣，原來是叫五娘現在跟遼王完婚的意思！他驀地想到了昨天在他的書房裡張揚肆意的五娘，心裡泛起了奇怪的感覺。「皇上，雲家世代忠良，遼王關乎大局，臣哪裡能因為心疼孫女兒而誤了大事呢？您放心，嫁妝老臣馬上就籌備，遼東隨時能來迎娶！」

天元帝真是覺得雲高華老糊塗了！他提示道：「你可要想清楚了，你那孫女有金家的血脈，這般沖喜的事，你要慎重。」

「皇上放心，雲家的孫女，是列在雲家族譜上的。雲家的主，老臣還能做！」雲高華說的斬釘截鐵。

這個聽不懂人話的老東西，真是越來越糊塗了！這雲家姑娘身上的靈性也不知是從哪裡來的？雲高華的父親，相傳是一位聰明到極致的人物，怎麼會生下這麼個蠢笨的兒子？簡直不可理喻！天元帝疲憊地擺擺手，看來，還真是天意了。

雲高華回到家，就叫人請了雲五娘。

五娘心裡有數，就帶著春韭和海石往前院而去。祖孫相對而坐，雲五娘感覺雲高華的姿態比以前高了很多，很有幾分高高在上的感覺。

「遼王出了這樣的事，實在是叫人遺憾。如今，遼東的局勢還離不了遼王，我的意思，咱們還是得以大局為重，完婚這事，不過是遲早的事，至於說沖喜不沖喜的……那都是一些無知的人嚼舌根呢，妳不要往心裡去。嫁妝的部分，因為時間緊，就只能是盡力而為了。五丫頭，妳可千萬別對家裡有什麼怨言才好啊！另外妳娘那裡，我還是希望妳勸勸，畢竟當初她帶著妳哥哥出府的時候就承諾過，妳的事情，她是不插手的，金家的話可得算話，也希望這個時候，她不要貿然地插手咱們雲家嫁女的事情。我也知道，現在跟妳說這些，實在是有些突然，妳心裡只怕一時也不好接受，但我要說的，還只是那一句話，大局為重。雲家的人，始終都得記得這一點。」

五娘心裡想笑，但又實在笑不出口。要不是知道這沖喜也是為了自己能脫身，真冷不丁地被自己的祖父這麼對待，還真有可能想不開。

不過，現在嘛，只能叫自己覺得解脫。

那些情分，慢慢的就這樣給磨掉了。

「我知道了。」雲五娘淡淡地應了一聲，然後就站起身。「這家裡的事情，自然該您老人家作主。」

「啊？」雲高華見雲五娘面無異色，心裡不由得閃過幾分驚愕。「啊！煙霞山，妳是不是暫時就不要回去了？叫人給妳娘送個消息就好。」

雲五娘詫異地看向雲高華。不叫自己回煙霞山，這就是懷疑自己會不答應，因而藉故躲在煙霞山。她不由得嗤笑一聲，道：「我要是想走，您覺得您能攔住？」連滿院子的侍衛都給你撂到池子裡去了，你有什麼資格說這樣的話？

雲高華一愣，繼而臉色就變得十分的難看，無法掌控的感覺讓他瞬間就脹紅了臉。

雲五娘走到門口才又回頭道：「雲家養了我一場，所以，您放心，我會安心待嫁，不會叫雲家為難，這也算是報答了雲家的養育之恩了。」恩情報完，那麼咱們以後，就橋歸橋，路歸路了。

雲高華聽明白了雲五娘的意思，嘴角抿了抿，好半天才說出一聲好。

雲五娘一笑，朝雲高華點點頭，就掀開門簾，走了出去。

春韭和海石就守在外面，兩人關切地看了一眼五娘。「姑娘！」

「走吧。」雲五娘給兩人一個眼色，叫她們知道，這裡不是說話的地方。才要出雲高華的院子，就見雲順恭從外面急匆匆的進來，見到雲五娘就先皺了眉。

「事情妳已經知道了吧？為父這就跟妳祖父好好說說，妳也先趕緊跟妳娘送個消息。沖喜這事咱不去！實在不行，送個側妃過去不就行了？」

雲五娘嘴角露出幾分嘲諷的笑意。「不用了，這事，我已經答應了。」

雲順恭一下子就站住腳，看著雲五娘。「妳這孩子，怎麼就幹這麼沒道理的事呢？這事我答應了嗎？妳娘答應了嗎？哪裡有妳說話的分！」

「我娘之前不是答應過雲家，我的事情，她不管嗎？金家人說話，什麼時候不算數了？」雲五娘看著雲順恭，在他的眼裡看到了尷尬和難堪。

他眼神閃了一下才道：「此一時彼一時，關乎妳的一輩子，誰還在乎當年的玩笑話？」

「玩笑話？」雲五娘呵呵冷笑。「我從小到大都不能見親娘，只一句玩笑話能解釋的嗎？」

「妳這孩子，揪著這些陳芝麻爛穀子的事做什麼？」雲順恭有幾分惱怒。「妳怎麼就不識人的好賴心呢？不管為父跟妳娘怎樣，這都是大人之間的事，跟妳有什麼關係？為父就算有千錯萬錯，這些年對妳總沒有錯吧？也許妳覺得為父對妳不及對三娘好，可妳也得看緣由啊，妳從小到大就是冷熱皆不上心的性子……」他喘了一口氣。「其他的事情，為父都能由著妳鬧騰，就這件事情不行。事關妳一輩子的大事，不能胡來！萬一遼王有個好歹，妳往後的一輩子怎麼辦？所以，在這事上，妳答應了也沒用！妳現在就去找妳娘，要是妳不去，我打發人去！」

「夠了！真的夠了！」雲五娘露出幾分嘲諷的笑意來。

「什麼夠了？」雲順恭看著五娘，他此刻確實是為了這個孩子好的。

雲五娘扭頭看著雲順恭。「十多年了，這對我娘來說，已經夠久了。」

雲順恭的臉色一下子就白了。「妳就是為了這個，才答應這件事的？」

雲五娘不置可否的笑笑。

雲順恭抬起手，就想朝雲五娘臉上掄過去，可是手舉在半空，又收了回來。他抹了一把臉，聲音都有些顫抖。「妳就這麼想叫妳娘跟我斷開關係？」

雲五娘看著雲順恭，只覺得噁心得不行。「本就不該存在的關係，該眷戀嗎？」

雲順恭指著雲五娘。「如果真是那樣，哪裡會有你們兄妹？誰都能指責我，就你們兄妹不能！」

雲五娘看著雲順恭。「是啊，你說的對，所以，我跟哥哥一出生，就帶著原罪，剝奪了親娘的幸福和自由，這種煎熬，我們受夠了。」

雲順恭認真地看著眼前的女兒，好似從來就沒有認識過一樣。父女倆對視良久，雲順恭才道：「我不會答應的！不管妳是什麼態度，妳娘是什麼態度！」說著，就大踏步地進了院子。

雲五娘回頭看了他的背影一眼，不以為然地搖搖頭，對海石和春韭道：「咱們走吧！」

第三十二章

雲五娘回到田韻苑時，三娘、四娘、六娘都已經在等著了，顯然，自己跟雲順恭說的話，已經傳到了她們的耳朵裡。

「妳是不是沒腦子？」四娘一把抓住五娘的胳膊。「我問妳，妳是不是沒腦子？妳知道這是要搭上一輩子的吧？啊？」

五娘笑了笑，順手就扶了四娘坐回去。「不是這次，也會是下次。反正總得被人賣了的，自己作主，心裡才能舒服兩分不是嗎？」

四娘的臉色一下就僵住了。是啊，三姊要和親烏蒙，六娘的事情還不知道最後的結果是什麼，對五娘來說，下次和這次比起來，哪裡才是好去處呢？

三娘的眼神閃了閃，她確定這事情裡，只怕有隱情。她想起五娘說過，她也會馬上離開雲家的話。那麼，也就是說，五娘是提早就知道消息的。既然知道了消息，那事情可能就不是大家知道的那個樣子。而且，金夫人能為了五娘在煙霞山待上十多年，她不信金夫人會看著自己的女兒往火坑裡跳。

「行了，五妹做事向來可靠，她能答應，必然有答應的理由。」三娘說著，就站起身。「既然知道妳心裡有主意，我也就不耽擱妳了。」

四娘一愣，三娘這是什麼意思？她還沒說話，就被三娘拽了起來。
「好了，五娘的事，咱們管不了的。」
四娘就這麼糊裡糊塗地被三娘拉出門。
五娘只含笑看著。「明兒咱們再說話。」
六娘有些忐忑地看著五娘。「五姊，真沒事嗎？」
「沒事。」五娘笑了笑。「妳的事怎麼樣了？」
六娘皺起眉頭。「我也不知道。但要是真走到那一天，我也不怕了。連三姊和五姊都不能左右自己的路，我順勢而走，說不定也是一條出路。」
五娘卻什麼話也說不出來，和親這事不定，什麼都說不準。要真是聖旨下來，還能真為了自己的前程抗旨不成？六娘做不出來的。更何況，三老爺對六娘有了維護之後，六娘就更不可能自私地將爹娘放在一個尷尬的境地了。
「五姊別為我擔心，父親正為我的親事忙著呢！許是順利一些，就能躲過去也未可知。」六娘說著，就笑了笑，只是臉上再沒有之前的無憂無慮。
她一向是個樂天的人，現在，連這樣一個人的快樂，老天都剝奪了。
目送六娘離開後，五娘就打發春韭去給遼王府送信，告訴他們，雲家已經答應了。至於雲順恭不答應的事，她一點也沒往心裡去。在雲家，雲順恭根本就不敢忤逆雲高華，不管他說的多麼的冠冕堂皇，結果都不會有什麼改變。

此刻的雲順恭跪在雲高華的腳邊。「父親，五娘不能沖喜！五娘走了，金氏就再也不會——」

「金氏、金氏！你就知道金氏！」雲高華抬腳就踹。「十多年了，金氏到底給雲家帶來什麼了？你告訴我，你得到一點好處沒有？」

雲順恭被一腳踹得向邊上歪了歪，又迅速跪好。「但只要金氏在，家遠就在！不管族譜上有沒有家遠的名字，說到底，他都是雲家的血脈！」

雲高華冷笑一聲。「沒錯，我以前也這麼想。好歹是雲家的血脈，骨肉相連，血脈相通，只要他稍微對雲家搭把手，都能叫雲家受益無窮。但是，我現在不敢這麼想了，我一點都不敢這麼想了。連在雲家長了十多年的孩子，都能轉眼背棄了雲家，你還指望一個沒在雲家一天的孩子，心裡能向著雲家不成？到現在，你還看不清楚形勢，不敢面對現實嗎？你也別打著為了雲家的幌子了，說到底，你心裡就是放不下金氏，是不是？你那點心思，別以為我不知道！你為什麼對那個怡姑跟別人不一樣？那是因為，這怡姑身上一定有跟金氏相似的地方！你的兒女如今也大了，轉眼你也是能做祖父、外祖父的人了，還放不下心裡那點癡念頭，真是白活了幾十年了！那金氏根本看不上你，眼裡根本就沒有你！那樣的女人，你也降服不住，你到底還要不要咱們雲家的臉面了？要不然，你現在去試試，跪倒在金氏的跟前試試，看看她會不會為了五娘妥協？」

雲順恭臉上顯出一股子不甘來。「她憑什麼不是我的女人？生了兩個孩子，憑什麼就不是我的女人？這一輩子，她生是我的人，死也得是我的鬼！除非我死了，否則，再是不會放她離開！不管爹您怎麼說，我說了不放手就是不放手！五娘的事，我不答應！只要五娘還在，金氏就走不了的！」

雲高華抬起一腳，就狠狠地又踹了雲順恭一下。「你要是還想活著，就離那個金氏遠一點！等她一點都不用顧忌家遠和五娘時，你的死期就到了！你別以為她給你生了兩個孩子就不會殺你！五娘才在金家待了多久，就已經開始敢對你動刀子了？還有五娘身邊的幾個丫頭，其中有三個自小就在五娘身邊，那幾個身上都是有功夫的！你這個當爹的究竟知不知道？這些人的來歷你應當清楚，是金家的人無疑！那麼你的身邊有沒有金家安插的人手？我的身邊又有沒有？你敢保證就一個都沒有嗎？但凡金氏想要你的命，那就是人家抬抬手的事！你還在這裡自以為是的叫囂，也不知道哪裡來的底氣？你要是想死，我不攔著你，但你也得清楚自己的分量，別拖著雲家跟著你一起倒楣！

「五娘已經是遼王妃，就算不去沖喜，難道留著還能嫁給旁人不成？已經有一個三娘作為例子了，你還想怎樣？也想將五娘這般的留下來？只是，下一次可沒有烏蒙這樣的和親，再給五娘也尋一條出路了！到那個時候，難道金氏真的就會留五娘在雲家做一輩子的老姑娘不成？告訴你，她敢將五娘接回金家，然後直接找個上門女婿，你信不信？留著五娘，你以為就能留住金氏？別忘了，金氏等的就是孩子長大！這種時候你還敢阻攔，你長腦子了嗎？

十多年了，你都沒本事將人家的心收攏住，如今箭在弦上了你才著急，但著急有個屁用！」

雲順恭雙拳緊緊握住，嘴唇越抿越緊，彷彿在說服雲高華，又彷彿是在說服他自己，呢喃道：「她不會殺我的，我是孩子的父親……」

雲高華恥笑一聲，也不跟他廢話了。「來人！將世子爺送回他的院子，沒有我的允許，不准他踏出房門一步！」

「父親！」雲順恭猛地站起身。「您讓我去一趟煙霞山，我要見一見金氏！沒有她親口說，我是說什麼也不會妥協的！」

雲高華挑眉看了一眼難得強硬的兒子，嘴角勾起嘲諷的笑意。「要去煙霞山？呵呵……好！可以。」說著，就看了一眼已經進來的侍衛。「送世子爺過去！」

雲順恭看了侍衛一眼，再也沒說什麼。他走出父親的書房，整個人還有些恍惚，心裡卻只有一個念頭，那就是——哪怕金氏厭惡自己、恨自己，可即便這樣，他也不能放她離開！

秋日的煙霞山，遠遠看著，是一幅黃綠相間的風景畫。到了山腳下的宅子，雲順恭就叫人遞了話，他要見金氏，為了五娘的事。原以為又要在這裡等很久，沒想到直接就有人來帶他上山，而侍衛已經被繳械，留在山下。

山路還是那條山路，十年前，他每個月都會找時間來這裡，儘管只是遠遠地看著，他也覺得心滿意足。那時候他還想著，精誠所至，金石為開，可日子一天天地過，那點最初的信念，也一點點的淡去了。他甚至想過，沒有哪個女人是能離得了男人的，她總有一天會主動找自己的；他也想過，任何一個女人都不會捨得自己的孩子，只要五娘在，她總會想要見見孩子，她總會回到雲家的。但是，時間只證明了這個女人有多麼的冷酷和無情。

山路上鋪了一層枯黃的樹葉，山風吹過，枝頭上已經泛黃的樹葉就隨風飄了下來，恍若偏偏起舞的蝴蝶。他又想起初見她時，她一身鵝黃的衣裙，風拂過裙襬，就彷彿她整個人都要飄起來一般。他以為他能讓她永遠停駐下來，但十幾年的時間，只證明了自己在她眼裡什麼也不是。猛然間他有些害怕起來，他有些後悔貿然地前來煙霞山，尋求那個早已經知道的、卻叫人不願意承認的結果。

金氏就坐在山頂樹下的石凳上，石桌上擺著茶具。黑色的衣裙滾著大紅的邊，這些年，每次見到她，她都是這麼一副打扮。

雲順恭站了半天，也沒見她抬頭看他一眼。他走了過去，坐在她的對面，見她篩茶的手都不曾有一絲一毫的停頓，就不由得朝她的臉上看去。

時光好似特別優待這個女人，她的臉一如既往的美。

「五丫頭的事情，妳知道了吧？」雲順恭先出聲問道。

金氏嗤笑一聲。「當初說好的，寶丫兒的事情，我不管的。」

雲順恭的嘴唇動了動。「彼一時，此一時，當初提那樣的條件，也不過是想叫妳早點回府裡，誰知道妳竟是個狠心的，真的十幾年不見女兒一面。如今，連這孩子也已經要嫁人了，咱們也不再年輕了，妳也生了這麼多年的氣了，差不多就叫它過去吧？家遠也該到娶媳婦的時候了，再這麼下去，就不好看了。」說得十分心平氣和，還有幾分語重心長。

金氏終於抬起眼睛，朝雲順恭看了過去。「別說那些有的沒的。家遠的婚事，跟你不相干。沖喜怎麼了？去不去遼東，結果都是一樣的。若是遼王活了，就叫他們好好過自己的日子；若是遼王不成了，大不了我跟皇上說一聲，叫遼王妃暴斃了，然後我帶著五娘去金家的地方。金家的好兒郎也不少，難不成還找不到一個如意的郎君了？只要出身金家的男子，沒一個敢嫌棄寶丫兒的過往的。如此，也能叫孩子長久地留在我身邊，我何樂而不為呢？難不成將她留在雲家，叫她繼續給你們家換利益？」

雲順恭愣然了一瞬，原來如此。他就說，金氏不可能看著五娘沖喜不管，原來她是打著這個主意！這麼一聽，似乎她確實沒有什麼理由不同意這事。

他硬著頭皮道：「叫我的女兒配給家將，妳是怎麼想這事的？我不同意！」

「你到底長腦子沒？」金氏恥笑一聲。「雲家的五姑娘，那時已經成為病逝的遼王妃。我的女兒，跟雲家可就再沒有絲毫的關係了！」

雲順恭的臉色變得更加的難看。

金氏又道：「金家的家奴，也都是堂堂的漢子，比起那些道貌岸然、內裡齷齪的世家子，可好上太多了！」

雲順恭臉上露出羞窘之色，想了半天才道：「那這麼些年，妳的心裡是不是也藏著什麼人？他是誰？也是金家的家奴？」

金氏沒有回答，只是冷冷地看著雲順恭，但心裡卻不由得閃過一個影子。自己心裡是不是有人？那個時候的她，滿心金家的仇恨，什麼情都還沒有生出來，就被這個人給生生毀了！「雲順恭，我得謝謝你。最初若是沒有這股子對你的恨，我不會硬挺著變成今天的我，你也算是成就了我。」要不然，我還是那個不知世事的我。金氏看著雲順恭，道：「你要是還不算蠢，就別摻和寶丫兒的事。放她順利地出了雲家，說不定我還覺得你有兩分人的心腸。」

「之後，妳會走吧？離開京城去找……」雲順恭握著拳頭問道。

金氏皺眉。「這跟你無關。」

「怎麼會跟我無關？」雲順恭激動地站起身來。「這些年了，我不信妳心裡真的一點都不明白？我心裡喜歡妳！不管有多少理由，那都是為了糊弄我父親的！若不是當初對妳動心，我不會幹出那樣的事！妳太高不可攀了，我只不過是走了一條捷徑而已！」

「捷徑？」金氏扭頭問道。「壞人家的清白，烈性的女人十有八九當時就一頭碰死了！還好，在我沒清醒的時候，就被顏氏砍了兩刀，才沒讓我一時激憤，羞辱得自盡！醒過來以後，我也想過要死，但是我不能，因為金家就剩下我一個人了，我死了倒是乾淨了，可金家怎麼辦？」

雲順恭失聲道：「妳竟然想過要死？我就那麼讓妳不能忍受？」

「很奇怪嗎？」金氏扭頭，問得很平靜。「大部分女人，不都是這麼選擇的嗎？你別告訴我，你不知道我當時的第一個念頭，就覺得你是想要滅了我們金家的，因為見我是姑娘家，所以還讓我在死之前被這樣羞辱一番。」

雲順恭搖搖頭。「我不知道！我當時遠遠地看見妳，心裡就不知道怎麼了……真的喜歡的不得了。妳知道的，妳在雲家的那段時間，我從來沒沾過任何一個女人，哪怕是顏氏，我也沒有！只要妳肯留下來，我一定會守著妳一個人過日子的！」

金氏臉上的嘲諷之色越發的濃了。「別說這些有的沒的了，我有多恨你，你比我清楚，還需要用什麼來證明嗎？非得殺了你嗎？不過你也放心，我不會殺你的。」因為殺你太便宜你了。再說了，自己閨女要成親，兒子也能娶媳婦了，就算是為了堵住天下人的嘴，到時孩子還是要象徵性的守孝的。孝道是大事，更有一句話是說「天下無不是的父母」，所以，哪怕雲順恭再怎麼混蛋，世人都只知道他是兩個孩子的親生父親。

他現在還不能死。

這般想著，金氏就站起身來。「還有一件事，我覺得還得告訴你一聲。你的怡姑，如今是別人的愛寵了。你要是現在趕回去，在你那個金屋藏嬌的小院子裡，說不定還能發現一個你意想不到的人。」

雲順恭不知道自己是怎麼下山的。金氏的態度，叫他心裡泛起了涼意和不甘。他回頭，看了一眼身後的煙霞山，眼裡的神色叫跟在身邊的侍衛都有些瑟縮。

「世子爺……咱們走吧？」那侍衛小聲地提醒了一句。也不知道世子爺有沒有感覺，反正他們這些習武的人一進入煙霞山的地界，頓時就覺得整個人身上的汗毛都豎了起來，這裡時刻都透露著一個訊息，那就是危險。

雲順恭點點頭，翻身上馬。金氏的無情，讓他一腔的羞憤不知道怎麼發作。他想起金氏的話——怡姑竟然背叛了他！

一個女人無情，另一個女人薄倖。

這對一個男人自尊心的打擊是巨大的。

對金氏我無可奈何，對於一個丫頭出身的怡姑，難道我還沒辦法嗎？

進了京城，天色已經晚了。

雲順恭帶著侍衛，直奔花枝巷。花枝巷裡有一個兩進的宅子，是他買下來安置怡姑的。宅院門外，還掛著有「雲」字的燈籠，在秋風裡，燈籠晃動，火光搖曳。

看門的小廝是從外面買來的，見了雲順恭臉色都白了，撲通一聲就跪了下來。

這不是擺明了裡面有鬼嗎？才要進去，那侍衛一把拉住雲順恭，指向一邊拴著的幾匹馬。

那侍衛過去，一把揭開裹在馬鞍上的坐墊，露出原木的模樣來——原來是馬鞍上有記號，被人用坐墊給遮擋住了。

雲順恭的眼睛眯了眯，難不成戚長天親自來了京城？這可是自己的親表兄，竟然幹出這樣的事來？好好好！他不由得冷笑一聲，還真是沒將自己放在眼裡啊！戚長天，你真是好樣兒的！

他退了出來，沒有進去。知道戚長天來京城的消息，可比收拾一個已經背叛的女人有價值多了。他看了一眼還跪在地上的小廝，朝侍衛使了一下眼色。

那侍衛一個手刀上去，那小廝就暈了過去。

「帶走！」雲順恭吩咐了一聲。這是唯一一個知道自己來過這裡的人，自然不能留下來。

另一個侍衛進了門房，將裡面的東西一股腦兒地收拾了出來，做成逃跑的假象，一行人這才轉身，迅速退了回去。

戚長天的對面，坐著一個年逾四旬的中年漢子。這漢子白面無鬚，透著幾分儒雅之氣。

「楊相國。」戚長天微微一笑，端起酒杯致意。「咱們也算是比鄰而居，突渾卻千里迢迢來給貴國國主選王后，豈不是捨近求遠？」

楊興平舉杯一口將酒喝了，笑道：「這樣的大事，作為臣子的自然是聽從國主的意思。

臣下有臣下的難處，還望侯爺體諒啊！」

戚長天十分不以為然。「楊相國謙虛了，在突渾國，誰不知道你楊相國的威名？不瞞大人說，在下有一幼女，愛若珍寶，若是有幸能與突渾結親，那咱們可就真是一家人了！」

突渾與戚家的地盤緊挨著，有來往也有摩擦，皇上想通過突渾制衡戚家，戚長天又怎麼會坐以待斃？

楊興平呵呵一笑。跟戚家交好？戚長天可不是一個好相與的角色，別成了引狼入室才好！畢竟要真是結親，娶戚家女兒的可是國主，有戚家支持的小國主，還能容得下自己這個老相國嗎？但自己卻不能表示反對，省得將人得罪了。他搖頭道：「侯爺說笑了！」說著，就將視線對準了邊上倒酒的女人。這女人一看就是良家出身的婦人，正是自己所喜歡的類型，看來這位戚家的侯爺也算是費了心思。

戚長天的眼裡閃過一絲暗光，他給怡姑使了個眼色，就裝作酒力不勝，起身轉了出去。

怡姑的手緊緊地攥在一起，這是將自己當作窯子裡的姊兒了嗎？

「怎麼？不願意伺候我？」楊興平看著怡姑的神情問道。

怡姑臉上的笑再怎麼也維持不住了。「我不是那樣的人。爺要是喜歡，我可以給爺找……」怡姑面上的神情越發的尷尬了。她恨雲順恭護不住她，在顏氏攆她之後半點沒有相救；她更恨戚長天，將自己當作一個物件般的擺弄。可她也是在大戶人家長大的，普通人家的當家太太都沒她體面，更不及她的見識和修養，讓她就這麼自甘墮落，這絕不是自己想要的結果。

楊興平看了眼前這個女人一眼，進退有度，完全一副出身大家的女子作派。他伸手，抬起她的下頷，眉眼秀麗，雖然並不驚豔，但叫人覺得舒服。

「可願意跟著我？」他問道。他的妻子幾年前就病逝了，這些年，再沒遇見一個可心的。他每天忙的事情夠多了，沒心思跟年輕的小姑娘費心思，這個女人就剛好，知道怎麼服侍人，受過苦、吃過虧，就不會再奢求不屬於她的東西。

怡姑的面色瞬間就白了。

楊興平輕笑一聲。「妳別誤會。五年前，我妻子病逝了。我有三個兒子，都是嫡子，如今都成親了，大孫子也到了進學的年紀了。這些年我身邊也沒什麼女人，妳要願意跟著我，也不能叫妳沒名沒分，會正經地娶了妳做二房，若是以後有個一男半女，我也會儘量的安置妥當，也好叫妳有個依靠。妳自己想想，我今兒就在外面的榻上歇著了，要是走了，又得有人為難妳。妳放心去裡面吧，我不是那不知禮的人。」說著，就站起身，兀自去了榻上。

怡姑整個人都愣住了。跟了雲順恭這麼些年，也沒見他說給自己一個名分，可猛地遇見的這一個人，卻說要給自己一個名分，她一時間五味雜陳。她不是沒見識的人，剛才兩人的談話她也聽見了，這人是突渾的楊相國！

突渾的事，她聽戚長天說過不少，知道這個人在突渾擁有怎樣的權勢。

「我不是姑娘家了，我的出身也不高，我……」怡姑雙手絞著帕子，突然之間就有些忐忑。

「我知道。」楊相國輕聲地笑了一聲。「突渾沒漢家這麼些講究，妳不需要擔心。再說了，去了突渾，能認識妳的人只怕不多了。像妳這樣的內宅女人，本來就沒多少人認識，去了突渾，就當是新的開始了。」

「可是我聽說，雲家有叫孫女和親的準備，而我跟雲家有些淵源。」怡姑轉過身，看著躺在榻上的男人，心都跟著提了起來。

「雲家？」楊相國挑挑眉。「這個我知道，是想叫雲家三房的庶女和親吧？」

「是。雲家的姑娘都是好的。」怡姑的心神恍惚了一下。「六姑娘性子最和順，可惜了……」

楊興平不由得笑了一聲。「妳跟雲家的淵源還真是有些深。」都這個時候了，還想著人家的姑娘如何了？

怡姑的神色越發的奇怪，從骨子裡，她一直將自己當作了雲家的人。

楊興平慢慢地閉上眼睛，心裡卻一點都沒閒著。

戚長天的意思肯定不行，但這個雲家的女兒，卻也不是不能考慮。

雲家的姑爺，要嘛是簡親王，要嘛是遼王，剛剛得到消息，恐怕又要添一個烏蒙的大汗。這樣人家的姑娘娶回突渾，誰又能說自己不為國主考慮呢？可實際上，雲家庶子的庶女，半點權力都沒有，對國主根本就沒有什麼助力，這對自己而言，是一件好事。

十四歲的國主，急切地想透過聯姻爭取外援，好順利親政。要真是跟戚家聯姻，那麼戚長天可真就有機會插手突渾的內政了，這是他絕對不允許的。相比而言，當然是雲家的姑娘，更符合自己的利益。

而雲家此刻，外面不管怎麼亂，內宅都已經開始準備雲五娘的嫁妝了。

顏氏還不能下床，請了雲五娘過去，說道：「妳有什麼條件，就儘管提。」三娘和親的事，她早已經知道了，雖然捨不得，但還是沒有反對。她知道，這對於自家的閨女來說，是一個機會。而一旦去了烏蒙，那真是天高皇帝遠，自己就算有心，也確實無力。就算遇到什麼事情，自己別說幫忙了，只怕想要知道，也是不容易的。

但是五娘卻不一樣。遼東緊挨著烏蒙，有五娘這個遼王妃，三娘在烏蒙才算有了點底氣。就算遼王真的出事了，五娘還有金家，金家的生意遍佈天下，指不定，三娘就有用到的地方。因此對待五娘，她還是一百二十個用心的。

五娘的眼神閃了閃，就搖搖頭。「我也知道時間倉促，就顧不得那些個講究了。準備什麼，我帶什麼便是。」

顏氏點點頭。「那我就知道妳的意思了。」給再多的鋪子、田產，難道還能帶到遼東去？自然是有現銀最好了。

可說句實在話，五娘壓根兒就沒打算帶雲家的一針一線走。

雙娘收拾了東西，要回雲家，她對簡親王抱怨道：「您該早點跟妾身說一聲的。」五娘這一走，再見面還不知道是什麼時候的事呢！想起姊妹們各自離散，以前在閨閣中的那點事情，還真不能叫事了。她看著多寶槅架子上那一對玉石榴，眼圈不由得就紅了。正說話，就聽見門外傳來稟報之聲。

「大姑娘來了。」

大姑娘就是簡親王的庶女，宋錦兒。

雙娘收起了對簡親王的怨怪之色，端出幾分親和的笑意來。

宋錦兒一身大紅的衣衫，急急火火地走了進來，雙娘的眼睛閃了一下。自己在閨閣的時候，就很少穿大紅之色，因為有三娘這個嫡女在，風頭不能過了吧？嫁進了簡親王府後，因為自己是繼室，為了叫嫡子心裡舒服，她除了新婚前三天，之後就將大紅之色都收了起來。

可宋錦兒彷彿知道自己在避諱什麼，在自己面前，從來都是這般大紅大紫的打扮。但說真心話，穿大紅色，她不及三娘豔麗；穿大紫色，她也穿不出五娘的貴氣。所以，雙娘院子裡這些從雲家帶來的丫頭，對於宋錦兒這打扮，一直就觀感一般，她想要炫耀的心思，是一點兒也沒有達到。

「大姑娘來了。」雙娘指了指一邊的椅子，一點都不介意她進來後只給她爹福了福身，一點兒也沒顧忌她這個繼母。這種既衝動、又沒腦子的姑娘，雙娘懶得跟她計較。

簡親王的臉色卻難看了起來。「妳的規矩學到狗肚子裡去了？沒看見妳母親也在嗎？」

雙娘就先尷尬了。當著後娘訓孩子，人家該當是她這個後娘又給吹耳邊風了。「在自己家裡，要那些虛禮做什麼？出去不走樣就好了。」說著，就轉移話題，問宋錦兒道：「大姑娘怎麼這個時候來了？可是有事要找王爺？要不，我先避避。」嘴上說著客氣話，但也沒真的就走開了。

簡親王卻道：「妳是做母親的，哪有妳迴避的道理？」說完，才扭頭瞧宋錦兒。「怎麼了，這麼急急忙忙的？」

宋錦兒瞥了一眼雙娘，敷衍地福了福身，才轉頭對簡親王道：「父王，聽說朝廷要和親？」

簡親王點點頭。「妳什麼時候開始關心起朝廷的事了？」這孩子嘴饞身懶，什麼本事沒有，好吃懶做倒是十分的拿手。以前老覺得還小，學不學的沒關係，結果現在連個帕子她也繡不了。這宋家的江山在的一天，自己就還是簡親王；要是這江山沒了，自己閨女這樣的，就算留下命來，估計也活不了。什麼也不會，除了吃喝玩樂，真是自己連衣服也穿不到身上，他都快為這個不省心的愁死了。

宋錦兒面色一白。「皇上不會叫公主和親的！」

這不是廢話嗎？這世上有幾個狠心的爹會這麼幹？

捨不得自家的孩子，就只能拿別人家的來代替了。他猛地明白過來，她這是怕皇上會拿宗室女替公主吧？

宗室女，這肯定可以。有些爵位低的，靠著這事，叫皇上升一升爵位，這也算是划算的買賣了。但是自己這個做爹的在閨女心裡就是個賣女求榮的人不成？再說了，就算他真是這樣的人，可自己的爵位已經到頂了，還能求什麼？

還真是沒腦子！簡親王嘆了一聲，正要說話，就聽宋錦兒又道——

「雲家不是要嫁女兒嗎？一個和親跟兩個和親也沒多大的差別吧！」

雙娘的臉一下子就拉了下來，眼淚在眼眶裡打了個轉，朝簡親王看了一眼，就起身去了裡間。還真是讓人寒心啊！

簡親王當即就變了臉色，吩咐道：「送大姑娘回院子！沒有本王的允許，不許出來！」

這才要進屋子去看雙娘，就見雙娘已經收拾妥當，從裡面出來了。

「王爺，我要回雲家一趟，去看看我那些即將和親和沖喜的妹妹了！」雙娘微微地欠了欠身，就直接往外走。

說話帶刺了，就證明上心了。

「那就是個不懂事的！」簡親王一把拉住雙娘的胳膊，柔聲道：「妳何必跟個孩子計較？」

雙娘垂下眼瞼，才要說話，宋錦兒就衝了過來，不知怎麼的，整個人朝雙娘撞了過去！

簡親王一愣，一手拉著雙娘，一手拉著宋錦兒。

但宋錦兒也是個大人了，將雙娘撞得肚子一下子就頂在桌子角上，頓時疼得雙娘的臉都變了顏色。

「有人絆了我一下……我、我不是故意的！」宋錦兒也嚇了一跳。剛才確實有人絆了她一下，這會子看著雙娘的樣子，自己先嚇住了，趕緊解釋道。

簡親王心裡一跳，也顧不得宋錦兒，他見雙娘臉都白了，就知道只怕是嚴重了。他趕緊將雙娘抱了起來，朝外喊道：「叫太醫！快傳太醫！」

雙娘疼得厲害了，終於發覺事情不對了，自己的肚子疼得不正常！

可是這也不對，自己明明服了避孕的湯藥，怎麼會懷孕？……是了！藥被人動了手腳！這是有人要挑起自己這個繼室王妃跟元配嫡子之間的矛盾呀！世子爺這會子最不想看到的，就是自己添孩子！不用問都知道，算計自己的不外是後院的側妃。她不敢昏睡過去，果然，就見太醫來得極快，這實在不尋常！

「安兒！」雙娘用盡全力喊了一聲。「帶我回雲家……快！」

簡親王一愣，這是做什麼？他狐疑地看向好似早就在大門口等著的太醫一眼，有些明白雙娘的意思了。但不管怎麼說，也不能叫雙娘這麼回雲家。

「別怕！」他抱著雙娘直接去了外院自己的院子，打發隨從道：「親自去興安堂請大夫！」興安堂跟金家應該有些瓜葛的，他小聲地跟雙娘解釋一句。並不是他就沒人可用，而是叫雙娘信任的，還得是跟雲家有關的。果然見雙娘神情一鬆，眼睛也慢慢的閉上了。

不過他的心裡還是挺不是滋味的，自己這個丈夫，還不如她那幾個姊妹叫她信得過。

大夫來的不慢，可到底晚了。雙娘身下已經見紅，孩子還是保不住了。

「只要養好了，倒是沒有大礙。」那大夫的面色看不出別的，只是道：「不過，這促孕的藥物，還是別再用了。」

促孕？安兒趕緊將雙娘避孕的藥拿出來。「大夫，煩勞您給看看，這藥……」

那大夫微微皺眉，將藥聞了聞。「原是避孕藥，這藥包上還留著味呢，可如今換成促孕藥了。」

安兒臉都白了，這藥可都是她管的！她瞬間就跪了下來。「姑娘……」

「起來吧。」雙娘擺擺手。「連妳都不信，我還能信誰？跟妳無關。」

簡親王面色也冷了一下。「這事妳別管了，爺會看著辦的。」

雙娘眼睛一閉，什麼也不想說了。

五娘隨後就收到雲家遠遞來的消息，才知道雙娘流產的事情。這事還得娘家人出面，因此她直接去跟莊氏說了。「我現在出門也不方便，怕是還得四嬸去瞧瞧。」

「我還道雙娘是個有運道的，沒遇上妳們幾個姊妹這樣的糟心事，誰知道，她那邊也一樣的不省心。」說著，莊氏就紅了眼圈。「妳放心吧，我這就去。王府不能給咱們一個交代，這事且不能甘休！」

四娘站起身。「我也去！那個宋錦兒就是缺教訓！」

莊氏狠狠地瞪了四娘一眼。「胡鬧！就是那姑娘再不懂事，也是王府的姑娘，妳叫嚷出去，那姑娘的名聲可不就毀了？人家老王妃樂意還是王爺樂意？」

五娘跟著點點頭。「這事也不是那宋錦兒的腦子能辦成的，將她摘出來，王府就得領咱們的人情，也就更不會饒過這暗地裡算計二姊姊的人了。若是能借著王爺的手，一次就將這個問題給解除了，那二姊姊以後的日子也能輕鬆點。」

「得叫人好好看看二姊姊的身體。」四娘嘆了一聲。「怎麼就沒有一個人的日子是輕鬆的？」

莊氏看著四娘的眼神，有些擔憂和心疼，四娘的未來還不定怎樣呢。

莊氏沒有耽擱，直接先去見了顏氏，好歹顏氏才是正經的母親。

顏氏知道後，先謝了莊氏，然後就叫人去找雲順恭，看他還有什麼要叮囑的沒有？

雲順恭正在雲高華的書房裡，說起了戚長天在京城的事情，只把這事交託給了莊氏。

莊氏去了王府後，倒是沒多添口舌，只簡親王自己便不肯甘休，將兩個側妃關進了家廟裡才算了事。

此時的雲家父子，還在書房裡議事。

「戚長天這時候在京城，只怕還是因為朝廷跟突渾和親的事。」雲高華沈吟了半晌，才道：「咱們家的姑娘，要是能……其實也不是壞事。」正說著話，就聽見前面稟報，說是突渾的楊相國來訪。

父子倆一驚，還真是說曹操，曹操就到！

這個人怎麼來了？不僅來了，還大張旗鼓的來了！

「有請！」雲高華說了一聲，就起身。這樣身分的人，自然該他親自出迎的。

雲順恭緊跟著走在雲高華的身後。「父親，萬一人家提出什麼條件，三弟那裡，聽說已經給六娘說親了，父親還是早作決斷為好。」

雲高華點點頭。「這些不用你操心，我心裡有數。」

將楊興平請了進去，又趕緊叫人請了老四雲順謹回來，這才賓主相對而坐。

楊興平看著雲順恭的眼神閃了閃，就扭頭對雲高華道：「國公爺想必也知道在下的來意，突渾雖是邊陲小國，但誠意還是有的。聽聞貴府的三姑娘跟叛逆徹底決裂，願意主動和親烏蒙，這讓在下對雲家的教養更有信心。相信貴府出來的姑娘，當得起突渾國母的身分。」

雲高華眼神一閃，就笑道：「楊相國真是會說笑！小孩子家家的，還看不出個好歹來，只一味地在家裡憨吃憨玩，沒心眼得很，哪裡就能叫楊相國這般的高看呢？」

楊興平覺得，雲高華也不一定真的就有多糊塗。這不是很明白嗎？先說了他家的姑娘憨，這就很有意思了，自己當然不願意給國主娶一個精明的姑娘。憨吃憨玩，這是想說這個姑娘的要求不高，特別容易滿足。有得吃喝，有得玩樂，就滿足了。換言之，這是一個知足常樂的人。也可以說，這是一個能安於現狀、謹守本分的人。

每一條，都是按照自己想找的模子說的。

這個人真的是個老糊塗嗎？楊興平覺得，自己收到的消息可能是不準確的。他呵呵一笑，道：「國公爺真是謙虛。簡親王妃、遼王王妃，以及即將成為烏蒙汗王王妃的幾個姑娘，哪個不是好的？想來，是國公爺疼愛小孫女，不捨得，也是有的。」說到這裡，他語氣一頓，就道：「說起來，跟戚家的姑娘比起來，我是更看重雲家的姑娘。雖然雲家跟戚家是姻親，可當著你們的面，我也這麼說。戚家跟雲家比起來，到底少了幾分底蘊。」

這話裡的意思可就豐富了。

雲高華和雲順恭對視一眼，原來戚家想要聯姻突渾！那這就不只是家事，而是國事了。要真叫戚家跟突渾連成一線，事情就麻煩了。皇上謀劃了這麼長時間，這個時候再出亂子的話，皇上的怒火也不知道會對準誰。別說現在突渾看上的是臣子家的孩子，而且還是庶子的庶女，就是看上了皇上的親閨女，該捨的時候，皇上也是會毫不猶豫地捨去的。

雲順謹也明白了楊興平的意思，這個戚家，就是他拿來跟皇上談判的籌碼。儘管知道不管雲家願不願意，楊興平都不會跟戚家聯姻，而就算皇上知道了這一點，該做的妥協還是會做的，畢竟，這對於皇上，甚至是對於雲家來說，都算不得大事。

送走了楊興平，雲順謹就起身進宮了。這個消息還是要早點叫皇上知道的，楊興平本來就是想叫雲家給皇上遞話的。

天元帝用手揉了揉眉心。「雲家是怎麼個意思？」

雲家的意思？雲家能有什麼意思？他並不想叫六娘和親，但如今的局勢，誰都不敢再說出這樣的話了。於是，他什麼也沒說，就那麼靜靜地站著。

好半天，天元帝才道：「你先回去吧，這事……」說著，他頓住了，看向一邊從屏風後繞出來的元娘，半晌才道：「這事就這麼定了吧。」

雲順謹自然看見了元娘，也看到了皇上在看見元娘後的猶豫。元娘在皇上身邊，也沒少為六娘的事操心吧？如今的局勢，能護住一個算一個，於是就道：「好好過自己的日子吧，別都跟著摻和，妳自己先把自己過好就行了。」

元娘看著雲順謹出了宮殿的大門，才又扭頭看著天元帝。「如果非叫六娘去，我想替六娘求一個恩典。」

元娘的手指甲緊扣住手心，天元帝看見那垂在兩邊的手，已經有鮮血一點一點地滴落下來。「朕會以公主的名義……也會給她的父兄升官……給她的母親誥命。」天元帝走了過去，小聲道。

「不！這些東西，皇上不管叫誰家的女兒和親，都是會給的。」元娘仰起頭道：「和親，得當事人心甘情願，沒有後顧之憂才行，六娘唯一的後顧之憂就是她的生母。她的生母是家生子的奴婢出身，人也老實……」

元娘的話不多，但意思天元帝明白了，這個六娘只怕在雲家過的也不好。他上前，將元娘的手拉起來，才覺得她的手很冰涼。「朕知道怎麼辦了，妳放心。」

聖旨下來的很快。

三娘被封為永和公主，和親烏蒙。

六娘被封為永平公主，和親突渾。

而欽天監也將五娘離京的日子送來了，就在半個月之後。

緊跟著，皇上給了三老爺一個一等子爵的爵位；賜給芳姨娘一個仁安居士的號，領三品誥命的俸祿，另外賜了一個五百畝的莊子，做為奉養之用。

這樣的賞賜剛合適，沒有誥命不惹眼；因為是居士，就能關起門過自己的日子；五百畝的莊子，不多，不會叫人眼紅惹來禍患，但供養一個人過富足的日子也是足夠了。

莊氏又作主，放了芳姨娘一家的身契，以後也算是良民了。

滿府的人都說芳姨娘苦盡甘來了，生了個姑娘，如今瞧著，卻比生養了兒子的還體面。

可是，這冷暖只有自己知道。

芳姨娘拉著六娘的手，都快哭暈過去了。一輩子沒剛強過的人，這次卻強硬地站在三老爺面前。「老爺捨得，奴婢捨不得！實在不行……奴婢就碰死在宮門口！」

雲順泰面色尷尬，講得好似他真是一個賣女求榮的人一般。跟這個女人，他也掰扯不明白，便只對六娘道：「妳放心，妳姨娘，我跟妳哥哥都會照顧的。」不管願不願意，畢竟確實因為這個女兒，給兒子掙了個爵位回來，要是照顧不好她的姨娘，可真就對不住人了。

六娘對這個爹，以前不熟悉，直到這次的事才發現還算不錯。至少跟二伯比起來，算是不錯的爹了。打從聖旨下來後，她一直忙著安慰姨娘，別的還沒有想過。可能是之前就已經有心理準備的緣故，還真是沒有太難過的心思。

從一個院子，換到了另一個院子，到哪裡不是吃喝過日子？只要這大秦還在，自己這頂著公主名號的人，日子也不會艱難到哪裡去。至於其他的，她不想了，想也是白想。

「是，父親。」六娘的神情平淡。「聖旨已下，再也不能改變。」說著，她扭頭看向自己的姨娘。「說不得今生，還有再回來的日子也不一定。」

芳姨娘頓時就軟倒了。「奴婢對不住姑娘……」

六娘將芳姨娘扶著坐下，哄道：「快別只哭了，姨娘做的醬菜最好吃，我還擔心以後吃不到這一口呢！姨娘給我再做些，好叫我帶去。」

「好、好，我做……」芳姨娘彷彿失去了魂魄一般，整個人都沒有了精氣神。

六娘這才讓七蕊將她給攙扶下去，回頭請了雲順泰坐下。「父親坐吧。」

雲順泰見六娘不似那日那般無措，才發現好似自己還真是不瞭解這個閨女一般。「雖然去了突渾，但我想了想，妳卻也不是完全沒有幫襯。妳跟五娘要好，金家的事，妳多少聽過一些。家遠雖說沒進雲家的家譜，卻也是妳的親堂兄，金家在海上的勢力，別說戚家不敢惹，就是突渾也是一樣。這都是大事上，興許妳一輩子都不會用到，但要真是遇到危險，金家的招牌用起來還是很好用的，別管發生什麼事，活著比什麼都重要。等這件事了了，我就提議分家，咱們自己開府，自己作主，就算日後有些萬一，家裡的門始終對妳敞開著，這都是未雨綢繆的話。

「要是覺得大事麻煩人家不好，但在小事上，比如遞送個消息，金家也是成的，他們的商隊、店鋪想必在突渾也有，妳也不會跟家裡失去聯繫。不說一個月送一回消息，哪怕三、四個月送一回，叫妳姨娘知道妳的信兒，總也是個念想。妳爹我沒本事，唯一能想到的就是這些了，但說到底，還是要靠五娘的面子，且這些事情，也還得妳自己去辦。」雲順泰有些頹然。「嫁妝的事有朝廷，應該不會虧待了妳，中間有雙娘的面子，簡親王一定會給妳們更實用的東西。咱們這邊的銀票帶過去，妳也沒辦法用，帶著金銀不僅沈重還不方便，所以我明兒先厚著臉皮去找一次家遠，看看能不能託了他，想辦法叫妳去金家在突渾的鋪子支取，咱們這邊將銀子給他收著就行。」也算是用心為她以後籌謀了。

六娘沒有矯情。「那就有勞父親了。」在哪裡不是過日子？只要有銀子，在哪兒都能將自己的日子過好。

雲順泰站起身，才又道：「妳哥哥去打聽突渾的事情了，不管是真是假，能打聽多少是多少，咱們都盡力而為吧。到時候叫妳哥哥跟妳說說，也不至於叫妳去了兩眼一抹黑。」說著，就朝外面走。「妳好好陪陪妳姨娘吧。」

六娘看著父親的背影遠去，眼淚才落了下來。父親的關愛來的遲了，但總算是到了。

已經是深秋了，園子裡的菊花依舊如往年一樣，好似一夜間就盛開了。

雲家園子裡的菊花，自然都是名品。可田韻苑的菊花，卻都是荒山野地裡移栽來的小野菊，這樣的菊花生命力極其旺盛，不管怎樣的環境，都能生根發芽，快速的長大，然後來年，就迅速地繁衍出一大片來。以前都笑五娘養這樣的菊花，可今年，姊妹幾人都不約而同地到田韻苑，看著在秋風裡兀自搖曳的小黃花。

她們姊妹，以後只怕也就得跟這小野菊一樣，要嘛枯在邊陲，要嘛也繁衍成這麼一大片。雖然不精貴，但也活得熱烈和昂揚。

五娘此刻跪在金氏的腳邊，眼淚吧嗒吧嗒地往下掉。明天，她就得出發去遼東了。這一別，再見誰知道是什麼時候？

「叫妳哥哥送妳去，看著妳安置好之後再回來。」金氏摸著五娘的脖頸。「去了遼東，什麼都是假的，只有自己過好才是真的。宋承明要是不好，妳就直接回來，別委屈妳自己。」

五娘抱著金氏的腿，趴在她的膝蓋上，狠狠地點點頭。

天色已近黃昏，再不能在這裡耽擱了。五娘站起身，緩緩地往外走。娘親沒有送出來，但五娘知道，娘親這是害怕她自己會失態。

煙霞山上，草木的葉子已經凋零，枝頭上，還有幾片未落的葉子在上面隨風招搖。沿著山道往下走，以前覺得漫長的山道，這次怎麼這麼快就走到了頭？

五娘回頭，看著已經染上夕陽暈光的煙霞山，慢慢的跪下，磕了頭，才翻身上馬。

等到了雲家，天已經黑透了。

這院子裡的丫頭都是要帶去遼東的。

「都收拾好了吧？」五娘問香荽。

香荽看了紅椒一眼。「是。」然後才有些忐忑地道：「真的不能跟著姑娘一起走嗎？」

「讓春韭她們跟著我，妳們都跟著金家的人走水路。」五娘輕聲吩咐。從塘沽口坐船，走海路，直接到遼東靠岸，比其他的方式都方便。

香荽心裡一跳。「難不成會有什麼不妥當？」

五娘搖搖頭。「不知道。有備無患吧。」

「咱們的東西是不是都跟著船走？」香荽又問了一句。

五娘「嗯」了一聲。「妳們的東西也一併送到船上。」

這就是不放心送嫁的。香荽的面色不由得就沈重起來。「那嫁妝怎麼辦？」

五娘沒有說話，雲家的嫁妝她本來也沒打算要。

院子裡都收拾乾淨了，只除了家常用的被子。

雲五娘以為自己會睡不著，但意外的，挨著枕頭就睡踏實了。

第三十三章

天不亮，滿院子都喧譁了起來。

春韭進來伺候雲五娘梳洗。

不管什麼時候圓房，但此時確實算是送嫁，雲五娘也穿起了鳳冠霞帔，這嫁衣是日前顏氏叫人給送來的。

「姑娘，這東西就不帶了吧？」春韭是戴著袖箭、匕首的，但大喜的日子，姑娘戴著刀劍，也未免太不舒服了。

五娘不在意的一笑。「都習慣了。沒有這麼些東西，就跟沒穿衣服出門一樣，總覺得少了什麼。」

春韭點點頭。「那就戴上吧。咱們金家的人，不信這些，應當是百無禁忌的。」

紅椒撩了簾子進來。「姑娘，三姑娘和六姑娘那邊已經準備好了，禮部的人和理藩院的人都來了，那邊大概要到起駕的吉時了。」

五娘站起身。「那咱們去送送吧。」

紅椒看著姑娘一身喜服，臉上卻沒有半點脂粉和喜氣，甚至就打算這麼出去，不由得道：「姑娘——」話還沒說完，海石就進來了。

「姑娘，少主已經在大門外等著了。」

哥哥已經來了。

「這是咱們也要啟程了嗎？」五娘的視線從屋裡的擺設上一點一點劃過，在這裡過了十幾年了，終於要離開了嗎？

屋裡沒有人說話。

五娘深深地吸了一口氣。「那就走吧。」

她沒有戴蓋頭，就這麼一路往外走。也沒有去跪拜什麼父母，昨天已經跪拜過娘親了。在二門口，四娘眼睛紅腫地站在那裡，五娘遠遠的就站住了腳步。

三娘坐著肩輿，從另一側前來。

六娘是走著來的，她想再看看園子裡的景色。

姊妹四個相對而立，相互看看對方，眼圈紅著，卻相視而笑了。

三娘頭上是迤邐的頭巾，拖得長長的，上面閃著金色的光芒，她還是美得叫人覺得驚豔。

「三姊先行吧。」五娘笑道：「我們送三姊先走。」

三娘的手緊了緊，點點頭，輕輕地拍了拍肩輿。

肩輿從五娘幾人面前走過，四娘猛地就嗚咽了一聲。

六娘走了過來，站在五娘的對面。「五姊，我們一起走吧。」

五娘拉了六娘的手，將一個小墜子交到六娘手裡，輕聲道：「收好。有需要的時候，有人會告訴妳怎麼求助。」

六娘緊緊地攥緊手心，點點頭。「……五姊，這輩子還能見面吧？」

五娘的語氣肯定而堅決。「能的，肯定還能見面的！」

六娘撲上前，抱住五娘。「五姊要好好的，我也會好好的！」

五娘撫了撫六娘的後背。「好，咱們都好好的。」

四娘過來，拉了她們的手。「我送妳們出去。」

姊妹三個攜手從裡面出來，就見大皇子平王堵在大門口，跟肩輿上的三娘遙遙相對。

宋承平一身風塵，該是從外面趕回京城的。此時他滿臉都是怒氣，拳頭都攥在一起了，良久，才慢慢地移動了腳步。「要好好的，活著最要緊。」

三娘在肩輿上點點頭。「謝謝大表哥。我娘和弟弟，就拜託了。」

「妳放心。」宋承平的眼睛看著三娘，一瞬都不瞬，彷彿要將她融進眼裡一樣。

肩輿從大門出去，三娘彷彿能聽見身後顏氏的哭聲。她一抬頭，看見爹爹就站在門口。不管別人怎麼看爹爹，他對自己確實是一個慈父。

雲順恭的眼圈紅紅的，慢慢地走上前。「爹爹揹妳上轎。」

轎輦和儀仗都停的遠，因為今兒雲家的三個姑娘一齊出門。

三娘鼻子一酸，就輕輕地趴在雲順恭的背上。

雲順恭的眼淚還是流下來了。要說疼愛，這些孩子裡，他唯獨真的疼愛過三娘。今兒，要親自送孩子離開，他心裡真說不上是什麼滋味。儘管知道這是為孩子好，但還是覺得心肝都像是被摘除了一般。

雲順泰也走上前來。「六兒，上來吧。」

六娘看了五娘一眼，見五娘點點頭，她就趴在父親的背上，一步一步走向自己的轎輦。

五娘目送著兩人離開，一扭頭，見遠遠的停了兩頂轎子，其中一頂有宮裡的標記，一頂有簡親王府的標記。這該是元娘和雙娘來了。

雙娘本該先回雲家，但因為身體原因，一直沒能出門，只怕這次也是強撐著才出來的。元娘應該是得到了皇上的准許，來送幾個姊妹一程。

五娘朝兩邊福了福身，雲家遠就過來了。

「哥哥揹著妳走。」雲家遠看著五娘身上的嫁衣，臉上的笑意怎麼看都有些勉強。

五娘看了四娘一眼，就點點頭。

四娘一把抓住五娘。「要叫我知道妳的消息！」

五娘點點頭。「好，四姊也記得叫人給我送信。」

四娘還要再說話，莊氏一把拉住了。「叫五丫頭走吧，遲早還能再見，別誤了吉時。」

五娘輕輕掙脫開四娘的手，趴在哥哥的背上。

如果說三娘是帶著忐忑和憧憬，六娘是帶著無奈和認命，那麼五娘卻知道，她的人生從此將走入另一種不同的人生。

剛進入轎輦中，遠遠地就聽見了三娘的箏聲；少時，就有六娘的笛聲相應和；等五娘在轎輦裡坐好，又聽見琴聲加了進來。

這琴聲是元娘的。別人聽不出來，雲家的幾個姊妹卻聽出來了。

慢慢的，箏聲越來越遠，這是三娘的車駕已經啟程了，漸漸地遠去。

再後來，連六娘的笛聲也慢慢的淡了。

五娘的眼淚順著臉頰，一點一點地流了下來。

她的車駕伴著元娘的琴聲，慢慢的動了，耳邊似乎還有四娘的嗚咽之聲。

「五丫頭！」雲順恭喊了一聲，轎輦卻沒有停下來。一如之前的節奏，慢慢地向前而去。

姊妹三人，三個方向，從此走向了屬於她們的不同宿命。

雲家遠伴在轎輦邊，低聲道：「別捨不得。娘說了，等到妳及笄的時候，她去遼東看妳。」

五娘擦拭了臉上的淚，問道：「當真？」

及笄是成人之禮，是一輩子的大事。

及笄之後該圓房了，那才是真正的婚禮。如果到時哥哥和娘都能去，那真是太好了。

雲家遠輕笑一聲，果然還是個孩子心性。他笑道：「娘什麼時候說話不算數過？」

這倒也是。

雲家遠低聲道：「妳也說了，這些姊妹，哪個都比妳聰明，既然聰明，就都知道該怎麼活著才是對自己好。保重自己，總有重聚的一天。」

五娘悵然地點點頭，撩開轎輦的簾子，探出頭回望，卻見雲順恭遠遠地跟在轎輦的後面，她收回了視線。

雲家遠低聲問道：「要不然，停一下？」

五娘搖搖頭。「不用了，走吧。」停下又能說什麼呢？五娘靠在軟枕上，慢慢地閉上了眼睛。

香荽和紅椒帶著田韻苑的其他人，只怕也已經動身了。像是紅椒這樣的家生子，五娘將一家的身契都要了過來。帶到遼東，好歹是王府，水往低處流，人往高處走，倒也沒有不願意的。

前面是十里亭，還有不少前來送親的人，比如簡親王。

雲家遠和雲順恭先後過去，跟簡親王寒暄。

「有你去送，我就放心了。」簡親王嘆了一聲。「這一路上只怕難太平。」加劇遼王跟皇上的矛盾，是很多人希望看到的結果。所以，雲五娘這個準王妃，一定得安全進入遼東才好。

雲家遠謝過簡親王的好意。「王爺放心。」

雲順恭張了張嘴，好半天才道：「五丫頭性子硬，給人家做媳婦跟在家裡做姑娘是不一樣的，你勸勸她，叫她和軟些，畢竟遼東離京城遠，你也不在跟前，有事也不能立馬就知道。要是遼王好了，就叫她跟著遼王好好地過；要是遼王有個萬一，她也是遼王妃，將來從宗室裡過繼一個孩子，也一樣能安享尊榮，這也是沒辦法的辦法。我就是再如何……她也是我的親閨女，到了這時候了，再沒有不盼著她好的，叫她別記恨我。這輩子，也不知道還有沒有再見面的機會？我縱使有千日不好，總有一日好的，就叫她記著那好的吧……」說完，看了五娘轎輦的方向一眼，眼圈就紅了。他掩飾般地轉過身，然後不等雲家遠回話，就翻身上馬，朝著回京城的路打馬回了。

直到再次出發，雲家遠看見遠遠的，丘陵上還有一人一馬。他說不清楚自己是什麼心情，看著五娘車輦上的簾子捂得嚴嚴實實的，他也沒再出聲。

到了飯點，春韭拿了飯菜給五娘送來。「路上不方便，姑娘湊合著用吧。」兩葷兩素，還有一份雞湯，這些就不錯了。

路上沒有停留，走的也並不快，等到了晚上，還沒有出京畿。

驛站裡，安排的房舍還算整潔。這押著嫁妝的人，也都是內務府安排的，畢竟是皇室的王爺迎親，人雖沒有親至，但形式卻也不能馬虎。

海石將屋子裡外檢查了一遍，才點點頭。

在路上顛簸了一天，一行人趕緊梳洗了一番，驛站就將飯菜送來了。送飯菜的是一個五十出頭的婆子，看著也乾淨。

春韭接過食盒，賞了幾兩銀子就將人給打發了。

飯菜還沒打開，外面就傳來雲家遠的聲音——

「寶丫兒，吃飯了嗎？」

五娘揚聲道：「哥，你進來吧！」

海石出去接人。

雲家遠進來的時候，臉色有些嚴肅。

「怎麼？」五娘問了一句。

雲家遠看了一眼桌上的食盒。「這個還沒動吧？」

五娘的視線也落在了食盒上。「還沒動。怎麼，不乾淨？」

雲家遠打開食盒，將食盒裡的筷子拿了出來，遞給五娘。

五娘不解其意，將筷子接過來，細細地看了看。竹子做的筷子，還透著竹子的清香味，簡單得沒有一絲多餘的花紋，也沒了透過花紋做手腳的可能。

雲家遠提醒道：「不要看筷身，只看筷子的頂端。」

五娘將筷子拿起來，看著往嘴裡塞的那一段的小圓面上，竟然有一個十分細小的孔。

她驚訝地挑眉，這人的心思還真是了得，怎麼會想到把手腳做在這個位置的？這可真是顛覆了雲五娘的認知。

「這裡看來還真是不能待了。」雲五娘將筷子放下，扭頭問雲家遠。「你打算怎麼辦？哥。」

雲家遠看著五娘身上的緊身衣，就笑道：「妳不是猜到了嗎？」他沒有在五娘的房裡多待，就出去了。

幾個丫頭將飯菜全都倒進恭桶，然後將食盒放在屋子門口。不大功夫，就吹了燈。五娘將從雲家帶出來的東西，連同身上的嫁衣，一併留了下來。

海石將窗戶打開，跳出去看了看，才伸手拉了五娘出來。

其他的幾個屋子，還有燈光透出來。外面也有不停巡邏的人，畢竟雲家的嫁妝就算是準備的再怎麼倉促，也不是一個小數目。

五娘這屋子的近處都已經被雲家遠打發的人料理乾淨了。

今兒，不管是誰想對自己動手，這送嫁的人，她一個都不信，還是早一點離開眾人的視線為好。

從牆上翻出去後，一路快速的疾走，直到三里之外，才看到十多匹馬。

馬蹄上都裹著棉花，並沒有發出多大的聲音，一路狂奔，直到天快亮的時候，才出了京畿。

「前面兩側是樹叢，看不清楚狀況，都小心點。」雲家遠在馬上提醒了一句。

一行人正要往前，就見樹叢裡果然竄出幾十個人來。

「王妃！」那些人喊了一聲，就將手裡的武器一把扔了。

雲家遠不敢大意，問道：「什麼人？」

「敢問是金家的少主嗎？」那帶頭的漢子走了出來，拱手道：「在下遼王麾下何其，奉王爺之命前來接王妃。」

接人接到京畿跟前了？

雲家遠點點頭，但想叫自己相信他們沒詐，還不能。

那自稱是何其的漢子道：「王妃，主子說您要是不信，就告訴您，我也知道龍三。」龍三，是龍刺的一員。而龍刺的存在，是絕密。

雲五娘朝雲家遠點點頭。「叫他過來。」

雲家遠對隨從輕輕揮手，護在身前的人就讓開了。

此時天已經微微亮了，走來的漢子身形壯碩，眼神清正。

何其先對著雲家遠拱手，然後才把視線落在騎在馬上的五娘身上，立馬單膝跪地。「王妃，何其奉命來接王妃回家！」

雲五娘翻身下馬。「起來吧。」

宋承明能叫人來接，她心裡多少還算舒服，同時也鬆了一口氣，畢竟這一路上會遇上多少麻煩都是未知數，能安全的一路到遼東，能省多少事啊！再說了，宋承明能叫人來接，就證明他作這番決定的時候人還是清醒的。只要人真的沒有大礙，那一切都不是問題。

何其起身道：「王妃，前面的路已經給您打理乾淨了。過了林子，到了鎮子，就有車輦。」

「不用，咱們騎馬走。」雲五娘看了不遠處整齊列隊的幾十個人，將馬韁繩扔給海石，自己則走了過去。

那些將士年紀都不大，二十來歲左右，見到雲五娘，齊齊的跪下了。

雲五娘趕緊叫起，又端端正正地給眾人福了福身。「感謝諸位千里來援，一路辛苦了。」

這些人手忙腳亂地還禮，還真是都嚇了一跳，這個王妃跟他們想的好像不一樣。

「此地不宜久留，咱們馬上就啟程吧！」五娘說著，就躍上了馬背。

何其心裡讚了一聲，應了一聲就馬上下令。

眾人從林子裡牽出馬，分一半在前面帶路，一半在後面斷後，一路往東北而去。

這一路上，五娘絲毫不講究，跟大家一樣啃乾糧、喝涼水，沒有半點矯情，之前準備的東西，一點都沒用上。跟著這位王妃的好幾個姑娘，都是一身好功夫，一路上從不叫苦叫累。他們這些都是光棍，想娶媳婦都想瘋了，已經有好幾個湊到何其的跟前，想打探一二。

何其自己還是光棍一條呢！他要是能知道詳情，還輪得到他們？

雲家遠看著這些將士，心裡對宋承明的手段又多了一層認識。

越往北越冷，三天後的夜裡，就已經飄起了雪花，抓著韁繩的手都已經凍得有些僵硬了。

「先忍一忍，前面的縣城就有準備好的衣物。」雲家遠有些心疼地對五娘說道。

「呵呵，還請舅爺放心，前面就是咱們的地盤了，什麼都有！」何其也沒想到，只三天三夜就趕了回來，這跟他們急行軍的速度差不多。一行人沒有走官道，日夜不停的趕路，最多就是在吃飯喝水的時候順便打個盹。別說是養尊處優的王妃，就是他們中的很多將士，都受不了這個高強度的行軍。

雲五娘的臉都已經凍僵了，但還是響亮地應了一聲，揚聲道：「都聽見了吧？加把勁，到了地方，一人先來一碗熱騰騰的羊肉湯！」

話音一落，就聽見嘻嘻哈哈的笑聲。

雲家遠的心一下子就放下了。能如此快地融入這裡，這就是站穩的第一步。

遠遠地，看見前面有城鎮的輪廓。

「到了！」何其喊了一嗓子。

誰知話音才落，前面就亮起了火把，一個個依次亮起。

有人騎馬跑了過來，雲五娘見狀不禁一愣，這不是宋承明嗎？

這混蛋！

這是沒受傷，騙自己盡快成婚呢？還是受著傷，卻依然騎馬晃悠？

不管是哪種，都有夠混蛋的！

宋承明騎馬而來，直到近前，雲五娘才皺眉，人顯得清瘦得很。天色太暗，一時還不能看清他的臉色。

雲家遠迎了過去，宋承明卻只偏頭，瞧著五娘笑。

何其等人過去，跟宋承明覆命。

「很好。」宋承明朝何其等人點點頭。「跟你們的兄弟換班吧！」吩咐完，這才對雲家遠道：「大哥，咱們先進鎮子，天太冷了。」他比雲家遠還大了好幾歲，叫大哥卻叫得很順口。這邊話音才落，那邊就有人送了披風過來，但宋承明兀自解了身上的披風，給雲五娘遞過去。

披風裹在身上，還帶著他的體溫，但上面也殘留著藥味。

他身上肯定有傷。

雲五娘皺眉，在他身上打量了好幾眼。

雲家遠從氣息上就可以判定這個人肯定是受傷不輕，不過卻能親自來迎，誠意已經足夠了。「那就走吧。」

雲五娘沒有說話，跟著雲家遠。宋承明在一邊一直拿眼睛瞧她，叫她無端地生出幾分惱怒來。

鎮子邊上，有一個農舍一樣的別莊，剛進去，就有兩個年長的嬤嬤迎了出來。

「帶王妃去房裡梳洗、休息。」宋承明對兩人吩咐道。

雲五娘暗暗地翻了個白眼。還沒拜堂呢，誰是你的王妃？此時天已經亮了，雲五娘瞧他面上沒有血色，嘴角動了動，正要說話。

宋承明就低聲道：「放心，我身上沒有大礙。」

雲五娘點點頭，這才帶著幾個丫頭往裡面去。

這院子從外面看是個農家院子，裡面佈置得卻極為精巧，跟五娘在田韻苑的佈置十分相似，連幔帳都是雲五娘掛過的。

「王妃，熱水已經備好了，請梳洗。」圓臉的嬤嬤笑著道。

雲五娘點點頭。「有勞了。」這兩人行動間都帶著宮裡的影子，想必是以前宮裡的舊人。

那嬤嬤連道不敢。

雲五娘就笑著進了裡間，外面的事情自有春韭料理應酬。

水蔥跟著進來，伺候五娘梳洗。「姑娘，多泡一會子，去去寒氣。一會兒在熱炕上捂一捂，發發汗。」

五娘渾身都鬆了下來，應了一聲。「晚上妳們也早早地歇了吧，到了這裡，不用守著了。三天了，妳們都乏了。」

水蔥應了一聲。

那邊綠菠進來，帶了衣服。「準備得還挺細緻，這衣服也還合適。」

屋裡很暖和，五娘洗漱出來，就只穿了裡衣。

外面的炕桌上已經擺上了飯菜，紅棗糯米粥、幾樣小菜、包子蒸餃，全都是京城的口味。其他的不想吃，五娘只喝了兩碗粥，也就罷了。

「妳們也趕緊下去梳洗用飯，歇著吧。我這裡，不用擔心。」

但海石幾人到底還是輪流守在外面。

被子是早就鋪在炕上的，被窩裡也暖和，雲五娘往被窩裡一躺，也許是出於對宋承明的信任，轉眼就睡著了。

夢裡，是三娘縱馬在塞外的草原上；是六娘駐足於茶花叢中；是四娘站在雲家的大門口，一直眺望的身影。最後，視線卻永遠停留在了煙霞山，在一個身穿黑底紅花的女子身上。女子就那麼站在山頂，看著遠方，雲五娘知道，女子看著的，一定是自己遠走的背影。

眼淚瞬間就流了下來。

「娘……」五娘哭喊著，想伸手拉住她。「娘！」一把沒拉住，雲五娘醒了過來。

「作夢了？」一個聲音就在身邊。「想岳母了？」

雲五娘蹭一下坐起來，身上的裡衣已經汗濕了。

一件披風順勢就裹了過去。「小心著涼。」

「什麼時候了？」雲五娘扭頭看向不知道什麼時候溜進來的宋承明。「你不好好歇著，跑過來做什麼？」

宋承明倒了一杯溫茶遞到她的嘴邊。「先喝點水。就是過來瞧瞧妳好不好？」

雲五娘就著宋承明的手喝了，才道：「叫我瞧瞧你的傷。」

宋承明卻閃了一下，不給她看，還笑道：「咱們成親以後再給妳看。」

這就是傷的重了。五娘深深地看了他一眼，扭頭見炕桌上亮著燈，就問道：「我睡了一整天了？」

「趕了好幾天的路，才睡了一天，算久嗎？」宋承明問道：「怎麼樣？有沒有哪裡磨傷了？」

雲五娘卻將軟枕放在他身後。「我身上沒有什麼，你靠著說話吧。」

宋承明順便就把腳上的鞋子脫了。「吃頓鍋子好不好？」

雲五娘點點頭，還真是餓了。

不一會兒，還是那兩個嬷嬷，進來將飯菜擺上了。對於宋承明和雲五娘是不是合規矩，兩人像是沒有看到一般。

海石幾個不知道什麼時候也起了，就在內室的門口站著。五娘讓她們下去歇了，她們才走。

「我哥呢？還沒起？」雲五娘問道。

「大哥在歇著呢。有專人照料，妳放心。」宋承明看著鍋裡奶白色的湯汁，先給鍋裡下了羊肉片。「妳嚐嚐這個，肉質跟京城還是有差別的。」

「你坐著吧。」五娘自己拿了筷子。「身上的傷該忌口的你還是得忌口，別什麼都胡吃海塞。」

宋承明瞧著五娘，嘴角不由得又翹起。「怎麼？還為這次沒跟妳商量就提出沖喜成親的事生氣呢？」

「嗯。」雲五娘呼了一口氣。「這次受傷究竟怎麼回事？真是出了內奸？」

宋承明手裡的筷子一頓。「是也不是。想要我命的人多了，成家出手了，但是烏蒙未嘗就沒有插手。要不是從烏蒙借道，我不可能一點防備都沒有。」

「烏蒙？」雲五娘心裡咯噔一下。

「這位烏蒙的大汗可是位雄主，覬覦遼東和女真諸部已經不是一天兩天了。」宋承明抬頭看五娘。「聽說雲家的三姑娘和親烏蒙，以後，咱們打交道的時候還很多。若是妳這位姊有用得著咱們的地方，妳只管摻和。」

五娘就有點明白了。三娘要借助遼東，遼東為什麼不能借助三娘？

「明白了。」五娘點點頭。沾著醬料吃了一口羊肉，味道確實是不一樣。「好吃。」

宋承明的眼神就更柔和了些。「遼東苦寒，委屈妳了。」

雲五娘白了他一眼。「沒有什麼不好。冬天再冷，又不缺我用的柴炭，有什麼可委屈的？」

「聽龍三說，妳出了一趟京城？」宋承明問道。

「嗯。」五娘點點頭。「幹什麼去了，你不是已經看出來了嗎？」

宋承明就笑了。「這可是給了我天大的驚喜了。」遼東的形勢複雜，如此對於五娘的安全，他也能稍微放點心。

「金家的孩子都得走這一趟的。」五娘隨意地解釋了一句。關於金家，她不想多說。

「好。」宋承明點點頭。「咱們的孩子，將來也送去，對他們有好處。」

雲五娘沒害羞，只是詫異地挑挑眉。「你可知道，這金家的人，是指上了金家家譜的人。你願意叫孩子上金家的家譜？」

「為什麼不？」宋承明哈哈一笑。「金家的規矩我知道，咱們的孩子雖然姓宋，但確實也是金家的血脈，我為什麼不同意？」

「我娘要是知道你這麼想，會很高興的。」雲五娘沈默了半晌，才嘆道。

兩人因為這個話題，陡然親熱很多。雲五娘也沒想過宋承明這樣說是為了覬覦金家，因為金家本身的制度，這樣的事，基本上是被杜絕的。

「咱們幾時去盛城？」五娘又問了一句。

「休養好再走也不遲。在遼東境內，基本還是安全的。」宋承明解釋道。「咱們過去，慢慢的走，還得三、四天的路程。」

五娘無所謂地點點頭，剩下的只是時間的問題。

外面的風呼嘯著，帶著冷意。兩人吃罷飯，就這麼靠著，說著閒話。沒多長時間，五娘又睡了過去。

宋承明這才忍著疼痛起身，走了出去。

兩個嬤嬤就守在門邊，見宋承明出來，就福了福身。

宋承明看了裡面一眼。「小心的服侍王妃，不得有半點差池。」

兩人趕緊應了。這樣的主母，也是她們盼著的。

第二天，五娘一覺醒來，卻見到雲家遠跟自己辭行。

「妳不會就想著這樣跟著人家回盛城吧？嫁妝呢？妳帶著的那些丫頭呢？如今可還都在船上呢！我得先過去，將這些東西運到盛城。沒有嫁妝的姑娘，哪裡能在夫家直起腰桿子？」

「那我跟哥哥一起去！」雲五娘連聲道。也沒有還沒成親就跟著人家跑的道理吧？

遼東有港口，從海上過來，直接進入遼東，安全肯定是沒有問題的。哥哥現在也都是在遼東的境內趕路，自然是不會有危險。況且，宋承明還叫何其帶著人護送，更是萬無一失。可即便這樣，她沒有道理不跟著哥哥，反倒跟著宋承明的。

「這大雪天的，妳可別跟著遭罪了，坐在馬車上慢慢地走吧。再說了，妳走了，遼王鐵定要跟著的。他身上的傷不輕，你們一路慢點走，不急。」雲家遠提醒道。

到底是送走了要去取金家置辦的嫁妝的哥哥。上了寬敞的馬車，馬車上，宋承明半靠著，對著雲五娘笑。

馬車裡點著熏香，但還是遮不住車廂裡的藥味。

「到底傷哪兒了？」雲五娘上了馬車，看著倚在軟枕上的宋承明就問道。

宋承明將皮褥子搭在雲五娘的腿上。「真沒事。」

雲五娘有些憋氣，難道還能解了他的衣服查看？

「婚事準備的倉促，」宋承明跟五娘說著盛城遼王府的事。「但也絕不會委屈了妳。其實大哥不去拿嫁妝也沒事，我已經準備了一份，在外面的宅子裡，成婚的時候帶過去就成了。」

「我們家又不缺銀子！」雲五娘白了他一眼。嫁妝是早就準備好的，是老叔叫人準備的，不用看都知道有多豐厚。別說自己一輩子用不完，就是三輩子也用不完。

宋承明又遞了果子給她。「我也養得起妳。」

這可就難說了！雲五娘哼了一聲。「怎麼，你這邊很富足？」

宋承明噎了一下。要養兵，只有嫌銀子少的，哪裡就有多餘的？這麼說起來，確實不如人家財大氣粗。

雲五娘也覺得自己不地道，就放緩了語氣。「先歇著吧，別操心了，將身體養好比什麼都強。你這說是要沖喜，好歹做出個樣子來，京城那邊本就不怎麼相信這事。」

「信不信都沒有關係，反正他現在也離不了我。」宋承明有幾分諷刺地道。

「以後……你打算怎麼辦？」雲五娘將蜜桔塞到嘴裡，清甜的氣味在口中蔓延。

宋承明嘆了一聲。「先走一步看一步吧，現在唯一能搆得著的就是成家了。」

「你想一步一步地謀劃西北？」雲五娘詫異地道。「那這中間隔著……」

宋承明點點頭。「成家對西北這地方可不怎麼滿足的，想取得北方的所有權，那我們之間必有一戰，不是他死，就是咱們完。趁著西北如今還沒有開始動作，咱們也該準備起來了。妳覺得呢？」

雲五娘垂下眼瞼。「這些事，我也不懂。」

不懂？宋承明拉了她的手。「以後，這後勤之事，只能交給妳總管，所有的銀錢都由妳管著。我想這對於妳來說，也不是難事。」他聽雲家遠說過，五娘在算學一道上，天賦十分的出眾，像足了金家的人。

雲五娘看了他一眼，消息搜集的不錯啊！但是你能別捏著我的手玩嗎？雲五娘用力地抽一下，宋承明就呻吟了一聲，想來是扯到傷口了。雲五娘嚇了一跳，趕緊起身湊了過去，就見宋承明臉都白了。

「躺下！」雲五娘扶他躺下，也不管他願意不願意，直接解了他的衣服，這才看清，整個前胸，好幾處都滲出了血！「你瘋了！都成了這樣還瞎跑什麼？昨天還敢騎馬！」

宋承明頭上的冷汗一點一點滑下來。「沒事，都沒傷到要害。」

「胡說！」雲五娘將他的傷口檢查了一遍，又把他的外衣脫了。這衣服摩擦著身體，還怎麼養傷？

車廂裡的床榻，躺兩個人也是足夠的。雲五娘將他安置妥當，又叫人拿被子給捂上，才撩簾揚聲叫外面的人。「熬止疼安神的藥來！」聽見外面的應答聲，這才回來，坐在一邊看著宋承明。

「安神湯一喝，我可就不能陪著妳說話了。」宋承明還是強撐著，一臉的笑意。

「以後有一輩子的時間，什麼話說不得？」五娘將火盆挑得更旺一些。

等藥來了，服侍宋承明將藥吃了，看著他睡著，五娘才算鬆了一口氣。

到了前面鎮上，又叫人買了新鮮的豬肝，另外找了大紅棗來，再用砂鍋在馬車裡的火盆上給他燉豬肝湯喝。

「王妃，天瞧著不好。咱們是歇在別院裡，還是趕路？」外面是宋承明的小太監常江。

「這雪要是下來，只怕更不好趕路了吧？」雲五娘撩了簾子，小聲問道。

常江回道：「可不是嗎？等雪下來，能過了膝蓋，到時候，是不大好走了。」

「那就別歇著了，趕緊趕路。」雲五娘聽著外面的風聲，裹著大氅還覺得冷。「到前面，再多添幾床棉被來，省得顛簸。」

常江趕緊應了，這是怕自家主子身上被顛簸得不好了。

宋承明醒來的時候，恍惚了一下。車上點著燈，就證明外面黑了。五娘坐在他身邊，小案几上放著碟子，她正一個一個地拿著煮好的紅棗剝皮。

「醒了？」五娘問道。

宋承明應了一聲。「怎麼不歇在別院？」

「早點回了盛城，你也能安心的養傷。」說著，指了指外面。「你聽聽外面的風，只怕這雪快下來了。」

宋承明點點頭。「今年的雪比往年來的早。」

雲五娘見他想起來，就給他塞了幾個靠枕，這才將豬肝湯遞過去。「快趁熱喝。」一路上的飯都是半溫的，還不如自己在車廂裡簡單地做點呢。火盆上還用網子架著燒餅，兩面烤得焦黃。「泡在湯裡，或是就著湯吃，都好。」這裡沒有肉醬，要是有肉醬，再給燒餅的兩側刷上一層，味兒更好。

「怎麼沒叫人去沿途的鎮子上取飯？」宋承明看著手裡的飯菜，就皺眉問道。

雲五娘嗔了他一眼。「你平時都是跟著將士一起同吃同住，要不是我，你們一天大概也就是啃乾糧。以前怎樣，以後還怎樣，我又不是受不得苦。這乾糧做得好了，也好吃。」再說，這比在海島上吃生肉好多了。

「妳怎麼能一樣呢？」宋承明搖頭道：「沒有叫女人跟著一起吃苦的道理。」

「行了！聽我的。」雲五娘催著他。「先喝點湯順順喉。你嚐嚐我烤的餅子，味道還是不錯的。以後你們再做這個乾糧時，千萬記得裡面要放鹽，人不吃鹽哪裡來的力氣？也多花費不了多少。」

行軍打仗用的乾糧，放點鹽和炸了蔥花的蔥油，做成燒餅，吃的時候架在火上一烤，又酥又軟，油香油香的，一樣是美味。

宋承明看著她掰了燒餅往他的嘴裡送，覺得喉嚨一下子就堵住了。他張嘴嚼著一年四季都吃的燒餅，卻第一次發現居然能這麼美味。

「好吃吧？」五娘笑著問道。

宋承明點點頭。「好吃。」他想叫她過好日子，她也有條件心安理得地過好日子，但是她沒有，而是選擇跟他、跟遼東的將士一起同甘共苦，這是他的福氣。

豬肝湯的味道也不錯，宋承明一股腦兒地都吃完了。

以後的路程，雲五娘都打發常江帶著幾個丫頭去買些簡單的材料來，她自己在馬車上給宋承明做。幾個丫頭也在馬車上忙碌，外面的將士至少頓頓吃到的都是熱呼的。

等到了盛城，雲家遠已經到了。一瞧雲五娘，就先皺了眉，瘦了很多。再一看宋承明跟五娘從同一輛馬車上下來，臉就更黑了。不用說也知道，這兩人一路上都在一個車廂裡住著的！

「扶姑娘進去。」雲家遠吩咐道。

香菱和紫茄趕緊過來，拉著五娘就往裡面去。她們跟著嫁妝，昨天已經到了盛城，此時見到自家姑娘，才算是安心了。

五娘看了宋承明一眼，才跟著香菱她們去了。

雲家遠這才扭頭看向宋承明。「成親以前，彼此還是不要見面了。」

宋承明就道：「畢竟是沖喜而來的，自然是越快越好。王府裡已經收拾齊備了，後天就是好日子。」

後天？雲家遠上下打量了一眼宋承明。「寶丫兒可還小，你最好給我守點規矩！」

大舅子教訓，宋承明沒有不應的。面上自然是規矩極了，可心裡卻道：成了親，就不信大舅子你還能跟著！

五娘被香菱、紫茄拉進房裡。

紫茄就道：「可擔心死我們了！這一路往北，越走天越冷，我們還擔心沒將姑娘的厚衣服放在外面呢！」

香菱服侍雲五娘梳洗，跟她詳細說明跟來的人是如何安排的，而後道：「盛城瞧著也繁華，雖說不能跟京城比，不能跟江南比，但說句心裡話，比我預想的可好上太多了。街上的商戶也不少，人來人往的，集市上也熱鬧。」

紫茄搓著手從外面進來，接過話道：「好似妳去過江南一樣！姑娘，這個地方別的還行，就是這個冷啊，真是冷得邪乎了！」

五娘也笑了。「在京城，如今也就剛開始冷了，到了這裡，就像是數九寒天。遼東冬天長，明年三月，冬天才算是過完了。妳們還罷了，只海石她們大概習慣不了。妳們多替著點她們，叫她們在屋裡先窩一冬再說。」

正說著話，紅椒的聲音就傳了進來——

「姑娘，一會子先試試這嫁衣吧？」

嫁衣是金氏準備的，給五娘成親的時候穿的。

五娘出來，就看見鋪在炕上的嫁衣。紅衣，金線，更難得的是，上面鑲嵌的珍珠全都是金色的。

水草看了一眼就道：「咱們金家，別的沒有，珍珠不缺。」

五娘再一扭頭，見一邊的花冠，上面的寶石更是璀璨奪目、熠熠生輝。

光是這一身嫁衣的價值，就比雲家準備的所有嫁妝都昂貴。

呼啦啦一場大雪，鋪天蓋地而來，但整個盛城的街道卻基本上沒有積雪。有數不清的遼東軍在大街小巷地清掃，更有許多百姓自發的一起參與進來。

今天，是遼王下聘的日子，明日則是遼王娶妻的日子。

因為是沖喜，時間安排得極為緊湊。別院裡堆著遼王府送來的聘禮，這些聘禮，別說是娶一個王妃，就是太子娶太子妃也夠了。但金家的人，連面色都沒變一下。

雲家遠的隨從金甲跟著送聘禮的一起去遼王府，看看那邊準備的地方怎樣，這嫁妝過去總要安置好的。

沿路看著滿城歡慶的情景，心裡多少還是有些感慨的。這至少證明了遼王在遼東的治理是非常得軍心和民心的。越是靠近遼王府，街面上越是乾淨，甚至有許多百姓將自家過年掛的大紅燈籠給掛了出來。整個盛城，好像真的是要過節一般。

遼王府位於盛城正中心，但占地實在說不上大。外院占地倒是比內院大了很多，前面三進都是外院，後面兩進才是內宅。中間隔著一處園子，如今被大雪覆蓋，也看不出什麼模樣，倒是種著幾行梅樹，如今梅花開的正好，滿院子都是香氣。

遼王府裡的管家是撫養遼王長大的老太監常河，他此刻陪著金甲看內院。「都收拾好了。裡面是重新粉刷過的，家具都是現成的，裡頭的擺設也一應俱全。」

金甲知道這位老太監在遼王心裡的地位，所以對他還是很客氣的，甚至帶著尊敬。但是看了地方後，金甲還是不由得皺了眉。「不是我要為難府裡，實在是這地方擺不開。再加上天不好，這嫁妝該往哪裡擺呢？」

在遼東，這兩進的院子其實比其他地方的院子更大，光是廂房就整整二十間，還不算正房。正房一進門就是待客的外廳，再往裡才是家常用的內廳，內廳的兩側，連著東西兩個屋子，屋裡連書房都帶著呢！再加上附帶著暖閣，外面還有角房。

這樣的格局，就算只有兩進，也不算小了，至少就頂得上遼王府的庫房。

這麼大的地方，還擱不下？

金甲裡裡外外地查看了一遍後，就建議道：「這樣吧，將這屋裡原有的東西先收了，等嫁妝進來，邊往裡面進，邊往裡面歸置。要是有庫房，先收拾一個出來，要真是還放不下，只能往庫房裡放了。」

常河一愣，有這麼多嫁妝？不會吧？金家的船連同人靠岸的時候，自家的人在呢！正是因為心裡有譜，才這麼安置的。

可如今怎麼聽著，這船上的不是全部？

那些當然不是全部。從賜婚的旨意下來後，金家就已經開始往遼東分批運嫁妝了。

五娘看著眼前的嫁妝單子，搖搖頭。「實在太多了。」

「這才多少？老叔還一個勁兒地說少了！」雲家遠笑道：「妳看著裡面的珍寶玉石多，其實對咱們，那真沒花費多少。老祖在的時候，就買下不少礦山，就拿那些翡翠來說吧，在突渾境內，就有好幾座礦山，石頭裡開出來的東西，不花銀子的。」

這價值不是這麼算的。

五娘搖搖頭。「這珍珠、瑪瑙、玳瑁、碧璽，都是整箱整箱的，我三輩子也用不了這麼多。」

「那就留著給我外甥女當嫁妝！」雲家遠渾不在意地說，又從懷裡掏出一個匣子。「這是臨出門前娘叫我帶給妳的，妳收好吧。」是老祖留下來的匣子，裡面放著軍符的模子。

五娘沒有拒絕，她明白娘的意思。這東西不定什麼時候，就有了大的用處。

「另外，金家在遼東的人歸妳調遣。如果妳遇到危險，這些人就是死士。」雲家遠將印信給了五娘。「收好。」

「這些人，我不會叫他們參與到其他事情裡面去的。」雲五娘跟雲家遠保證。

雲家遠點點頭。「妳的安全重於一切，這是娘的意思，也是我的意思。老叔連同其他人，也是這麼看的。」

第二天，大雪竟然停了。太陽露出了頭，陽光照在雪上，滿世界都亮堂了起來。

因為是沖喜的由頭在前面，城裡的探子肯定都盯著呢，宋承明是不能親自過來迎親的。天沒亮，遼王府的嗩吶儀仗就出門了。

緊跟著，一抬抬嫁妝就繞著盛城，往遼王府而去。街道有遼東軍戍守，百姓站在兩邊，邊看熱鬧邊讚嘆。都知道遼王娶了位出身了得的王妃，但沒想到這王妃的嫁妝這麼豐厚！

光是家具就抬了半天，紫檀的一套、黃花梨的一套，拔步床看著就是個移動的大房子！

衣裳布料、玩物擺件、金銀玉器、皮毛藥材，簡直無所不包。而遼王府的聘禮，更是一點都沒留的，全部又帶了回去。這位新王妃背後的財力，真是叫人不由得不詫異。

雲五娘坐在梳妝檯前，自己上手，給自己畫了一個大妝。花冠戴在頭上，讓她整張臉都閃著亮光，身上穿著火紅的嫁衣，金色的珍珠用金線鑲在身前，正是一隻展翅欲飛的鳳凰。

外面太冷，一件火紅的狐皮披風穿在身上，那柔順的毛襯著她的臉瑩嫩白皙。蓋頭上繡著龍鳳呈祥，流蘇的四角墜著夜明珠。五娘覺得，這夜明珠都比自己誘人。等蓋頭蓋在了頭上，上了花轎，雲五娘才真有了嫁人的感覺。

一路晃晃悠悠，她倒是不著急。這迎親的花轎，裡面挺暖和的。小抽屜裡還放著小碟子，碟子上放著點心、蜜餞，是給自己墊肚子的。轎子在城裡繞行，外面是喧鬧之聲，想來看熱鬧的人一定不少。走了有大半個時辰，才停了下來。

宋承明被扶著出來，得有兩個人架著才能走。也不知道是怎麼弄的，臉色蒼白，眼窩深陷。外面的百姓看見宋承明，一時就歡呼了起來。前幾天還聽說遼王病重，昏迷不醒，沒想到今兒，在人的攙扶下也能起床了！

這就是好轉了吧？至少證明沖喜還是有用的！

雲五娘覺得轎子一震，轎門就被人一腳撞開了。緊接著，外面伸進來一隻手，乾淨、修長、有力。

雲五娘將手遞過去，他就一把拉住了，還在手心裡撓了撓，示意他沒事。

當然知道你沒事！五娘輕輕地哼了一聲，只有身邊的宋承明聽見了。

雲五娘這一現身，只一身的嫁衣，就叫周圍響起一陣抽氣之聲。

這就是一個移動的金庫啊！

宋承明心道：光是這身嫁衣，我都得給府裡多調百十個護衛來啊！

當然了，好看也確實是好看，只是這好看的代價實在是太大了。

將新娘子接進去後，宋承明還堅持自己拜堂，然後才將一切交給下面的人處理，他跟著新娘子進洞房了。畢竟他是重傷之人，誰還能要求他陪客不成？

第三十四章

屋子裡已經歸置好了，雲五娘被安置在床上坐了。

宋承明將人都打發下去，才掀開了五娘的蓋頭。

五娘抬頭，宋承明眼裡劃過一絲驚豔。

「還行嗎？」五娘指了指他的胸口。

宋承明往後面一靠。「還沒那麼脆弱。」

雲五娘也沒那麼些講究，直接起身，將身上的大衣服都脫了。「你去暖閣的炕上躺著吧。」說著，就直接過去，伸手扶宋承明起身，給他將外面的衣服都脫了，叫他光著膀子，只穿著裡褲裹在被子裡。

宋承明調笑道：「這麼急著洞房？」

嘴上還能花花，要不是看他身上都是汗，臉也是真白了，還當他真沒事呢！五娘不由得白了他一眼。香荽就在外面伺候，雲五娘揚聲道：「下兩碗羊肉麵來！就別整那些席面了，吃的舒服最要緊。」

香荽應了一聲。

不一會兒，就端來兩碗熱麵，奶白的羊肉湯，一根根金絲麵極纖細，上面撒著香菜末。

另外還切了一盤紅油牛肉、一盤子烤好的鹿肉、一盤子涼拌三絲、一盤子蒜泥茄子乾。

紫茄已經叫了常江來，將宋承明家常穿的袍子拿了進來。

「這是王爺的？」紫茄看著手裡拿的棉布袍子，問道。

常江愣了一下。「是啊！王爺家常的衣服就是這樣的。」說完，他才猛然醒悟，臉色有點紅了。畢竟這棉布的衣服，小地主家都已經不穿了。

香荽瞪了紫茄一眼，就接了過來，面無異色地給雲五娘送了進去。

雲五娘只看了一眼，順手拿在手裡，轉身扶宋承明起來，給他穿上。

香荽出去後，就開始翻箱倒櫃。「將咱們的人都叫起來，趕緊給姑娘和咱們自己先做幾身簡單的衣服出來。」

紫茄小聲問道：「遼王府至於這麼窮嗎？」

春韭接過話。「這有什麼？跟將士同甘共苦不是說說的，這跟錢財無關。按香荽姊姊的話做吧，一路上姑娘寧願啃乾糧也不願意享受特殊待遇，姑娘的態度在那裡放著呢！」

紫茄嘆了一聲。「咱們姑娘這個日子……」

「少囉嗦！」香荽翻出幾疋大紅、紫紅、水紅、桃紅的細棉布來。「先用這些吧！大婚是喜慶的事，這顏色也還湊合。」

羊肉湯麵吃到肚子裡熱呼呼的，渾身都出了一層細密的汗來。

「夠嗎？」雲五娘看著宋承明問道。

宋承明指了指桌上的菜。「這麼多菜，什麼東西吃到肚子裡不占地方？夠了。」

五娘就道：「那也行，我叫廚下包點餛飩，睡前再吃點。」

看宋承明的習慣，就知道這飯菜一旦擺上桌，就不會叫剩下。她本來也沒有挑食的毛病，就陪著宋承明將桌上的菜吃得一點都不剩，倒叫進來收拾碗筷的紅椒又驚訝了一次。

香荽心思細緻，已經知道了遼王府的處事規矩。看來，還得找機會跟帶來的人好好說說，只有慢慢地習慣了遼王府裡的規矩，才能真正地融入這裡，成為遼王府的人。

雲五娘心想，難怪宋承明以前說遼王府裡沒有那些亂七八糟的事情，就宋承明這吃飯、穿衣都跟將士一樣的毛病，怎麼可能幹出花銀子養多餘的女人的事呢？這個王府，好似除了一個年老的嬤嬤，再沒看見過一個年輕的女子，也算是奇葩吧。

只要沒有不省心的人，艱苦一點對於雲五娘來說，那根本就不是個事。

「我給妳取個字，好不好？」宋承明靠在一邊，看著五娘自己泡了山楂茶來，就問道。

雲五娘就不由得想起待字閨中的話來。

「好。」五娘應了一句。反正自己出門的時候，長輩並沒有給取字。作為丈夫，宋承明確實有取字的權力。

宋承明瞧著雲五娘行動間如一道清風一般，只叫他覺得從裡到外的熨貼，就道：「叫沐清好不好？」

沐清？何解？雲五娘也不問，聽著還算動聽。「那就沐清吧。」反正也就只有他一個人這麼叫。

「妳叫我謹之就好，親近的人都這麼叫。」宋承明不錯眼地盯著五娘瞧，小聲道。

雲五娘叫他瞧得尷尬，便扶他躺下。「我知道了，你老實待著吧。」

宋承明一把拉住五娘。「頭一天晚上，總不能分床睡吧？」

雲五娘白了他一眼，前幾天兩人在一個車廂裡，還不是一個榻上窩著呢，有什麼差別？「你睡吧，半夜要個水、要起夜，我不在你邊上躺著，也不能放心。事急從權，我哪裡也不去，就在這裡守著你，你只管睡吧。」

宋承明這才踏實地躺下。

雲五娘拉了一床被子，就躺在他身邊，聽著宋承明的聲音悠悠的傳來——

「這府裡，如今是常河，河叔在管著事。他今年都年過七旬，也是該歇下的年紀了。他是祖父留下來的人，護著父王長大，又護著我長大。雖是下人，但於我卻有大恩。難得的是，這些年從沒有以功勞自居過，倒是因為我們父子，受了許多的辛苦。他不是一個拿著權力不放手的人。」

五娘就明白宋承明的意思了。「放心，河叔就是府裡的長輩，我知道怎麼做。」

宋承明扭頭，看著閉上眼睛的雲五娘。「委屈妳了。」大多數人看不起宦官，更別說將他們當成長輩了。更有人覺得常河的所作所為本就是他作為奴婢的本分，但自己卻不敢也不能這麼看。五娘能說出將河叔當成長輩的話，自己真是沒什麼可擔心了。

他心裡溫暖，卻沒有其他的旖旎心思。她還小，別嚇著她。

只要她跟自己這樣親近的相處而不覺得彆扭，他就很知足了。

第二天，雲五娘先醒了。

香荽將棉布的衣裙拿過來，棉布是細棉布，上面沒有什麼繡紋。

雲五娘朝香荽點點頭。「做的好。」她頭上也沒戴任何首飾，只拿紅絲帶將頭髮盤了。

「妳帶著她們幾個，抓緊時間，將咱們的箱籠給收拾妥當。」五娘吩咐完，又問道：「廚房裡是誰在伺候？」

「後院一直就沒有廚房。現在這廚房應該是前段時間臨時添出來的，昨兒的飯還是從前院拿的。後院這邊有兩個年齡不大的媳婦，都是本地人，該是府裡哪個侍衛的媳婦進來幫忙的。」香荽有點發愁。按說這樣沒有糟心事，這府裡的內院，能完全由自己主子一個人作主，不用裡裡外外的相互磨合。但這也有不好的一處，就是要自己配上全套的班子，才能將後院正常運轉，這也不是那麼容易的事。

五娘扭頭往裡間看了一眼，這人大概從沒有後院這個概念。從小到大，他都是一個人，也情由可原吧？

後院幫廚的不是王府的下人，倒是下屬的妻子，那就不能這麼心安理得地用人家了。「打聽清楚這兩個媳婦是誰家的，準備一份謝禮，實用一些的，打發人給送去。」說著，就起身往外走。

昨天晴了一天，今兒就又陰風肆意。雲五娘縮縮脖子，這身上的棉衣確實不如狐裘暖和。她繞到後院，遠遠地還能聽見廚房裡剁肉的聲音。

「這羊肉蒸成大包子，一定香得很！再摻點大蔥，真是給啥也不換的好吃食了！」一個媳婦大聲說著話，聲音從廚房裡穿出去。

另一個聲音就溫和些。「昨晚上聽說王妃在前院點了餛飩，我尋思著今兒早上，咱們給準備上，萬一要是又想吃了，咱們什麼都沒做也不好。剁點蔥薑的碎末進去就成，我昨晚上問王妃帶來的小丫頭了，說是沒啥忌口的。」

「那東西一口一個，裡面才塞多少東西，能有什麼滋味啊？」高嗓門媳婦就笑道：「大戶人家，咱們也想不明白！」

「那是，人家喝金嚥銀的長大，什麼沒見過？什麼沒吃過？到了咱們遼東可不委屈？我們那口子可是說了，只要伺候好王妃娘娘，回去他給俺洗腳！」這溫和的媳婦就笑著道。

雲五娘眼裡也有了笑意。都是一些特別淳樸的婦人，完全沒有那些高門大戶人家的下人那種彎彎繞的心眼子。

「那嫂子是得回去將熱水給提前燒好了！」五娘笑著，就推門進了廚房。「我覺得兩個嫂子的手藝好著呢！」

兩人一愣，抬頭就見一個十四、五歲的年輕姑娘穿著一身紅衣從門外進來，真跟年畫上的人一樣。說是姑娘吧，偏又梳著婦人的髮髻，這才後知後覺地想到，這就是新進門的王妃啊！兩人對視一眼，趕緊就要往下跪。

五娘一把攔住了。「不用這麼見外。」說著，就將袖子往上一捲。「嫂子剛才說羊肉的大包子，妳一說，我也饞了，那咱們就來包包子吧！」

兩人看著這新王妃捲起袖子，圍上圍裙，拿起刀就剁在羊肉上。

「嫂子，切些大蔥來，再多切點生薑來，又驅寒、又去腥。」說著，就對兩人一笑。

不是說王妃是大戶人家的小姐嗎？怎麼看著不像啊！兩人也沒了剛才的戰戰兢兢，就趕緊過去給搭把手。

香菱就坐到了灶火前，添柴燒水。

說著話，雲五娘才知道說話溫和的是趙虎家的媳婦，說話聲音高昂的是孟林家的媳婦。

五娘將包子餡拌好，道：「看兩個嫂子手腳麻利，想來在家裡也是裡裡外外一把抓。」

孟林媳婦就道：「我們家那口子要當差，家裡的婆婆、孩子，還不得我伺候著？只要這一睜開眼啊，就沒有清閒的時候。家裡的小姑子倒是也能幫上忙了，我這次出來這幾天，便是小姑子在家裡張羅的。」

能跟小姑子相處的融洽，這媳婦在周圍的口碑應該不錯。當然，要不是這樣，也進不了王府幫忙，這至少是一件體面的差事。

五娘笑著道：「家裡如今的光景怎樣？日子還好過嗎？」

「比以前好過多了。」趙虎家的媳婦道：「孟林嫂子家的負擔比我們家重一些，但吃穿也是不愁的。等下面那些小叔子和小姑子都成家了，日子也就好了。」

吃穿不愁，就是說一家人餓不了肚子。但也僅限於餓不了肚子。

孟林媳婦頗有些自豪的一笑。「其實勤快些，日子也沒那麼難。到了瓜菜豐盛的時候，搭著吃，或晾成菜乾、做成鹹菜，都說瓜菜半年糧，這話也對。偶爾還能割一點肉，打打牙祭。」

看來，贍養老人，撫養小叔子、小姑子，在他們看來是一件值得自豪的事。

雲五娘覺得孟林媳婦算得上是一個實誠忠厚的人，於是問道：「嫂子在家裡有什麼營生沒有？」

「哪裡能有什麼營生呢？粗手大腳的。」孟林媳婦不好意思的一笑道：「有時候幫著那些軍營裡的小夥子洗洗衣服，漿洗一二，也不好意思收錢。不過這些小子也是有良心的，像是這冬天，要是逮到什麼獵物，送幾斤肉來是常有的。家裡如今還風乾著半隻獾子，過年的時候吃正好，這也算是掙下來的吧。」說完，還憨厚地笑了。

雲五娘也跟著笑起來。

新婚第一天，宋承明就看見自家的新娘子端著兩大盤包子進來，還散發著羊肉混著麥香的味道。

「一大早的，妳又親自下廚了？」宋承明靠過去。「在家裡過日子，按照妳的習慣就好，不必時時處處地遷就著我。」

「知道。今兒廚房有人在幫忙，就順手包了包子，叫她們也帶回去給家裡的老小嚐嚐。」五娘將包子放在桌上。

香荽跟在後面，端了兩碟子小菜，盛了兩碗酸辣肚絲湯。

五娘將湯推過去。「吃包子喝點這個湯，不膩。」

宋承明點頭應下了，其實他一年有一大半的時間都在軍營裡，在府裡的時間不多。剛一成家，就有些家的氣氛，叫他覺得舒心。

「香！」宋承明喝了一口湯，只覺得胃口一下子都開了。「這湯味兒是好。」

香荽就誇道：「都是王妃做的！以前我們府裡的三姑娘從不吃這些內臟的，只除了我們姑娘親手做的。」話一說完，香荽就有些後悔了，怎麼說起了這個話題呢？

說到三娘，五娘覺得嘴裡的湯，在酸辣中驀地升起了一股子苦澀的味道。

而此時的三娘，則剛剛踏上草原。沒有風吹草低見牛羊，只有茫茫的大雪覆蓋在厚厚的枯草上，看不到邊際。

「姑娘，咱們準備的炭好像不夠了。」瑪瑙將身上的披風又緊了緊，轎輦好似四處都透風一般。

三娘看了眼炭盆。「那就省著點用吧。白天就算了，晚上再點起來吧。」

瑪瑙擔憂地看了一眼三娘。「這怎麼行呢？這裡比京城的數九寒天還冷，這轎子裡根本就隔不住寒氣，如此下去，是要落下病根的。」

「無事。」三娘搖搖頭。到了這裡，根本沒人將自己當作什麼尊貴的公主，即便是大秦的人，也知道自己這個公主是有去無回了，不給足夠的油水是不會給自己行方便的。

「病了更麻煩。」瑪瑙有些不贊同。「要不，我再去求一求那位送親的李大人？」

「求了能怎麼樣？知道咱們手裡有銀子，便會越發的剋扣起來，只等著咱們用銀子買。」三娘撇撇嘴。「咱們到了新地方，人生地不熟的，銀子留著是有大用的，不能花在他們身上給糟踐了。要不，叫咱們的人都到我這個轎輦上來，咱們擠在一起，好歹暖和些，炭也省下一份，能多撐上一些日子。」

這辦法也行。瑪瑙點點頭，道：「就是得委屈姑娘了。」

「委屈什麼？」三娘臉上的神色還算平和。「是我連累得妳們跟著我受苦受累，哪裡是委屈了我？分明就是委屈了妳們。」這些丫頭，在府裡比一般的大家姑娘養得還嬌氣，如今卻跟著自己流落在塞外，自己這個主子對不起她們才是真的。

瑪瑙吸吸鼻子。「姑娘何必說這些見外的話？咱們跟著姑娘，自是跟姑娘一條命。咱們打小就在一處，說是一同吃、一同住也不為過。離了姑娘，我們又能做什麼呢？再別說這樣的話了。咱們主僕就是再難，活下去才是正經。」

三娘點點頭。「那就去吧。」只怕，如今遇到的這點事，還真不是難事。

天慢慢地暗了下來，又開始安營紮寨了。

三娘將狐皮大氅裹好，整張臉都埋在厚重長毛的領子裡。即便這樣，風也無孔不入，好似一直都要鑽到人的骨頭裡一般。

見她們主僕都擠在一輛車上，這次支帳篷，竟連問一聲都沒，就只給了她們一頂帳篷。帳篷裡，地面上的積雪都沒有清掃乾淨，羊皮毯子就那麼隨意地扔在地上，更沒有將火燃起來。

三娘冷笑一聲，自己不想惹事，他還真是得寸進尺了！

「去請李大人來。」三娘對瑪瑙道：「就說本宮請他有事。」

李大人是四十許歲人，在理藩院二十年都沒挪窩。凡是跟藩國有關的事，他都是這麼處理的，能撈一筆算一筆。

雖說，大秦一直沒有和親的公主，但沒吃過豬頭肉，難道還沒見過豬跑嗎？

一個逆賊的未婚妻，靠著和親洗白名聲，即便出身雲家又怎樣？雲家也是鞭長莫及。再說了，這位假公主的手也太緊了一些，只要願意拿出銀子來，自己就是上天入地，也能將她伺候得舒舒服服的。既然捨不得銀子，那咱們就這麼耗著吧！

自己升官無望，好不容易有一個撈錢的機會，錯過了，豈不是可惜？

看著這來請的丫頭滿臉的倨傲，他眼裡閃過不屑，心想著，這位公主終於扛不住了吧？

於是，前去見三娘的時候，也只是草草地行了一個禮。

三娘冷笑一聲。「有些事情，李大人只怕不知道，本宮想著，還是有必要好好地提醒一下李大人的。本宮這個公主是假的，但在宮裡長大卻是真的，跟公主受的是一樣的教養也是真的。李大人許是忘了，宮裡的皇貴妃是本宮的親姨媽，本宮三歲就進了宮裡，見了皇上也是叫姨父的，平親王更是本宮的親表哥，自小相伴著長大的親表哥。」

李大人一愣，臉上的冷汗瞬間就下來了。

「李大人的記性大概真的是不好吧，簡親王妃是出身哪一家，怕是也忘了。那本宮再提醒李大人一次，那位王妃娘娘，是本宮的親姊姊。簡親王是本宮的什麼人，李大人知道了吧？」三娘呵呵一笑。「要是李大人還覺得這些人鞭長莫及的話，本宮記得，這裡離遼東也就兩日的路程了。本宮的妹妹雖是去沖喜的，但這婚約卻是之前就賜下來的，這麼些日子了，都沒有什麼不好的消息傳來，想必遼王已經無恙了。遼王是本宮的什麼人，想必你也該想起來了吧？還要提醒李大人一句，你們理藩院尚書好似姓莊，這位莊大人，說起來也不是外人，他是本宮四嬸的親叔叔。至於本宮的親四叔是什麼官職，不用再告訴你一聲了吧？這些，李大人，你可都記下了？」

三娘說這番話的時候，心裡其實有些悲哀。如今的自己，只能靠著狐假虎威來嚇唬人了。但是有什麼辦法呢？

這冰天雪地的，雪眼看就要下來了，自己和身邊的這些人，沒有一個受過這個苦，要真是一聲不吭地挨著，一旦病倒在半路上，非得搭上半條命不可。這位李大人不會看著自己死，但自己身邊的這些人呢？如果說剛才在轎輦上，大家擠做一堆，她還沒有太大感觸的話，現在看到這個連牛馬的住處都比不過的帳篷時，她就有了這個決定——得叫這位李大人知道顧忌。自己是不能將他怎麼樣，但自己身後的背景和勢力，若是想毀了他的前程，甚至是想要了他的性命，那都是易如反掌的。

「公主恕罪！是下面的人疏忽了，臣一定會給公主討個公道！」李大人趕緊跪下，磕頭請罪。

這邊三娘還沒有叫起，外面就響起稟報聲——

「大人，平王殿下打發人給公主送東西了！」

三娘馬上轉過身，眼淚順著臉頰就流了下來。原來，即便沒有自己出手教訓這個李大人，表哥也已經替自己安排妥當了。

李大人一愣，心裡這才真的害怕了起來。

等外面掀起狂風，三娘這才住進了暖和的帳篷。帳篷中間，巨大的篝火燃燒著，不光將整個帳篷照得燈火通明，更是暖意融融，驅散掉眾人心裡的寒意。

幾個丫頭圍著篝火，晾著剛洗好的頭髮。一路上不方便，熱水更是不給足量的供應，能喝口熱呼的、省下一點能給主子泡腳的就算是不錯了。如今有了熱水，才裡裡外外地洗刷了一遍。

三娘躺在一邊的榻上，榻上鋪著厚厚的狼皮褥子，身上蓋的是大皇子剛叫人送來的熊皮被子。窩在柔軟的皮毛裡，她想著今兒的事。在這裡還能狐假虎威，但是一進烏蒙，哪裡還有什麼虎威給自己借助？一切都得從頭開始，只怕會比現在還艱難百倍千倍。

「姑娘，喝點水吧。」瑪瑙端了熱茶過去。「離了京城，好似原來的香片喝著也不及以前那麼香甜了，茶都走了味道。」

「是水的味道變了。」三娘又抿了一口，依然不是以前的味道。都說一方水土一方人，這水土人都變了。

瑪瑙就笑道：「等將來安頓下來，咱們再蠲些雨水，收集些雪水，埋在地下，以後拿出來沖茶喝，想來味道該是不差的。這地上能分個地域，難不成這天也分成片了？雨雪都是一樣的。」

三娘就笑了。「這話也有道理，就這麼著吧。」她端著杯子，聽著帳篷外呼嘯的風聲。帳篷還算牢固，只是被吹得微微有些鼓起來。

「雪要是下的大了，怕是明天就不能趕路了。」碧璽皺著眉，這樣的天氣在這荒郊野外度過，實在不是一件美事。

三娘朝著帳篷口看了一眼，儘管什麼都看不見，但還是不由得嘆了一聲。這還真是沒有一點辦法的事，但這都是小問題。

烏蒙對於這次的和親，表現的並不是很熱情，要不然也不至於她的轎輦都進入烏蒙了，卻連一個迎接的人都沒有。這裡面顯露出來的問題，才是真正的大問題

一夜的暴雪，三娘哪裡敢合眼？幾個丫頭和衣睡在火堆的旁邊，離了火堆，就真的冷得睡不著了。雪壓在帳篷的頂端，讓人擔心這帳篷還能不能擔負這樣的重擔？

遠處，傳來狼的叫聲。群狼的叫聲，叫人心裡發寒。

三娘還是起身了，將身上的衣服穿好。不知道是不是她的錯覺，總覺得狼的聲音就在左近。而且，還越來越近了。

幾個丫頭也都起身，緊張地站了起來。

三娘道：「把火燒起來，多燒幾個火把來。」野獸怕火，這是她唯一想得出來的辦法。

幾個丫頭慌亂地應了一聲，都四下裡忙開了。

人都是惜命的，竟是沒有一個人來看一看她這邊怎麼樣了？

帳篷的簾子碧璽又加固了一次，出去看看根本就是想也不敢想的事。

狼的叫聲，夾著風聲，叫裡頭的人都不由得放緩了呼吸。

三娘走到帳篷的窗邊，將固定的繩結打開，狂風瞬間就掀起簾子，夾著雪花捲了進來。外面白茫茫一片，遮住了人的視線，只不遠處，那綠油油的眼睛，顯示著狼就在近前了！

帳篷哪裡抵得住狼？可送嫁的護衛一個個的都縮在帳篷裡，沒有要出來的意思。他們想要脫身，不能。而自己這樣的弱女子們，又該怎麼辦呢？

三娘的手慢慢的開始抖了起來。

她看著狼群朝前移動，緊跟著，有兩隻最前面的狼，不知道被哪個帳篷射出來的箭簇給射中了，倒在雪地裡！三娘剛要鬆一口氣，碧璽就先憂慮地開口了——

「不好了！姑娘，我聽我爹說過，這狼性狡猾，最是會欺軟怕硬，其他幾個帳篷不好欺負，牠們指不定就對著咱們來了！」

三娘回頭，不確定地看向碧璽。「妳確定嗎？」

碧璽點點頭。「是，聽我爹說過。」

她爹是府裡的護衛，她祖父也是府裡的護衛，入府以前是獵戶。三娘猛地想起，面色不由得一變。要真是這樣，那真就危險了！關鍵的時候，除了自己人，誰也靠不住。每個人都將自己的命當命，誰還在乎她這個和親的公主？人都是趨利避害的，誰會甘願為誰死呢？

這時，一直都不怎麼起眼的珊瑚突然站了出來。「姑娘，咱們先將柴火都搬到中間，咱們坐在柴火上，周圍點上火堆，咱們隨時能加火。這些柴火，熬到天亮不成問題。晚上他們可以假裝不知道，都不出頭，但到了白天，他們就不得不搭把手了，要不然，回京城後，這個失職的罪過他們擔不起。」

三娘詫異地看了一眼珊瑚，眼神一閃，問道：「我要是沒記錯，妳跟五娘身邊的春韭、綠菠她們是一起進府的？我挑了妳。」

珊瑚也不知道聽懂三娘的話沒有，只是點頭道：「是，姑娘，我跟春韭她們是一起進雲家的。」

三娘就點點頭。珊瑚平時不顯山不露水，但是關鍵時候卻不見慌亂，她不得不多想。瑪瑙立刻就明白了三娘的意思。叫她說，要是珊瑚真有春韭她們那樣的本事，那可就太好了！救命的時刻，哪裡還顧得了其他？

幾人按著珊瑚的辦法，忙碌開來。

三娘站在火堆中間，外面圍著幾個丫頭，一個給一堆火添柴。

良久，外面都沒有聽到狼的叫聲。

三娘往一捆柴上一坐，還以為狼都走了。

珊瑚和碧璽的神色卻更加的嚴肅起來。

不大功夫，眾人就聽見像是有什麼在刮著帳篷。

三娘一下子就又站了起來。這次是真的狼來了！

「都別怕，將火把都拿穩了。」珊瑚起身，往三娘手裡塞了一根。

有這麼一個穩得住的人，幾人也都慢慢地穩下來了。

「不管是人，還是那些畜生，都是欺軟怕硬的。」珊瑚擋在三娘前面，說道。

前面的動靜還沒消停，後面又傳來聲音。

三娘扭頭。「還真是狡猾的畜生！」

話音才落，前面就猛地有風灌了進來，一頭半人高的狼從劃破的縫隙裡擠了進來，就停在火圈的外面！

三娘一屁股坐到柴堆上。若沒有珊瑚的辦法，這會子只怕是性命不保了吧！

「穩住！沒事。」珊瑚的聲音顯得很平穩。「有火堆在，牠們不敢上前，注意別叫火滅了就好。」

瑪瑙的聲音有些顫抖。「都打起精神，按照珊瑚說的做。咱們現在能拖一會兒是一會兒吧。」

三娘也站起身，重新舉起火把。現在，可由不得自己害怕。

風從縫隙裡鑽了進來，後面的帳篷也被劃開了，兩側都擠進一匹狼來。

三娘此時有些不確定，她們是不是真的能抗得到明天。

「姑娘，妳聽！」碧璽喊道。

三娘一愣，順著風聲，隱隱約約地傳來馬蹄聲和吆喝之聲。

「有人來了？」三娘有些不確定。

珊瑚低聲道：「是有人來了，人數還不少。」

三娘眼睛一亮，不管這些人是敵是友，只要能將狼群趕走就好。

人比狼好對付，不是嗎？

遠遠的馬蹄聲、吆喝聲，叫外面的狼群有了一瞬間的騷動，緊接著，就是狼嚎聲、馬叫聲以及人的吆喝聲。

三娘的眼睛裡湧出一股喜意，正想要揚聲叫喊求救時，風猛地灌了進來，一柄長劍將帳篷劃開。手起劍落，原本圍著的三匹狼瞬間就被斬殺了兩隻。就見那人取下背後的弓箭，另一頭狼，也被一箭射進眼睛裡，倒在地上，血腥味瀰漫了開來。

好勇武的身手！三娘朝前面的人看去，就見他身高八尺，極為壯碩，臉上裹著布巾，看不清年紀長相，只露出一雙眼睛，一下都不眨地看著三娘，彷彿看見了新的獵物一般。

三娘皺眉，微微地向珊瑚身後躲了躲，她實在受不了這個男人的目光，跟剛才狼的眼神有些相似呢！那男人一把拉下臉上的布巾，露出年輕的臉龐來，是個二十多歲的男人，五官鮮明。

「妳是大秦和親的公主？」

意外的，這個男人的漢話說得很好。不知道的，還以為他出身京城呢！

三娘屈膝行禮。「是。感謝壯士的救命之恩。」

男人的神色就更加的奇怪起來，他猛地上前，一把捏住了三娘的下巴。眼前這個女人，是他從沒見過的美色。他可以想像，她的身子一定跟那剛長出羊毛的小羊羔一樣，白嫩柔膩。

三娘沒有掙扎，同時也用眼神制止了瑪瑙等人的動作。人生地不熟，女人的美貌，本就是無往而不利的利器。她看著眼前的男人，道：「我就是和親的公主，你待如何？」

男人嘴角一挑，頭湊了過去，剛要說話，就聽見外面的喧譁之聲，他在三娘耳邊小聲地道：「妳遲早，都得是我的女人。」

三娘心裡一跳，這人說話可真是大膽！她的心跟著怦怦的跳，還不等她有其他的反應，這男人就一笑，站直了身子。

外面傳來李大人戰戰兢兢的聲音。「可是烏蒙的明王殿下？」

明王殿下？烏蒙大汗的弟弟！

三娘的眉頭緊緊地皺起來了。她沒功夫想一個男人對一個女人的覬覦，而是從這些話裡聽出了叫人膽戰心驚的消息！他憑什麼說自己會成為他的女人？烏蒙有兄死弟及、父死子及的習慣，除非大汗死了後，繼位的不是大汗的兒子，而是大汗的弟弟明王！他沒有掩飾自己的野心，這該是有一種怎樣強大的自信？三娘狠狠地吸了一口冷氣，強迫自己冷靜下來。

不大會兒功夫，就有人請三娘去其他的帳篷安置。而這帳篷，正是那位李大人的。

三娘在屏風的這一邊，另一邊是明王跟李大人的說話之聲。三娘坐在榻上，不敢發出一點多餘的聲音。

「明王來的真是及時！」李大人的聲音帶著幾分諂媚。「要不然，我等可就真的要葬身狼腹了！」

如此無能，還有臉說出這樣的話？大秦的臉面都叫這位李大人給丟盡了！三娘恨不能衝出去將他的嘴給封上，就聽明王低沈的聲音又一次響起——

「在我們烏蒙，從來沒有將女人丟出去餵狼的傳統！這樣的孬種，在烏蒙，還想做官？餵馬都嫌窩囊！」

如此直言，叫三娘極為解氣，一時竟覺得這個明王十分的對脾氣。

李大人恐怕從來沒有被人這麼說過，臉瞬間就脹得通紅，嘴角動了動，好半天才道：「……天黑了，半夜風大，一時也沒聽見。」

明王冷哼一聲。「大秦如今要都是這樣的孬種，也沒有什麼好畏懼的了！難怪連太子都會造反，大秦的皇帝能用這樣的官吏，也真是不怎麼樣！」

三娘的面色頓時就一變，即便不管公主這一層身分，身為大秦的子民，也容不得人這麼評價自己的國家！她站起來，從屏風後繞了出去。「明王此言差矣！」

她一身紅衣，頭上戴著用白狐狸皮做的昭君帽子，上面鑲嵌著的大顆紅寶石熠熠生輝，將一張豔麗的臉襯托得越發的明豔不可方物。

「永和公主這是要為李大人鳴不平嗎？」明王扭頭，眼睛眨也不眨地看向三娘。

三娘瞟了一眼李大人，見他神色訕訕，就是不敢說話，才問道：「以前聽說，那打獵的獵人都愛養獵狗使喚，不知道烏蒙有這樣的習慣嗎？」

「自然。」明王嘴角含著笑意。放牧帶著放牧的獒犬是常事。
「這獵犬不兇狠，是主子的錯嗎？」三娘又問道。
明王搖搖頭。「只與那畜生的本性有關。」
三娘就笑道：「那遇上這樣的獵犬，明王會怎麼辦呢？這樣的畜生雖不能對付豺狼虎豹，但是嚇唬隻狐狸，或是逮個兔子、野雞還是能的。」她嘴角依舊帶著笑意。「同理，李大人能力雖然不濟，但出使烏蒙還是夠的。」
明王的表情就更多了幾分玩味和趣味。漂亮的女人不少，但是漂亮、聰明還有膽識的女人就真的不多了。他扭頭，看了一眼李大人。「你先出去。」
李大人紅著臉，縮了縮脖子，看了三娘一眼，趕緊就退了出去。外面還是大晚上，風雪依舊肆意，他縮了縮肩膀，心裡對這位明王的心思知道的一清二楚。大家都是男人，誰不知道誰？見到美人，誰不動心？看來這位英雄了得的明王，也是英雄難過美人關啊！
三娘看屋裡只剩下明王和自己跟幾個丫頭，她沒有猶豫，轉身就想往屏風後面走。
明王一把拽住她。「看來，妳那老獵狗還真就擋不住我這隻狐狸。」
三娘的胳膊被他拽住，只覺得這人真不愧是野蠻人，粗鄙又沒有教養，雖然英雄了得，但還是叫人親近不得。「你不是狐狸，你是狼。」
「我的公主殿下，沒有人告訴妳，在烏蒙，狼性是對男人最好的讚美嗎？」明王眼裡的笑意點點，抓著三娘的手不由得鬆了鬆。

三娘的臉瞬間就紅了起來，掙脫了一下。「無賴！」她這麼罵他。「快撒手，這不合規矩！」

明王卻不屑地一笑。「我們烏蒙，向來沒有你們大秦這樣的繁文縟節。」

「瞧不上漢人的禮節，但我瞧著你漢話說的很好。」三娘看著明王的眼神透著探究。

明王低聲道：「怎麼，對本王也有興趣了？」

三娘猛地抽回手臂，剛要走，就又被抓住了肩膀。

「性子還挺烈的！」明王輕笑了一聲。「我的娘親是漢人，被我的汗父搶來的。」

「原來如此。」三娘臉上的神色緩和了下來。「那以後倒是多了一個可以說話的人。」

明王的神色頓時就陰沈下來。「沒有了。」

「什麼沒有了？」三娘不解地問道。

「我娘沒有了。」明王的手慢慢地鬆了，眼裡蘊含著風暴。

三娘有些害怕，也有些歉意。「對不住，我不知道。你節哀吧。」

明王呵呵冷笑，一把又將三娘揪住。「妳知道我娘是怎麼死的嗎？」

三娘被他的表情嚇了一跳。「不……不知道。」

「汗父死了，我的大兄耶律雄自然就能名正言順地占有我的母親……」明王看著三娘的眼神有些危險。

三娘心裡突地一跳，她知道對於漢人的禮教而言，這絕對是不倫的關係，這個女人只怕接受不了。

明王看見三娘的眼神，就知道她想到了。「沒錯，她被大兄強暴了之後，就自殺了。」那時候，他才五、六歲大。

對於這位大汗而言，可真是他不殺伯仁，伯仁卻因他而死。

對於明王而言，這份殺母之仇，恐怕只能記在這位大汗的身上。

三娘一時竟不知道該怎麼回話，只覺得心裡堵得慌。

明王使勁一拽，就將三娘摟在了懷裡。

三娘的臉都白了。「你放手！」

「耶律雄的女人，難道我就占有不得？」明王的雙手緊緊地箍在三娘的腰上。

三娘只覺得呼吸都頓住了。「你要是敢，我就死給你看！漢家的女子，不止你娘一個烈婦！」

明王的手一頓，而後慢慢地鬆開。「烈婦貞潔真比命要緊？我討厭大秦的那些破規矩。」要不然，他的娘親也不會尋死。

三娘見他撒手，不由得鬆了一口氣，慢慢地往後退去。

明王轉過身，背對著三娘。「不管以後遇到什麼事，都別輕易的尋死。在我眼裡，那些規矩全都是狗屁。」說完，就大踏步地往外走，簾子掀起來，風往裡灌，他扭過頭說：「活著吧，多難都活著。」

三娘看著還兀自晃動的簾子，緊緊地揪住了胸口的衣服。

烏蒙，果然不是自己想的那麼簡單。

盛城的遼王府，新婚的五娘此時心情並不怎麼美妙，因為雲家遠要回去了。

「不能過段時間嗎？這雪大的，怎麼走？」五娘有些不樂意，也不放心。

雲家遠看著五娘一身布衣，嘴角動了動，到底什麼也沒說，只道：「走水路，再晚一段時間，只怕船更不好走。」他看了宋承明一眼。「再說了，有王爺派人一路相送，不會有事的。再耽擱下去，娘該擔心了。」

五娘想起金夫人一個人在煙霞山，到底不說什麼了。

當天，就送走了雲家遠一行金家的人。

宋承明安慰五娘。「海路相通，其實來往方便得很。」

話是這麼說，但想見面卻不是那麼容易的。彼此都有要忙的事，再相聚還真說不好是什麼時候。

消沈不是五娘的性格，新婚過了三天，五娘就正式進入了角色裡。別的事，她暫時還不想插手，於是，她幹起了她的老本行——種菜。

遼東的冬天，想吃鮮菜，比在京城可難多了。

遼王府的外廚房，準備的最多的就是酸菜，一甕一甕地被抬出來。五娘也愛吃酸菜，酸菜餃子、酸菜包子、酸菜氽的白肉都好，可天天只吃這個也叫人受不了啊！其他的素菜就是菜乾、豆腐，或是豆芽、豆乾，單調得很。

於是五娘叫府裡的護衛做了架子、木槽子，裝上土，就放置在房間裡，各色的青菜都撒上種子。「估計趕在過年，頭一茬就能吃了。」

宋承明倒是對她準備的那個菌絲包很感興趣。

五娘就道：「這是蘑菇，以前也沒種過。第一次試，成不成還不知道呢。」

宋承明搖頭道：「咱們遼東軍，最不缺的就是暖房火炕。若是這些架子上的木槽子真能種出菜來，也算幫了咱們大忙了。」

「怎麼就幫了你大忙了？」五娘扭頭看宋承明，問道。

宋承明嘆了一聲。「糧食勉強夠吃，其他的咱們也就顧不上了。但是到了晚上，很多的人都看不清楚東西，跟瞎子沒啥差別，妳說這萬一要是遇上敵襲……」

「雀目症？」五娘有些驚訝。

宋承明點點頭。「大夫說多吃豬肝，多吃菜蔬，可哪裡去找那麼些菜蔬去？就是菜乾，雖說收上來不少，可想天天吃，那也是作夢。」

五娘皺眉。「種菜當然可以，其實也不算費勁，但關鍵是，這什麼東西都需要一個過程，想要立竿見影還要再想辦法。」

宋承明苦笑。「哪裡能不想？這不管什麼豆子都拿去發豆芽了！戰馬想吃點好料，也都是一點也沒有。」

五娘看了宋承明一眼。「你怎麼不早說？這事對別人難，對我們並不難。現在趕緊給我哥哥送信去，叫他調海帶過來！乾海帶，他們有多少，咱們要多少，用銀子結算！」這東西完全是金家捕魚的副產品，不值錢，但是扔了又可惜，哪個島上不是存著不少？乾脆這次一次性清空算了，有多少都吃得下。既能治病，又能當菜吃。再說了，這啥東西吃到肚子裡不占地方呢？這個吃多了，糧食不就省下了？

「海帶能行？」宋承明不確定地問。

「怎麼不行？」五娘白了他一眼。「效果好著呢！」

宋承明猛地站起來。他知道這東西，花不了多少銀子，更要緊的是，貨源充足，且乾貨還能存放的住！宋承明趕緊寫信，打發人送去。「常江！叫白昆親自去，追上舅爺，將信給他！」等常江竄出去，宋承明才扭頭看五娘。「我就說，娶妳算是娶到寶了！」

五娘白了他一眼。「這點事就算是寶了？可見對我也沒多少期待。」

「這可不是小事。」宋承明搖搖頭。「為這個，我幾乎沒愁死。」

五娘就笑道：「這東西，靠海的地方都有。只是沒有金家那般集中罷了。這事，大哥心裡有數，數量上你不用擔心。海島上的人，魚蝦尚且吃不完，新鮮的更是到處都是，誰稀罕這個？」

宋承明卻搖頭。「人家不稀罕，咱們稀罕。只要有這東西，銀子不是問題，拿其他的換也可以。」

「哥哥難道還能訛了咱們的銀子？」五娘擺擺手。「像是那些小蝦米之類的，以後也叫他們順便留出來，咱們都要了！還有……」

宋承明就聽著五娘掰著手指算哪些都是金家不太想要，但對於自家來說都是能當大用的東西，便宜還實惠。他只覺得這媳婦娶的，心還是向著自己的。

這不，現在就從娘家往回搬了！

第三十五章

等金家的船靠了遼東的港口，天已經進入臘月了。

宋承明的傷也已經好得差不多了，他親自去港口接了貨，又打發人往各處派發。

另外還有整整一船的東西，是金家給五娘的禮物。

「沐清！」宋承明從外面回來，進了院子就喊道。這個時間，五娘一定不在房裡。

五娘對這個名字還有些不習慣，老半天才反應過來。她高聲應了一聲，手裡拿著一撮子香菜就出了門。「回來了？」

宋承明見她從暖房裡出來，就上前拉了她一塊兒回去。

五娘順手將香菜塞到紫茄手裡，跟著他往屋裡去。「都接到了？夠分嗎？」

「夠，能撐好幾個月呢！」宋承明進屋子，先灌了一杯茶，才苦笑道：「還順便送來了年禮，足足一船，什麼海鮮乾貨，應有盡有。我急著跟妳商量，這回禮該怎麼送？」自己媳婦沒叫給雲家送年禮，可這金家的禮卻是馬虎不得的。

五娘愣了一下。「這還真是……」她也沒想到。

宋承明算了算，就道：「皮毛、人參、鹿茸這些東西府裡不缺，妳收拾一下。」只是人家給了一船，咱們這麼點東西實在有點拿不出手。甭管海鮮在金家值不值錢，但人家運來了，而且都是上上等的東西，放在市面上的價值真不低。

五娘盤算了半天，才道：「不用，又不是外人。送些乾木耳、榛子、松子這些山珍特產就行了，你打發人買回來。海島上，這也是稀罕的東西。」

宋承明心想，可這東西，就算搜羅上一船，也值不了幾個銀子啊！

「再將貂皮、人參、鹿茸分幾份，給幾個管事的叔叔、嬸子送去就行了。」五娘掰著指頭算計了一番。遼東確實是銀子緊缺，如今的糧食要扛到夏收，還有半年呢！這日子該怎麼過？五娘心裡正犯愁呢！「有了這一船的海貨，咱們過年要送的禮和要準備的賞賜，也就有著落了。」當地還是有不少鄉紳需要安撫，更有大小將領、官員需要施恩，這樣一來就又省下不少。

宋承明點點頭，心裡挺過意不去的。「不行的話，是得跟京城哭哭窮了。」

五娘理所當然地點點頭。「要想叫馬兒跑，又不想給馬兒吃草，哪裡有這樣的好事？只要皇上還想用咱們，但凡咱們開口，多少肯定都會有一些的。可對於咱們來說，蚊子再小，那也是肉啊！」

宋承明覺得斤斤計較的五娘，實在是可人極了。「也好。」他心裡謀劃了一遍，又道：「另外，京城留下來的人，我也想叫他們盡快的退回來。」

「怎麼了？」五娘心裡一跳。能作出這樣的決定，肯定是局勢有變了。

宋承明搖搖頭。「那位太子也不知打著什麼算盤，到了西北後就沒什麼動作。而成厚淳跟西域暫時是消停了，但西北軍可是剛下了戰場的，求戰心切，或許，過完年就有動作了。」

「你擔心，皇上叫遼東發兵？」五娘不由得問道。

宋承明點點頭。「能兩敗俱傷的事，皇上為什麼不做？」

「那你呢？做嗎？」五娘看著宋承明，問道。

宋承明轉著手裡的杯子。「為什麼不呢？」

五娘了然，這對遼東何嘗不是一個擴張的機會？一旦把兵將撒出去了，再想叫宋承明將人收回來，只怕不容易。

「那需要準備的東西就多了。」五娘的心突然緊了起來。如此一來，這後方的穩定，就變得至關重要了。

宋承明拉了五娘的手。「過了今年，大概再難過個消停的年了。」

「寧為太平犬，不為亂世人。」五娘也無奈的一笑。「若是有辦法，誰願意走到這一步呢？」

正說著話，香荽送了飯菜過來。

「酸菜魚頭鍋，切了好的羊肉涮一涮也好吃。」五娘叫香荽下去吃飯，不用伺候，才對宋承明道：「還有切好的麵條、包好的餃子，都在外面凍著呢！不夠吃的話，一會兒再下點麵條吃。」

宋承明點點頭。「煮餃子吧，妳包的餃子好吃。」

「有茴香大肉的，吃不吃？」五娘問道。

「茴香都能吃了？」宋承明剛才瞧見五娘拿著香菜，這會子又是茴香，看來這些青菜長得還不錯。

五娘還沒說話，紫茄就又端了木盤進來，上面放著幾個碟子，碟上是綠油油的各色青菜。

「把白菜苗給我，這個涮了也好吃。」五娘要了菜，又叮囑紫茄。「也給河叔送過去吧，多點青菜，叫嚐嚐鮮。另外，別用酸菜的做湯底，我見廚房裡燉了上好的火腿，多燉一會兒，涮著豆腐、青菜都是香的。」

紫茄忙應了。「剛才還說要不要用野雞湯下點銀絲麵呢，王妃這主意也好，我這就去辦！」

宋承明才笑道：「河叔說，自從咱們成了親後，他這兩月胖了四、五斤都不止。」

五娘就笑。「我叫綠菠給河叔看過身體了，胖點好。」原本太瘦了。

宋承明知道五娘身邊這些丫頭的本事，就點點頭。「河叔交給妳，我放心。」

五娘對這個老人，心裡也是敬重的。自己進門沒十天，老人家就帶著帳本，將所有的帳本都交了，然後真就什麼都不過問。她有時候真的覺得，這老人能從太宗朝護著先後兩個小主子活到現在，絕對算得上是聰明人中的聰明人。

羊肉鮮香，豆腐嫩滑，各色菜蔬新鮮。最後煮了餃子，拌著湯吃了。

飯菜撤下去後，宋承明就不打算再出去了。

原本是新婚一個月，兩人睡在一間屋裡也算是應當。等住夠了一個月，他又因為身上的傷，就沒搬出去，結果這人就一直賴到現在，如今還能真叫他大冷天的搬出去不成？

於是就有了現在這個樣子——兩人住在暖閣裡，一個人占一邊的炕頭。

「過了年，你就該去軍營了吧？」五娘問道。

宋承明「嗯」了一聲。「回來的時候就不多了，家裡的事情都得妳操心。」要是真有戰事，後面的壓力也不小。

五娘還沒有說話，就聽宋承明又道——

「妳不必非得待在後宅裡，打仗打的還是錢糧，這些事，都得妳看著。過年的時候，叫下面的人都來見見妳。」

「有沒有什麼不妥當？」五娘扭頭，黑暗裡只能看見宋承明躺著的暗影。就見那暗影也轉了過來，五娘都能看見他亮晶晶的眼睛。

「金家出身的女兒，他們有什麼不服氣的？」金家的財富，在大多數人的眼裡，就是傳奇與神話。

五娘頓時就覺得心理壓力大了起來。光靠著金家的招牌，若沒有與之匹配的手段，也難叫人真心服氣。她有點害怕丟了金家的臉面。

外面的風大得很，五娘打岔道：「又降溫了，只怕還得下雪。」

「遼東就是這樣，習慣了就好。」宋承明見五娘往被子裡縮，就道：「要不我挨著妳睡？暖和。」

才不要！五娘翻了個身，背對著宋承明。「老實睡你的吧！」

宋承明輕笑一聲，睜著眼睛看著裹在被子裡的暗影，直到聽見她勻稱的呼吸聲。

昨晚上果然又是一場好雪，天亮了還下個不停。

屋裡燒著地龍，還點著火牆，鋪著暖炕，還算是暖和。

五娘一轉頭，就看見宋承明的頭緊挨著她，不知道晚上什麼時候挪到自己身邊了。

「醒了？」宋承明問道。他抬起頭，露出光膀子和胸膛來。

大冬天的，睡覺也光著膀子，都是什麼習慣？五娘應了一聲。「怎麼又睡這邊了？」

「喔！」宋承明含糊地應了一聲。「我睡覺不老實，愛滾。」

五娘看了一眼放在炕中間的炕桌，上面的茶壺、茶碗和果碟子還在呢！他是怎麼滾才能越過炕桌滾過來？

宋承明完全沒有說謊的自覺，面無異色地起床。

五娘白了他一眼，這才從被窩裡鑽出來。

誰知道，兩人還沒有收拾妥當，常江就急忙進來稟報。

「成家來人遞了帖子，是來送年禮的。」

成家？五娘的手一下子就頓住了。

宋承明的神色倒是嚴肅了起來，伸手從常江手裡拿過帖子，打開細看，然後表情奇怪地將帖子遞給雲五娘。「沐清，妳瞧瞧，還真是有幾分意思呢！」

雲五娘伸手接過來，這不是給宋承明的，反而是成厚淳新娶的繼室夫人給自己的帖子，用的還是親戚間的語氣。當然了，這並不算錯，從老太太那裡算起來，雲五娘得叫成厚淳為表伯。她沒心思看禮單，能大老遠送來，禮肯定就不簡薄。但成家這般，到底是為了什麼，就叫人有點撓頭了。五娘收了禮單給香荽，才開口。「他敢送，咱們就敢收！反正咱們一直也不寬裕。」說著，又對常江道：「收拾點蘑菇、木耳、大棗、菜乾什麼的，裝上兩車，叫帶回去吧！禮尚往來嘛！」

宋承明打發了一臉匪夷所思的常江，回頭就看著五娘笑。妳倒是不怕事大！

在成家的年禮之後，京城的年禮和賞賜也來了，還有雲家和簡親王府的禮也一併到了。

雲家的東西，五娘真心是不想要的，但這年禮裡面，有些東西卻是不能不收。

比如大房，大伯娘白氏和大堂兄雲家和給捎來的東西。有白氏做的兩身衣裙和兩雙家裡穿的便鞋，還有雲家和親手雕刻的一匣子玉石的簪子。不貴重，但還算走心。自從元娘出事之後，這母子二人跟五娘的來往其實一直都有。另外也捎來了信件，大堂兄的婚事訂了，娶的是他舅家的表妹，白家的姑娘。雲五娘將禮物單獨放了，同一個家裡生活了這麼多年，彼此沒有利益衝突，就算怨恨，也恨不到這對母子身上。

「將上好的皮子準備一些，不管是大伯娘用，還是大哥用，都是可以的。」五娘吩咐了紫茄一聲。

紫茄看著白氏做的衣服，就知道這肯定是下足功夫了，而且是親自動手的，不是針線房的手藝，當得起心意難得。聽到五娘的吩咐，就趕緊應了下來。

二房的雲家旺和雲家茂，也都送來了東西。雲家旺是一套首飾，雲家茂是自己做了胭脂給送來了。

就連三房的雲家昌，也搜羅了一匣子奇怪的種子，說是知道五娘喜歡這個，特意給找來的。這叫五娘一下子就想起六娘，眼睛就不由得濕潤了。也不知道她現在怎麼樣了？過得究竟好不好？

宋承明進來時瞧見五娘的神情，就伸手先拿了帖子看，而後才笑道：「想不到妳跟雲家的兄弟姊妹相處的還這麼好。」

當初不見得多親近，可如今想起來，其實他們相處的一直不算疏遠。

對雲高華和雲順恭的不喜與厭惡，並不能將雲家徹底的否定了。

「大堂哥有些書生氣，但好在還不算酸腐；而我的這位庶長兄，雖有些憨蠢，卻不是什麼壞人，欺負人的事不能說完全沒有，但要說欺男霸女的惡事，還真是一件都不敢幹的。不過，有二姊這個簡親王妃在，就是日後分了家，他的日子也能過；至於這個三哥，其實也是個可憐人，不過好在本分，只要有庇護，粗茶淡飯也能甘之如飴；三房的這位四堂兄，倒是個活泛的人，好在心眼不壞。六娘和親的事，他也是死活不同意的，後來事情定下了，他便出去打探消息，又籌措銀子給六娘路上打點，雖說最後得了一個爵位，但對庶妹，做到這分上也就可以了。」五娘將禮單都收起來。「四叔他們去了江南，年禮沒跟著京城這邊的一起送來。我現在就想著，四叔南下，也不知道能不能追上六娘……」

宋承明摸了摸五娘的頭，他知道，五娘這是想家了。昨晚作夢還在喊娘呢，今兒看見這些東西，不免又想起京城了。

說到底，還是因為沒有將她的身心留在遼東。如果她心裡都是自己，那麼這裡就是家。哪怕是對金夫人的想念，也不會如現在這般，夢裡還在呼喚。

六娘的船帶著儀仗，一路往南，走的並不快。

跟著父親到南邊任職的四娘，此刻也坐在船上。

窗戶就那麼開著，江面上的風透著涼意，颳在了她的臉上。

筆兒正在用小炭爐給四娘燒水烹茶，就聽四娘幽幽地道——

「六娘也是從這裡走過的吧？」

「應該吧。」筆兒不想叫自家姑娘老想著這些事，就道：「如今江風涼，姑娘看看外面，透透氣就罷了，還是先將窗子關起來吧。」

四娘的眼睛卻直直看著流動的江水。「這就是隨波逐流吧？」那江上飄著葦草，隨著水流四散，可不就如同她們姊妹嗎？隨波逐流，誰也不知道會漂泊到什麼地方？將會面臨怎樣的宿命？

筆兒心裡一嘆，幾個姑娘的離開，彷彿一下子帶走了自家姑娘的精氣神。其實姑娘的心思她知道，姑娘不是因為捨不得姊妹，畢竟再親密的姊妹，也有要分開的一天。姑娘所說的是命運，一種無法反抗、冥冥中注定的命運。

雲順謹躺在榻上，看著莊氏扶著丫頭的手進來，就問道：「不是去看四娘了嗎？怎麼又回來了？」

莊氏搖搖頭。「這孩子心思重。」

雲順謹就道：「咱們又不是什麼狠心的爹娘，還能將她賣了換銀子使嗎？姑娘大了，這心思就越發琢磨不透了。三娘其實是掙前程去了，有什麼好難受的？五娘就更不用擔心了，別說遼王的傷受得莫名其妙，就是這沖喜也奇奇怪怪的。更怪的是，送親的人還沒出京畿，就將咱們五娘給丟了，可不消幾日，人家就在盛城辦了盛大的喜事。咱們動身前，不是消息都傳來了，說遼王妃的嫁妝如何的了得？這個別人不知道，難道咱們自己還不知道？雲家給的嫁妝，一根線頭人家都沒帶，可見金夫人準備得多細緻！能這樣慎重地準備嫁妝，怎麼可能糊裡糊塗地看著閨女去沖喜？人家在遼東也過得好著呢！至於六娘，別管遇見什麼，人家那孩子就是個有吃有喝就知足的性子，即便他突渾再不濟，也不至於供養不起吧？就算突渾苛待，難道金家就幫襯不了？到了亂世，人命還不如狗，能這樣的活著，就算是不錯了。有什麼好傷春悲秋的？她這樣的性子，可怎麼得了？妳是得好好地教一教了。」

莊氏煩躁地推了他一把。「姑娘家的一輩子，不遇上稱心的人，怎麼過都是受罪！」

雲順謹就不言語了。這個世道，上哪裡找處處合心意的人去？

臘月的江上，透著寒意。

等到了晚上，還下了雨，好似還夾雜著雪花。只是落不住，倒叫天氣更陰寒了起來。

夢裡，四娘還在五娘院子裡的小池塘邊，那水裡的各色魚兒躍出水面，好不鮮活。

突地，聽到一聲尖叫——

「起火了！」

四娘被驚醒，蹭一下就坐了起來。

筆兒和墨兒陪著她，此時也趕緊先抓了衣服服侍四娘。

三人剛站穩，船體就突然震動起來。主僕三人一個站不穩，就摔倒在地上。緊接著，外面有了刀劍相碰之聲。

這不是意外失火！

「是水匪，姑娘！」墨兒出聲道，聲音裡帶著驚懼之意。

四娘應了一聲，她心裡擔心爹娘和弟弟，只想快點去看看。好不容易出了船艙，卻被人攔擒住了！這人裹挾著自己朝船舷邊挪動，那裡聚集了好幾個黑衣人。

「雲大人，投降吧！」黑衣人對著尚在搏鬥的雲順謹道：「你的女兒正是妙齡，長得也如花似玉，這樣的姑娘，雲大人捨得我們對她用粗嗎？」

雲順謹神色大變。「戚長天果然是卑鄙無恥，無人能出其右！」

四娘瞬間就明白了，這不是簡單的水匪，而是真正的敵人。父親此次出任兩江總督，就是為了戚家而來的，沒想到戚家真是無恥，竟然想到了暗殺，還用自己這樣的婦孺來要脅！

眼看著父親要放下手裡的武器，她的心神俱裂。如果這樣，父親一輩子的英明就算是完了！屆時娘親和弟弟該如何自處？京城裡的祖母又該怎麼辦？

「不！爹爹！」四娘喊了一聲。她知道，姑娘家要是遇到這樣的情況，遭遇的會遠遠比想像的要慘烈，死了比活著或許更乾淨。她看了一眼江水，朝雲順謹笑了笑。

每個姊妹都有自己的宿命，也許自己也有吧。她趁著對方不備，狠狠地咬在對方的虎口上，對方吃疼，鬆開了手。可一邊是攔路的黑衣人，一邊是滔滔江水，逃是逃不走的，她沒有絲毫的猶豫，就縱身跳進了江水裡。

「閨女！」雲順謹的雙眼瞬間就赤紅了。

四娘落水前，唯一的記憶就是父親撕心裂肺的呼喊之聲。

雲家的姑娘都會水，但在澡盆裡學會的游水跟在大江裡是不一樣的。江水冰冷刺骨，身上的棉衣變得越來越沈重，想要掙扎著從水面上露出頭，談何容易？正當她意識開始渙散的時候，突然覺得有雙手慢慢地將她托起來，後來她就什麼也不知道了。

雲順謹馬上趴在船舷上往下看，但江水平靜，哪裡還有一點水花？

這番變故，船上的人都沒有想到，就是那挾持的黑衣人，也一時之間給愣住了。這不是他們的本意，主子也不想跟這位雲大人結下死仇，可誰知道，這雲家的姑娘竟這般的烈性。

雲順謹帶著的人手都不錯，如今更是哀兵；而戚家本是想跟雲順謹談談條件的，所以並沒有派多少人來，再說了，這事根本就不能多派人，多了可不就打草驚蛇了？

如此一對比，如今，竟是戚家不占便宜了。那帶頭的黑衣人打了個呼哨，就帶著人跳到大船下的小船上，轉眼就離開了。

「四娘！」莊氏從船艙裡奔出來，臉色煞白。她剛剛被自家老爺鎖在了船艙裡，根本就出不來，但是外面的動靜她聽得見。「四娘，我的四娘！」

雲家盛還是個小少年，他開始解自己身上的衣服。「我下去找姊姊！姊姊會游水，不會有事的！」

雲順謹和莊氏眼裡就露出幾許亮色，四娘這孩子會不會游水，他們常年不在，當然不知道的。

雲順謹也趕緊將自己的衣服脫了。「對！沒錯，四娘一定沒事的！元娘掉進寒潭裡，不也還好好地活著！」說著，就躍進了水裡。

「少主，你撿了個什麼寶貝？」江邊淺灘處的蘆葦叢，悄無聲息地划出一條小船來。小船上，一個精壯的小夥子站在船頭，對著涉水而來、肩膀上扛著東西的人喊道。

黑暗裡，只聽見水被划開的聲音。

「寶貝！」那人的聲音響起，聽著年紀尚輕。他哈哈一笑，聲音裡帶著幾分得意。「這可是個大寶貝！」

「什麼寶貝？」船上的小子雖然叫著水中的人少主，卻沒半點尊卑地追問著。

水中的人壓低聲音笑道：「是個活寶貝！」說著話，就一隻胳膊扛著人，一隻胳膊借力，躍上了小船。

「哎呦，俺的娘噯！」船上的小子嚇了一跳，這少主身上揹的，可是個人形物，再細看，還是個女子！他嘖嘖有聲地唸道：「就算娶不到媳婦，也不能拿個死的代替啊！我就說了，張家的小桃黑是黑了點，但至少健壯，臉上雖然帶著痣，但好歹能生養，痣上雖然長了黑毛，但晚上吹了燈，用處都是一樣的。可少主你偏不同意，非要娶什麼官家小姐！官家的小姐是那麼容易娶到的嗎？人家看得上咱們這江湖身分？真是異想天開！可就算再怎麼不濟事，你也不至於撈一具女屍吧？不管這女屍生前多麼的尊貴，但也只能放在牌位上供著啊！」這般說著，就不由得想到，前幾天他還擠兌少主，說想娶官家小姐，除非是那種投到江裡溺死的！於是，此刻他難得的居然有些良心不安了。「那些話都是我瞎說的，少主你可千萬別當真！你要真娶這麼一個回家葬在咱們祖墳裡，那先人非得跳出來不可，老幫主只怕是晚上得託夢找你啊！少主，你就聽——」

話還沒說完，就被稱為少主的人一腳給踹到江裡去了。

就見那少主俯身查看女屍，還不忘對被踹進江裡的人不耐煩地說了一句「囉嗦」。

兩人在江水裡上下，就如同在淺水溝裡玩耍一般。

「三狗子，上來！別玩了，再玩下去，這人可真成了女屍了！」少主喊了一聲。

就見那小船微微一晃，有人從船下露出水面，輕輕一躍，就上了船，而船上的人似乎根本就感覺不到晃動。

「真的還活著？」三狗子一邊快速地搖船，一邊問道。

少主「嗯」了一聲。「這下你主子我真是撿到寶貝了！能被戚家追殺的人家，出身肯定不同凡響。這姑娘為了不成為人質，自己跳進江裡，是個烈性的女子，你說這不是走運是什麼？」

三狗子咋舌。「這麼好的出身，這會子人家家裡還不定怎麼著急呢！少主你不厚道，直接將人家姑娘給帶走了，這是想等生米煮成熟飯了，再去找老丈人認親啊？」

少主被說中心事，惱羞成怒地道：「放屁！你知道什麼？這救命之恩不坐實了，怎麼能理直氣壯地叫人家以身相許？你主子至於這麼無恥嗎？生米煮成熟飯什麼的，做不出來這事！」

三狗子不屑的一笑。「少主，你是怕人家姑娘烈性，再死一次吧？不是不想煮成熟飯，是不敢煮成熟飯！」

少主要不是看在踹下了他，就沒人划船，早就一腳再將他給踹下去了。這種跟主子一起長大，對主子瞭解甚深的僕從什麼的，最討厭了！

「還是想想怎麼遏制戚家吧？就知道在我跟前強嘴！」少主明智又果斷地轉移話題。「讓戚家在江面上殺人，咱們漕幫的臉往哪裡擱？別以為他們是水中的霸王，咱們漕幫也不是好惹的。」

三狗子跟著冷哼一聲。「以前還井水不犯河水，咱們在江裡走，他們在海裡遊，可謂涇渭分明，誰也不干涉誰。如今倒好，越發的不將咱們放在眼裡了！也是老幫主走的急，少主你還年輕的緣故。如今，是得好好地收拾戚家一頓，順便給下面那些愛蹦躂的也立立威！」

夜色深重，只有這艘小船在江面上，猶如幽靈一般，時隱時現，很快就消失了。

四娘睜開眼的時候，還能感覺到晃悠。顯然，這是還在船上。

被子是棉布的，藍底紅花。那麼，這肯定不是自家的船。

自家就是丫頭、小廝、婆子，都不可能用棉布的被面。便是三等的粗使，用的也是主子賞賜的舊物。其實這東西，說是舊的，也都還是七、八成新的，拿到外面換銀子，都夠一家子一年的嚼用了。也就是冬天怕涼，被子的內側才是用細棉布做的，柔軟、舒適。眼前的被子，雖然洗的乾淨，但是顏色都有些泛白了，明顯是舊了。舊成這樣也沒有換，只怕是家境並不好。

難道被漁家救了？

四娘強撐著坐起來，才發現這確實是船艙，船艙裡還點著火盆，怪不得不冷呢！她低頭一看，身上穿著的是棉布的裡衣，卻也是全新的。而身邊疊著的衣物，則是自己身上原來的一套，想來是被人烘乾了。

正想著，門從外面被推開了，一股子冷風挾著雪片飛舞了進來。緊跟著，一身灰衣的婆子就走了進來。四娘看著她，見她指著外面啊啊有聲，她才恍然，原來是個啞巴。

想打探消息的主意瞬間就落空了，四娘指了指身上的衣服，問：「是大娘幫我換的？」

那婆子點點頭，又指了指額頭，看著四娘。

四娘摸了摸額頭，還有些燙，看來自己是發燒了。她就笑道：「還有點燙，不過不礙事。」能活著都是意外，這點病，真心不算什麼。

那婆子一笑，就又轉身出去了。

四娘還想問她，是怎麼將自己救了的？想問問他們，知不知道昨晚那艘大船最後怎麼樣了？她害怕爹娘還有弟弟出事。這般想著，眼圈就紅了。也不知道他們現在好不好？是不是活著？又知不知道自己還活著？她將眼淚憋回去，因為她聽見甲板上有匆忙的腳步聲。環顧了一圈，這艙房不小，就證明這船不小。可誰家打漁的船會有這麼大的船艙？

如果不是漁家，那麼救自己的又是什麼人？

大船，是無形的財富。可船上卻佈置著舊被褥，又似乎很貧寒。這就十分矛盾了。

四娘對救命恩人的身分越發的拿不準了。她快速地將自己的衣服先套在身上，橫豎沒有穿著裡衣見人的道理。更何況，這船上，肯定不都是女人，見男人的話就更得慎重。

這邊剛收拾索利，頭髮還沒歸攏好，門又被推開來了。

連敲門都不會嗎？四娘心裡有些不自在。這要不是自己的救命恩人，她立即就想翻臉了！而且這不敲門進來的，還是個大小夥子！

四娘皺眉向站在門邊的人看去，身材修長挺拔，長得也算俊朗，用修眉俊目倒也不算委屈了這麼個詞。皮膚不算白，用五娘的話說，就是健康的小麥色。他此時咧嘴一笑，露出一口白牙的同時，也將一身的氣質破壞殆盡，很有幾分憨厚的傻氣。

四娘有些撓頭，這人只盯著自己看，不進不退，杵在門口是做什麼？這冷風颼颼地往裡面灌，她渾身狠狠地打了一個激靈。

那人這才恍然，十分歉意地進來，順手就將門給關了。

四娘頭上的青筋瞬間直蹦。孤男寡女共處一室本就出格了，他還將門關嚴實了，這是想幹什麼？「剛才那位婆婆呢？」四娘先問道。

那人撓頭一笑。「妳說啞姑姑啊？她正給妳熬粥呢！順便將藥也熬了，吃完飯就能吃藥。」

那就是，沒有女人來防止孤男寡女的瓜田李下。四娘只能安慰自己，這也算是到什麼山頭唱什麼歌吧，如今且顧不上那麼多了。「是你救了我？」四娘再問道。

那人又憨厚的一笑。「是我將妳從江裡撈上來的。」

真是這樣，那他可就是自己的救命恩人了。四娘鄭重地行禮，道：「恩公，救命之恩，沒齒難忘。」

「什麼恩公？」那人搖搖頭。「我叫于忠河，不用叫什麼恩公！」

四娘從善如流地點點頭。「那就叫恩公于大哥。」

于忠河點點頭。「叫大哥好，就叫大哥！」

四娘不知道他在興奮什麼，看著這位恩公十分的好說話，她趕緊問道：「不知道恩公可曉得昨晚我坐的那艘船最後如何了？可有人受傷？」

「黑衣人走了，船上的人沒有傷亡。」于忠河趕緊道，說完又補充道：「當然，除了姑娘妳。」

四娘心裡先是鬆了一口氣，家裡人沒事就太好了！她不由得唸了一聲「阿彌陀佛」。隨後，她又愣住了。這人既然知道自己所在的大船沒事，又救出了自己，為什麼不將自己送回去，反而帶到了這漁船上？四娘的心不禁提了起來。難道他有什麼陰謀？

於是，她看向于忠河的眼神就帶著幾分探究和深意。

火盆裡的火燒得通紅，兩人就這麼相對而站，彼此打量著。

于忠河真是沒想到，自己撿回來的竟是一個美人，跟自己想像的官家小姐是一模一樣的！

四娘被他這麼看著，有些赧然地低了頭。正要說話，門又被推開了。

啞姑姑帶著食盒走了進來，她指了指一邊的桌子，示意于忠河搬到床上，又叫四娘上床坐在被窩裡。船上本就陰冷，這姑娘又在水裡泡過，燒還沒退，自是該小心些。

于忠河這才恍然大悟。「妹子，上去坐吧！」

你一個大男人在這裡，我能上床嗎？這都是什麼人，怎麼這麼不講究啊？

于忠河見四娘不動，二話不說，就一把將四娘抱起來，塞進被子裡。

四娘的臉頓時就脹紅了。就是自家的爹爹和弟弟，在她七歲以後，都不會親近的接觸了，更不要說這樣抱起來！男女七歲不同席，不是一句空話。

她臉紅，紅得幾乎要哭出來了。

「嗳！妳別哭啊！」于忠河將她安置好，就解釋道：「事急從權嘛！昨晚我要是不碰觸妳，也就救不了妳，既然已經碰過了，那麼一次跟兩次又有什麼差別？」反正撿來的媳婦，他是不會還回去的。

四娘看著于忠河的眼神，透著不可思議。她還以為他不懂這些，現在看來，完全不是那麼一回事。他什麼都懂，卻什麼都不在乎！說他故意在裝傻充愣都沒人信，因為他壓根兒就沒有掩飾他這種明知故犯的行徑！

于忠河卻像是沒有看到四娘的眼神一般，幫著啞姑姑將飯菜擺上，才又道：「妳的身體還沒好，自然該好好的養著。我知道你們高門大戶的規矩多，但能活著就是幸運了，如今又沒有外人，我救了妳，自是不會叫人傳出話，毀了妳的名聲，妳有什麼可擔心？」他仰起頭，憨憨地笑，見四娘好似要說話，就又笑道：「妹子不是想要給家裡遞消息嗎？我這裡什麼都缺，就是不缺人手。妳是哪家的？我隨後就打發人去。」

四娘這才壓下心裡的不滿，輕聲道：「那就謝謝于大哥了。」這人雖然行為不拘小節，但眼神清正，便是抱了自己，但她卻沒有感到任何猥瑣和不懷好意。如果只是關切，只是性子粗疏，倒也不為過。

嫂溺叔援，權也。她還不至於那般的迂腐，於是又道：「家父是剛上任的兩江總督，煩勞于大哥去送個消息。」說著，從脖子上取下一條項鍊。「這個墜子就是信物。」

鍊子上掛著一個木雕的佛像吊墜，不知道是什麼木材，烏黑如墨，散發著幽香。這東西是爹爹給自己和弟弟的，她這個佛像的背面，刻著一個「四」字，爹爹肯定認識。

于忠河的手卻僵住了。「兩江總督?!」這個官位可真是太大了！他有些愣住了。雖想過這姑娘出身不凡，但也沒想到會這麼不凡！

「聽說這位總督大人姓雲，出身肅國公府？」于忠河緊張地盯著四娘，忐忑地問道。要真是這樣的高門，自己還真就配不上。

四娘點點頭。「肅國公是我的祖父，我父親是祖父的嫡幼子。」

竟然還是嫡支的姑娘。于忠河眼裡的火花慢慢地熄了下去，問道：「前些日子，赫赫揚揚的儀仗從這裡路過，說是那位和親的永平公主。那位聽說也是出身雲家，不知道跟妹子妳是什麼關係？」

四娘的眼圈馬上就紅了。「那是我的妹妹，堂妹，行六。」

看來還是關係很好的妹妹啊！于忠河尷尬地笑了笑。「原來是這樣。想不到姑娘出身如此顯赫，光是雲家有兩位姑娘為了這天下和親，我對姑娘就做不出挾恩圖報的事。」說著，就朝四娘抱拳行禮。「雲姑娘，在下出身草莽，多有冒犯，還請海涵。」

四娘趕緊避開，坐著福了福身。「于大哥救了我的性命，怎麼反倒說起這樣的話來？」她幽幽一嘆。「都說三姊和六妹為了天下，做的是高義之事，可只有至親才知道這裡面的苦楚。」說著，她慢慢地收斂神色。「剛才聽聞兄長說什麼挾恩圖報，想來是有煩難的事。大哥儘管明言，但凡我能做到，自是不會推託。即便我做不到，還有家父。就算家父做不到，就憑著我的面子，這天下也少有咱們插不上手的地方。」話還沒說完，就見于忠河愕然地看著她，好似被她的口氣嚇到了一般。

四娘是真心感激這個人，如果能幫上忙，她真的會傾盡全力。怕他有顧慮，四娘就解釋道：「于大哥還當我是說大話不成？不瞞大哥，我是雲家的四姑娘，雲四娘，上面有三個姊姊，下面有兩個妹妹。對大哥，我也不說假話。外面都盛傳我的大姊早逝了，其實不是，她一直在宮裡，是皇上身邊的人。」

竟然是皇妃?!于忠河心道，如果不是得寵的人，這位四姑娘也不會開口就說出這樣的大話來。當然了，要是姊妹間感情不好，也不敢就做出這樣的承諾。

跟皇上做連襟?于忠河搖搖頭。眼前如花似玉的姑娘，又離自己遠了一步。

四娘繼續道：「我的二姊是簡親王妃，即便不能驚動皇上，簡親王那裡，想必二姊姊會給這個面子的；我的三姊，你是知道的，和親去了烏蒙，她是幫不上忙，但是三姊姊跟大殿下平王的感情親厚，平王那裡，也未必就說不上話；我的五妹是遼王妃，遼王在遼東的勢力，想必于大哥也有所耳聞，在遼東，遼王的話比聖旨管用。如果這些還不夠，就憑著我五妹還是金家掌珠的身分，求助金家也不是不行。」四娘說完，就殷切地看著于忠河。這樣的勢力，你的事就是再大，也不能說解決不了吧?

可四娘不知道，她每說一句，于忠河的心就往下沈一分。瞧瞧雲家的姑娘，嫁的都是什麼人?皇上、簡親王、烏蒙大汗、遼王、突渾王!

然後再加上自己，一個還沒有繼任的漕幫幫主?

漕幫是什麼?有時候完全可以跟江湖匪類畫上等號的。

就憑著這樣的身分，想娶一個縣中小吏的閨女都算是高攀了，如今還肖想人家這金枝玉葉?不被雲家打斷狗腿才怪……啊呸!誰是狗腿了?真是被打擊的糊塗了!

四娘自覺十分的有誠意，眼神帶著點急切地看著于忠河。能幫他的忙，自己走的才安心和順利不是？

于忠河的嘴角動了動。「我還有事，妹子……姑娘慢慢用，我先出去了。」

四娘看著瞬間就竄出去的人，想叫又做不出這麼失禮的事情來，只能無辜地看著啞姑姑。

啞姑姑笑得一臉和善，伸出兩個大拇指，相互頂在一起動了動。

就是再傻，四娘也明白這是什麼意思了。原來他說的挾恩圖報是這個意思，想拿著救命之恩，叫自己以身相許！而自己這一大通的介紹，就成了示威……他不會當作自己是想叫他知難而退吧？四娘看著飯桌上清蒸的鱸魚，這麼想道。但不管自己有沒有這個意思，他貌似都被嚇住了吧？不知怎麼的，四娘就有點想笑。

粥的味道並不甚佳，這大概是因為所用的米並不是上等的，但是清蒸的鱸魚味道卻極為鮮美。

于忠河出了船艙，感受著外面的冷風，臉上的滾燙才慢慢的褪了下去。他真的是有些無地自容了，癩蛤蟆想吃天鵝肉，說的大概就是他這樣的。

三狗子湊上前，小聲地問道：「少主，怎樣？」說著，他揚起下巴朝船艙的方向指了指。

于忠河沒好氣地白了他一眼。「趕緊吃飯，吃完飯就去找五魁，叫他跑一趟兩江總督府，送一趟信。」

三狗子一愣，繼而眼睛一亮。「兩江總督？」他看向船艙的方向。「這回可真是釣了一條大魚——」話還沒說完，頭上就挨了一巴掌。

「會不會說話？」于忠河氣道。什麼釣了一條大魚？難聽死了！說的自己多麼的居心叵測似的。這完全是巧合！是巧合，好不好？

三狗子摸了摸被打疼的地方。「真要放走？多可惜啊！要是娶了這麼一位姑奶奶，誰敢跟少主叫板？那些當家的倚老賣老，難道幫主的位置還能輪到他們坐？」

「你知道什麼？你知道什麼？」于忠河又氣得在三狗子的腦袋上拍了兩下。「你知道人家大姊嫁給誰了嗎？說出來嚇死你，是皇帝老兒！你知道人家二姊嫁給誰了嗎？說出來羨慕死你，是簡親王啊！知道人家五妹嫁給誰了嗎？是遼王！人家的三姊和六妹是剛剛和親的兩位公主，丈夫不是大汗就是大王的！你主子我，算是哪根蔥、哪瓣蒜啊？」于忠河說著，心裡就有些鬱氣難平，聲音不由得就大了起來。

船就是再大，甲板和船艙又能隔多遠？何況這本就是一艘不起眼的船。所以，四娘在裡面，將于忠河的話聽了個清清楚楚，頓時就一噎，險些被魚刺給卡住。

四娘吃完飯，頭還是有些昏沈。看著啞姑姑將雙手合上，然後放在腮邊，閉上眼睛，四娘知道，她這是叫自己好好的睡覺，養養精神。

其實，她還真就是強撐著的。以前在家裡，遇上下雪天、下雨天，她都被祖母圈在屋子裡不讓出門的，哪怕用肩輿抬著，去姊妹們的屋子裡轉轉都不行。如今這可是臘月天，即便是南邊，也冷得很，天上都開始飄雪花了，可想而知這江水得有多冷。上岸之後，只怕又裹著濕衣服耽擱了半天，可不得發燒嗎？

她渾身都乏力，但這畢竟是陌生人的地方，心裡又記掛著爹娘和弟弟，所以一直靠著一股子勁撐著，這會子心神一鬆，只覺得連眼皮都重了起來。躺下去的時候，還想著，這位于忠河瞧著粗魯，但也不是個心眼長歪的人……

于忠河跟著三狗子在另一個小艙裡吃了飯，才過來問啞姑姑。「到底怎麼樣了？人家這千金小姐，咱們救過來還好，要是落下什麼病，沒法子跟人家家裡交代，這救命之恩恐怕就得打個折扣了。」

啞姑姑似笑非笑地看了一眼于忠河，她是口不能言，又不是耳不能聽，眼睛更沒瞎，這心裡透亮著呢！看上人家姑娘就看上人家姑娘了，想關心就好好的關心，說這麼多做什麼？

于忠河叫啞姑姑看得有些不自然，扭捏了半天，憋紅了臉才問道：「您瞧著……」他頓了一下，伸手往船艙的方向指了指。「她跟我能成嗎？」

啞姑姑點點頭，又伸出兩個大拇指頂在一起，朝于忠河點點頭，再指著一邊的藥爐子和藥包。

于忠河就明白了，這是叫自己親自熬藥，好討好人家姑娘！

這好辦啊！日久生情的道理，他當然懂。咱沒人家有權有勢有銀子，但咱有心意不是？不是都說心意無價嗎？萬一人家這雲姑娘一個想不開，真就看上自己的心意了呢？自己也不是完全沒有機會的吧？反正咱先實心實意的，就算將來，這逮回來的鴨子牠撲騰著翅膀飛了，自己也不後悔不是？

於是，三狗子就見自家少主，老大一個大個子的人，可憐兮兮地蹲在一邊拿著扇子秀氣地給藥爐子搧火。他搖搖頭，嘆了一聲，才上前稟報。「少主，五魁他已經動身了。只是這一個來回走下來，也要不少時間。咱們不能總這麼在水上漂著吧？要不然靠個岸，穩當地過幾天人過的日子？」

于忠河的神情馬上變得冷冽，跟剛才那副嘻嘻哈哈的樣子判若兩人。他搖搖頭，語氣十分的堅決。「就這麼漂著吧。靠岸做什麼？好叫他們找到我，然後爭著搶著叫我支持他們中的一人？想得美！只要我這麼飄忽不定，他們之間就得相互爭搶。這也正好避免他們逼著我讓出幫主的繼承之權，更給了他們足夠的時間叫他們狗咬狗去。等他們之間相互撕咬不下，自然就會想起我。如今嘛，咱們不急，急的是他們，咱們只要時不時地露出點蹤跡給別人知道，別叫人以為咱們死了就行。」

三狗子忙正色地應了一聲，匆忙的去了。

于忠河就又扭頭，收起臉上的冷然之色，開始熬藥。

四娘的夢裡，一會兒是炙熱得快要灼燒到自己身上的火，一會兒是冷得刺骨的水，冷熱交替，讓自己頓時就如同在冰火兩重天中徘徊……

她勉強睜開眼睛，只有炭盆裡的炭火燒得火紅，也照得這船艙裡不那麼黑了。

「醒了？」

這是于忠河的聲音。四娘並沒驚慌，而是點點頭，緊跟著一杯熱水就遞到了自己跟前。

「喝口水。在船上沒有茶葉，先湊合著吧。」于忠河的聲音有些不好意思。

五娘嗓子疼，一說話還帶著一股子沙啞。「沒事，要吃藥，喝茶反而不好了。」只是沒有蜜餞甜嘴，喝藥挺費勁的。

于忠河這才笑著將飯菜端過去。「吃了飯，咱們再喝藥。」

晚上這頓還是粥，只是改為魚片粥了。用的魚應該是最新鮮的，所以，這頓比晌午那頓白粥吃著味道好了不少。小菜也都是醃製好的鹹菜，切得細細的，用麻油拌了端來。不能跟家裡比，不過好在看著乾淨。

落到這一步，她也沒什麼好挑揀的。好好吃飯，早早的養好身體才能回家不是？

于忠河看著四娘吃著簡單的飯菜，連眉頭都沒皺一下，心裡就更歡喜了。這說明什麼？說明這媳婦……不，是人家姑娘不嫌棄咱們日子過得簡樸啊！能過好日子，也能安然地過苦日子的姑娘，絕對是好姑娘！

這姑娘要是當媳婦，還是可靠的。他這麼想著，看四娘的眼神就更柔和了。

等四娘吃完，他又殷勤地將藥遞過去，看著四娘皺著眉頭喝了，就趕緊將早就準備好的一把山楂片給塞到四娘手裡。「去去苦味。」

四娘一愣，低頭看著手裡乾癟的山楂片，上面還帶著一股子別的藥味。「你這是從人家藥鋪裡拿的吧？這是人家當作藥材的山楂吧？」

于忠河笑著點點頭。「這附近的鎮子小，找了一圈，也沒找見賣什麼果子的。本來這藥鋪還有烏梅，我瞧著還不如山楂乾淨，就只拿了這個。等到了大點的鎮子上，我就叫人下去採買。」其實他不差錢，只是常年在船上漂，又是大男人，周遭這些個東西，他從來沒在意過就是了。

四娘將這山楂片含在嘴裡，卻不好再煩勞別人。「這就挺好的。又不是小孩子了，受不得一點苦味。」這話說的，自己都想哭。在家裡，別說是上好的白砂糖、冰糖，就是最好的蜂蜜還得挑揀呢！嘴裡的這山楂，就跟木柴碎屑一樣，還真是沒吃過的滋味。想起在家裡吃的山楂，那都是挑了最上等的，洗乾淨後晾乾水，然後去掉裡面的果核，再用鹽水泡了，又晾乾水，之後在糖水裡泡了，撈出來裹上蜂蜜，再在上面撒上白砂糖，也可以添一些炒熟的芝麻或碎核桃、碎花生什麼的。就是那麼細緻的工序做出來的東西，還得看自己有沒有興致偶爾吃上一、兩個呢！

還是家裡好。

她抬頭問道：「于大哥，送信的人已經走了嗎？」

于忠河見四娘眼圈紅紅的，就趕緊道：「走了！但怕是得耗費些日子。等妳養好了病，想必接妳的人也該到了。」

四娘這才鬆了一口氣。「但凡有什麼需要的，你說，我一定給你辦到。」

于忠河看著四娘。我現在就需要一個媳婦，妳能辦到嗎？話到嘴邊就成了苦笑，什麼也說不出口，只能搖搖頭。「妳早點歇著吧。」他站起身，就直接出去了。

四娘看著船艙的門，有些恍惚。他的心思，自己知道。可是這世上的姻緣，除了要門當戶對，更要父母之命，媒妁之言。這個人，她對他沒有惡感，相反地，因為救命之恩，她很是感激他。但是，這還不足以讓自己衝動到以身相許的地步。

她問自己，這樣的日子自己真的能過嗎？答案是否定的。一天兩天是新鮮，時間長了，她自問受不了的。

她想起了元娘。元娘當初對皇上，也該是一見傾心的，結果呢？人是得到了，可那跟她最初想要的已經相去甚遠了。

她想起了雙娘。對簡親王，雙娘動情了嗎？在成親以前，一定是沒有的。雙娘比誰都理智，她知道有些人是不能動太多感情的。

她想起了三娘。三娘為了太子，孤注一擲。可是結果呢？所有的傷痛，都得一個人揹負。

平心而論，于忠河是個好人，是個跟他相處久了，很容易產生好感的人。可這天下的男女，哪裡是只靠著這點好感就能成就為佳侶的呢？

她想起五娘以前講的故事，富家的千金小姐嫁給了窮書生，結果永遠都是窮小子用了千金小姐的銀子去讀書、考科舉、中狀元，之後再迎娶公主，跟公主過上幸福生活的結局。

誰又在乎這富家小姐背後的辛酸與不甘呢？

自己和于忠河，其實就是另一種意義上的富家小姐和窮小子。

而她一點都不想叫那樣的故事真實上演。

第三十六章

金陵，兩江總督府。

新上任的兩江總督姓雲，是肅國公府出身，極為顯貴。

不少人想要巴結，可都悄悄的打了退堂鼓。不外乎是因為大家都得到了消息，知道這總督大人來京城的路上遇到了刺客，他的掌上明珠為了不連累雲大人被威脅，自己跳了江，如今生死不明。誰敢在這個時候跑到人家跟前現眼？

府裡頭，莊氏直接就病倒了，躺在床上，好幾天都滴水不進。

雲順謹神色憔悴，好似一下子就老了似的，鬍子拉碴的，也沒有打理，就坐在床邊跟莊氏說話。「咱們姑娘會游水，掉到水裡，未必就真的有事。我下水看了，也打發人不停地在沿途尋找呢，既然什麼都沒找到，那就是好消息，不定是被誰家給救了。咱們再等等，總是會有消息的。」

莊氏睜開眼睛。「你就知道拿話糊弄我！穿著棉衣，掉進大江裡頭，她一個姑娘家，素來又身子弱，哪裡就游得動？當是咱們自家的浴池裡呢！要真是沒事，真的被人救了，咱們派了那麼多人在下游大張旗鼓的找，怎麼就沒找見？即便被人救了，難道不知道帶著人回來？以老爺現在的官職，還有咱們家的出身，只要不是要皇帝的寶座，什麼你不能給了人家？沒人來領賞，可不就是沒人救到嗎？」說著，眼淚跟著就下來了。

雲順謹猛地「咦」了一聲，想起什麼似的，道：「妳說的對！咱們只往下游找，總想著人可能被沖到下游了，卻沒想過船也有可能往上游去的，更有可能是往支流上走了！」他站起身，拍了一下腦門。「這事光咱們還不行，我這就找人給家遠送信去！憑著咱們跟金夫人的交情，金家會搭把手的。他們跑南北貨運，江上的事情，三教九流的，他熟悉啊！」

莊氏一下子就坐了起來。「那就快去啊！還愣著做什麼？」

「妳……」雲順謹想叮囑她幾句。

莊氏掀了被子就下床。「你忙去吧！我這不是好好的嗎？」她也覺得自家爺這種猜測十分的可靠，此刻只覺得渾身都有勁了。

他們不是沒想過，要是救自家姑娘的人心裡起了歪心思，對孩子造成了不可挽回的傷害該怎麼辦？可即便真是這樣，別人能嫌棄，唯獨他們這做爹媽的不會嫌棄。大不了以後，一輩子不嫁人，留在家裡就好。跟孩子的性命比起來，其他的都不重要了。

莊氏擦了臉上的淚痕，心裡開始做著最壞的打算。一時間想起出京以前，送幾個姪女離開時，就覺得雲家的姑娘命怎麼都不好？還想著無論如何，以後定要將女兒安排妥當，不求高門大戶，只求安康。如今，反倒成了奢望了。難道真是冥冥中自有天定？

雲順謹將珍藏的玉珮拿出來，這是當年他幫助金氏離開雲家時，金氏交給他的。

拿著信物的話，金家很好找。只要出示信物，寫下所求之事便好，待管事的人接了紙條，並且收了下來，也就表示金家管定這件事了。

憑著這個東西，僅能向金家求助一次。如今，也顧不得許多了。

雲順謹帶著人，在金陵的大街上，專挑體面的鋪子逛。而玉珮，他掛在極為顯眼的地方，只差沒貼在腦門上了，就怕別人看不見。

一直逛了十多個鋪子，也沒有人攔下他，這讓他心裡有些著急。

難道金家在金陵沒有鋪子？還是自己找錯了地方？

不該啊！金陵這麼繁華的地方，怎麼會沒有金家的買賣？

他站在大街上，看著人來人往的人群，不由得有些煩躁。剛想著問題出在哪兒了，就覺得肩膀被人拍了一下！他嚇了一跳，趕緊轉過身，見來人是個三十歲上下、蓄著短鬚的男人，渾身都散發著精幹的氣息。

「在下冒昧了，敢問您這玉珮是哪裡來的？可是在找它原來的主人？」男人聲音低沈，說話時看著雲順謹的眼睛，很有些不卑不亢的意思。

雲順謹一愣，轉瞬就明白他這話是什麼意思。這肯定是金家的人！但是自己還真不知道人家在哪間鋪子裡注意到自己身上的玉珮的？他甚至懷疑，剛才自己所轉的幾家鋪子可能都不是金家的鋪子。

但這些都不是自己現在要考慮的重點，他馬上點頭。「正是！在下多年前得一位夫人相送，現在正在找這位夫人的家人，也就是這塊玉珮的主人。」

男人微微一笑。「那我就知道了。您是雲家的四爺吧？想找回您的千金，是嗎？不瞞您說，知道這個消息的時候，我們就已經打發人去找了，很快會有消息，請您回去靜候佳音吧。」

雲順謹頓時就覺得金家十分有人情味，連忙將玉珮雙手奉上。「如今，貴主人已經履行了諾言，這玉珮也當奉還。」

男人卻搖搖頭。「此一時，彼一時。雲四爺現在位居要職，天下動亂又將起，玉珮留給您，若有需要援手之事，這玉珮當得大用。」說著，就抱拳一禮，轉身混入了來往的人群之中，轉瞬就不見了蹤影。

好身手啊！雲順謹將玉珮收了起來，才又往回走。

有金家的承諾，他相信，要不了多久，一定會有四娘的消息。不管是好消息還是……壞消息，總比現在這樣牽腸掛肚的好吧？

他強壓下心口泛起的疼意，不能深想，也不敢深想，只期盼著，他的四娘能遇上一個好人。只要能將他的四娘完完整整地還回來，對方要什麼都行。

于忠河看著手裡的藥發愁，這姑娘的身體比看上去還孱弱，這藥下去後，一直反反覆覆的，不見康復。要真是再不見好，就真的得靠岸了。他也不知道是不是船上不適合養病，才導致這樣的。

「不關于大哥的事，是我本來身體就弱，多養些日子就好。」四娘笑道：「就在船上吧，船上清靜。」除了偶爾有幾隻水鳥的叫聲，真是安靜極了。

其實她心裡有猜測，能靠岸的話，誰喜歡老是住在船上漂著？總歸是人家也有人家的難處。救了自己已經是大恩了，況且人家對自己算是以禮相待，沒有任何欺辱，還請醫延藥的，花費不少了。大家萍水相逢，無親無故，她不能再做更多的要求了。

等四娘吃了藥睡下，于忠河才出了船艙，找了三狗子。「如今咱們在什麼地方？實在不行，就靠岸吧。」

昨天才說不靠岸好，如今為了人家姑娘，就又要靠岸了？三狗子撇撇嘴。「難怪老主子對少主不放心，你就是不可靠。為了還不是自己的女人，就捨得下這個本錢！」

「你住嘴！再給我滿嘴冒泡，小心我踹你下去！」于忠河有些惱羞成怒。

三狗子呵呵了一聲。踹到水裡？這對於出生在船上、長在船上的他，能算是懲罰嗎？

主僕倆正說話，就見遠遠的有船靠了過來。

三狗子皺眉道：「小七管事怎麼來了？」

小七管事，不是漕幫的人，但是跟漕幫的關係最是密切。漕幫往年所運送的貨物，一大半都是這位小七管事聯絡好的。在漕幫人的眼裡，這位小七管事也是一位了不得的大人物了，算得上是漕幫的衣食父母。

于忠河站在船頭，遠遠的抱拳，只等著船靠近了，才笑著朗聲道：「哎呀，小七哥，咱們還真是有緣，在這樣的地方都能碰見！快上這邊來，咱們兄弟好好聚聚！」

小七也不過二十出頭，膚色有些黑。他也沒想到，按照藥鋪給的消息，一路追來，會碰見于忠河，這位漕幫的少主。

「少幫主客氣了。」小七回了一禮，在兩船靠近的時候，輕輕一躍，就跳了過來，船身紋絲不動。

認識好幾年了，但于忠河和三狗子這對主僕竟是不知道原來人家還有這麼一手。

「好俊的功夫！」三狗子讚嘆一聲，就道：「小七管事，您這是要去哪兒？」

小七也不在意三狗子一個下人隨意地插入主人的對話，事實上，江湖上飄著的這些莽漢們，佩服誰，就認誰為主，並不是就賣身給人家的。而且，都是草莽，要拿規矩束縛人，可就沒法打交道了。

他微微一笑。「我為什麼找來，你們主僕還不清楚？」

三狗子就跳腳了。「漕幫那些個雜事，我們主子可不管了！誰愛管誰管去！」

小七一笑，瞟了一眼甲板上的藥爐子，還有一邊放著的熬藥用的砂鍋，心裡就有了譜。他朝三狗子一笑，道：「我還真不是衝著漕幫的事情來的，說到底，那都是漕幫的家務事，沒有我一個外人插手的道理。」他指了指船艙。「我是為了裡面的人而來的。」

于忠河當即就沈了臉色。「小七哥的消息倒是靈通。我不管小七哥的背後站著哪位大人，想要拿人家姑娘去討好或是要脅人家的父親，這事，在我這兒就不能同意。」

這都什麼跟什麼啊？小七上下打量了于忠河一眼，這小子的人品，還是可信的。當遠遠地看見是這主僕在船上，說實話，他鬆了一口氣。以于忠河的為人，還真不會唐突了人家姑娘。他輕笑一聲，說：「你想哪兒去了？你小七哥我是那樣的人嗎？」

于忠河眉頭一皺，又回頭往船艙的方向看了一眼，低聲問小七。「小七哥，咱們可是兄弟。這些年，我也沒問過你的來歷，你到底是誰家的？」

像是這樣能聯繫這麼多貨物來往的，一般人家可吃不住，所以，都懷疑小七是哪個了不得的權貴之家的管事，可誰都不敢認真去打聽。他們就是靠苦力吃飯的，給誰幹不是幹啊？

而且漕幫最賺錢的買賣，其實是走私鹽。而他們走私的這部分鹽，全都是小七的，夾帶在貨物裡，一點都不顯眼。所以，小七雖然不是漕幫的人，漕幫上下卻沒人將他真的當成外人，因為他太知道漕幫的底細。

如今，小七突然對裡面的雲四娘感興趣，不能不叫于忠河起疑心。

要知道，這兩江最要緊的就是鹽稅，而這些，也在兩江總督的管轄之內。他一個搗騰私鹽的鹽販子，找上總督大人家的姑娘，這是想幹什麼？這是自己多想呢？還是他本身的目的就很奇怪？

除了這點聯繫，于忠河實在想不出來，小七跟雲家能有什麼牽扯？

小七呵呵一笑，這小子今兒有點奇怪啊！他上下打量了于忠河一眼，淡淡地道：「行了，你也別問，問了我也不能說。就算硬逼著我說了，那也絕對不是真話。你只進去幫我帶句話給裡面的人，見不見我，人家說了算。」

三狗子就跳腳。「我說小七管事，你這可不地道啊！我們少主才撿到個媳婦，你就上來搶——」還沒說完話，就被于忠河抬起腳踹了下河。

「多嘴！」

小七跟著就皺眉了。「什麼媳婦？你小子，把人家怎麼了？」

于忠河脹紅了臉。「小七哥，咱們認識的時間不短了，我是那樣的人嗎？」

小七這才鬆了一口氣，但不忘警告道：「你小子老實點，可別真惹了不能惹的人！」比如在家那位據說是十分心狠手辣的小姑奶奶。

于忠河就撓頭了。「真就不可能！」

「可不可能的，你扣著人家閨女也不行吧？這得問人家爹媽不是？」小七白了他一眼，才道：「你也甭給我扯這些有的沒的，先替我傳話去。」

于忠河嘆了一聲。「我就知道，逮回來的鴨子不折了翅膀，遲早會飛的。」他朝江面上看了一眼，才惆悵地道：「說吧，傳什麼話？」

小七一笑，從懷裡掏出一個匣子。「也不算傳話，東西轉交就好。看了東西之後，她會明白的。」

神秘兮兮的！于忠河又狐疑地看了小七一眼。「那小七哥就等等。」

四娘已經醒了，在于忠河高聲跟遠處的小七打招呼的時候，就給吵醒了。後來，外面的聲音不大，她也聽不真切。如今見于忠河進來了，就笑道：「客人走了嗎？」

于忠河不好意思地笑笑。「是我吵醒妳了吧？」說著就將匣子遞給四娘。「客人沒走，是來找妳的。說是妳看了這個，就明白了。」

四娘愣了一下，才接過匣子。什麼人來找自己？要是自家的人，直接說出身分就好，怎麼會靠東西辨認呢？難道不是自家的人？那要是落到那天晚上的黑衣人手裡怎麼辦？

要是沒記錯的話，那該是戚家的人。

四娘有些忐忑。相比起其他人，她如今更願意相信眼前的于忠河。

于忠河也看出了四娘的不安，小聲道：「這個人我也認識，算是熟人，人品還不錯。許是你們家的人相託的也不一定。」

這話叫四娘心裡多少安穩了一些。她低下頭看了看盒子，就是一個普通的盒子，盒子沒上鎖，輕輕一掀就打開了。

于忠河本沒打算看，但還是瞟了一眼，以為是什麼呢，沒想到竟是這個東西！他嗤笑一聲。「水草？」在匣子裡裝一把水草是什麼意思？這玩意兒伸手一撈，江裡能撈出一大把來。而且看這水草還挺新鮮，顯然是剛撈上來不久的。這小七想幹什麼呀？逗人玩嗎？

其實四娘還真不認識這個，池塘裡肯定也有，但她即便見到了，也沒在意過。此時聽到于忠河叫它水草，她心裡就一動，想要確定似地問道：「你確定這是水草嗎？」

于忠河笑道：「外面的水裡就有，想要多少有多少。別的我會認錯，這玩意兒是肯定不會認錯的！」

四娘的眼睛一瞬間就亮了，她終於知道來人是誰了！

五娘身邊新添了四個皮膚黝黑的丫頭，分別是海石、海藻、石花、水草。

這人什麼不送，卻順手撈了水草來，不是擺明了他跟五娘的丫頭水草是一個來歷嗎？都是金家的人！

要是連五娘都信不過，她還能信誰？一時馬上就掀了被子，下了床。「快請他進來。」

于忠河看她這樣子，就知道兩者之間一定有什麼十分親密的關係，要不然她不會這樣十分鄭重的樣子。

於是，他也不耽擱，轉身就出去了，只是看著小七的眼神卻不怎麼友好。「人家叫你進去！」

小七沒有半點驚訝，抬腿就要走。

于忠河拉了他一把。「小七哥，你要拿我當兄弟，就告訴我，你們到底是怎麼回事？」

小七拍了拍于忠河的肩膀。「你這麼想吧，我是受人之託，忠人之事。只是這個中間人，之於我和她，都非常重要，也絕對信任。這麼說，你明白嗎？」

于忠河看小七是認真的，就撒了手。在雲四娘遇事以後，能主動尋找，自然是她極為重要的人。

……難道是她的未婚夫?!

他一拍腦袋，還真沒問過人家訂親了沒有？這事鬧的！

小七進了裡面，沒有直視四娘，而是側了身子，問道：「姑娘可好？」

四娘謹慎地道：「此水草是否是家妹的水草？」

「水草長在水裡，而天下的水共源，水草自然就同根。」小七淡淡地回應道。

四娘又說道：「可即便這樣，這水草和海藻還不一樣呢！」

「海藻跟海石相伴而生，這也沒什麼奇怪的。」小七明白四娘的謹慎，就道：「那海石開出石花才奇怪呢！」

四娘心裡一鬆。如果說一個水草是巧合，那麼連著說出海藻、海石還有石花的名字，就絕對不是巧合。她想著，金家不願意露於人前，想必也不想叫人知道他是金家的人，所以才打了這個啞謎。

門外的于忠河可不就滿腦子漿糊？海藻怎麼跟海石相伴而生了？這都說的什麼？就聽裡面有小七的聲音傳來——

「姑娘要是現在想回家，咱們現在就走，不會有人阻攔的。」想攔也攔不住。

四娘當然想現在就走，但想到于忠河可能遇到難事，需要自家爹爹幫忙，她覺得有必要將于忠河這個救命恩人引薦給自家爹爹，於是沈默了半晌才道：「煩請給我爹帶句話，就說我在這裡一切都好。因落水生病，想等稍微好轉之後再回家。這邊于大哥的事，想必你也知道，他的人品、性情還是信得過的。讓我爹娘無須擔心，過年前，我肯定回家。」由于忠河主動送自己回去，比自己被人找回去，對于忠河的好處更大。

小七嘴角就有了幾分笑意，一閃而過。「如此也好。」說著，就起身告辭。

四娘忙道：「問一下，遼東還好嗎？」畢竟五娘是沖喜去的，遼王要是好了還好說，要是不好，還真就不好說了。這段日子，她的心一直就這麼懸著。

小七臉上的笑意更柔和了些。「請姑娘放心，一切都好。平安喜樂，萬事隨心。」

四娘頓時就笑了，眼裡也有了淚意。「那就好、那就好……」總算能放心了。

小七出來，看見于忠河在甲板上傻笑，就知道人家姑娘沒走，還說了不少誇他的話，叫他心裡頓時舒服了。小七就走過去，小聲道：「行啊，你小子！」

于忠河就笑的有些嘚瑟，壓低聲音陰惻惻地道：「你是不是她未婚夫家派來尋找她的人？或是她心儀的人，還是心儀她的人派的？」

小七用肩膀撞了一下于忠河。「你腦子被門夾了？要真是這樣的關係，能放心地將人給你留下？這不是把雞放在黃鼠狼家叫照看嗎？傻不傻啊？」

于忠河一拍腦門子，可不是糊塗了嗎？

「少主一遇見人家大姑娘的事，就犯糊塗。」三狗子不知道什麼時候上來的，已換了衣服出來，不過頭上還沾著水草，莫名有幾分喜感。

小七將三狗子頭上的水草取下來，就扭頭對于忠河小聲道：「告訴你一句實話，那姑娘沒訂親。人家爹媽也沒想攀高枝，就是想在這亂世裡，找個能護住自家閨女的人而已。」說完，他頗有深意地拍了拍于忠河的肩膀，然後跳上旁邊自家的船，擺擺手，就走了。

只留下于忠河亮著眼睛，咧著嘴傻笑。

于忠河沒有打攪四娘休息，到了晚上，才奔到船艙，就看見四娘正對著那匣水草發呆。

「妳喜歡這個？」于忠河不可思議地問道。「妳要喜歡就早說嘛，我下去馬上就能給妳撈回來！」這玩意兒實在是不稀罕。

四娘趕緊拉住他。「于大哥，不用了！」她說著，就將匣子收起來，留個紀念，而將那慢慢乾枯的水草順著窗戶扔下去。「它有它應該待的地方。」

于忠河面色一僵。「我知道姑娘的意思，妳是想說妳有妳該去的地方，我這裡留不住妳，是吧？」

四娘詫異地看他，既而失笑地搖搖頭，才道：「于大哥想到哪裡去了？我只是看見它，就不由得想起一個親人罷了，哪裡會遮遮掩掩的說話？」

「親人？」于忠河挑眉。「是兩位和親的公主吧？」

四娘臉上的笑意越發的淡了。雖不中，亦不遠矣。

「妳擔心她們過的不好？」于忠河輕聲問道。

「我們姊妹四散飄零，這輩子想要再聚，只怕是難上加難了。」四娘深吸一口氣。「我本以為我是最幸運的，沒想到一出京城就遇到這刺殺，險些命喪魚腹中。我當時覺得，我可能真的活不成了，誰知在那樣的情況下，我還能逃出生天，被于大哥所救。所以，這幾天，我又一直覺得我是幸運的。說起來，于大哥算是我命裡的貴人呢！只盼著我的姊妹們也都能遇到自己的貴人。」

于忠河可不想當什麼貴人。他呵呵一笑，說：「那是妳運氣好，正好遇上我那天晚上去了附近。」

四娘笑了笑，又問道：「于大哥是漕幫的人？」

「妳知道漕幫？」于忠河詫異地反問。大家閨秀上哪裡知道漕幫去？他有些驚訝。

還真是聽五娘提起過。四娘抿嘴而笑。「有所耳聞，並不詳盡。聽人說，漕幫就是這江面上的霸王，不知道是不是？」

霸王。于忠河喜歡這個稱呼。「咱們世代靠著這條江養家餬口，要是沒有這點本事，哪裡能混得下去？」

「那如今呢？」四娘又問道：「我瞧著于大哥整日裡飄在蘆葦蕩，難道有什麼麻煩的事？」

于忠河這才又看向雲四娘。這姑娘這是在套話，打聽清楚了才好幫自己，想要償還了這份救命的恩情吧？難不成就這麼急於跟自己撇清關係？他的心裡微微有些不是滋味。

四娘就那麼看著他，等著他的回答。

于忠河也低頭看四娘，燈下的姑娘叫人看不清膚色，但雙眼澄澈，臉頰消瘦，越發顯得弱柳扶風。他不是什麼粗魯的漢子，幼年時，父親也給他請過名儒，教導他讀書習字。只是出身限定了他的前程，生是漕幫的人，死是漕幫的鬼。按著年齡，他也該成親了，但是為什麼沒有呢？不過是不合適，不甘心罷了。

他的母親，也是大家族出身。一日不慎落入水裡，被父親救了。父親將她送回了本家，卻沒想到，母親的家人竟說母親已是失了名節，要母親出家，伴著青燈古佛一輩子。母親為了證明清白，在被押去庵堂的路上跳進了池塘，是一直跟在母親身旁的父親救了她。從此，母親隱姓埋名，跟了父親，兩人成了親，生下來他。父母感情一直很好，不過母親到底是落水時落下了病根，前兩年去了。緊跟著，父親就像是失去了養分的樹木般，快速的枯萎，不久也病死了。

他不敢將四娘還回去，其實心裡也有這樣的顧慮。他害怕，這姑娘會跟母親一樣，被家族所拋棄。

他也想找個像母親那樣溫柔、多才的姑娘做妻子，而他看到四娘的第一眼，就認定了，這是個好姑娘。他一直想像中的妻子的樣子，就該是她這樣的。

於是，他扭過頭不回答，他還不想跟她撇開關係。

他決定了，他要像爹爹當年護送娘親回家一樣，將這姑娘送回雲家，然後再一點一點地籌謀。

他看出來了，這姑娘過不慣現在的生活。或者說，她不是在生活，而是在忍受。那麼，他首先要做的，大概就是有富足的生活條件，讓她跟著自己不會受苦。

「明天，咱們就慢慢地往金陵走。」于忠河看著四娘。「妳身體不好，但是咱們走慢點應該無礙。妳別多想，我是想著妳說了妳過年前會回家，如今年已經到跟前了，若是再遇上水路不好走的時候，還得耽擱時間，所以，咱們盡快出發吧。妳先歇著，我去安排。」然後，迅速地從船艙裡走了出去。

四娘愕然地看著于忠河走掉。這麼答非所問是什麼意思啊？

晚上，雲順謹就收到一封匿名的信件，上面是四娘這段時間的所有消息。

只看信封上的「平安」二字，就叫他的心有了著落。

他看著金家遞來的消息，信上詳細寫了救自家四娘的這位于忠河的資料，臉上不禁露出沈思之色。

要論起出身，這位倒也不算是無名之輩。他的父親雖然只是江湖草莽，但他的母族卻也是江南望族。先不說關係的好壞，只從血統上看，說起來也算是能妝點門面。

人品上，金家的人說了「上佳」，那就是沒有什麼大的毛病，比如嗜賭成性、貪杯好色等等，都跟他不沾邊。

能力方面，信上沒下定論，只是將漕幫最近長老爭幫主職位的事詳細地說了說。單就這一件事，就能看出這于忠河還真不是心裡沒有成算的人。

他先將自己心裡冒出來的某種念頭壓住，拿著信快步回了內院。自家媳婦再聽不到閨女的消息，大概真的會瘋魔的。

莊氏此時無力地靠在榻上，身上搭著薄褥子，見了雲順謹也不起身，只是拿眼睛瞪著他看。

雲順謹趕緊將手裡的信揚了揚。「平安！」

莊氏蹭一下坐了起來，搶過信粗略地看一遍，再三確認四娘沒有受到一點傷害，而是被船上的啞姑姑照顧的時候，莊氏就雙掌合十，直唸阿彌陀佛。

接著莊氏又是起來給菩薩上香，又是給四娘收拾屋子，好像這些日子的不舒服從來都沒有過似的。

直等到晚上睡下了，莊氏才小聲地問雲順謹。「你說這信上的于忠河，怎麼樣？」

「什麼怎麼樣？」雲順謹翻了個身，背對莊氏，反問道。

「我說你這人裝什麼糊塗啊！」莊氏就用胳膊撞他的背。「我說的什麼意思你不知道？」

雲順謹就無奈地往外面挪了挪。「妳什麼都沒說，我知道什麼啊我？」

莊氏又擰了雲順謹一把。「叫這于忠河做咱們家的姑爺，你瞧著行不行？」

雲順謹哼笑了一聲。「妳這是半晚上的發癔症了吧！」

莊氏跟著一嘆。「咱們四娘雖說沒啥閃失，但咱們信，外面的人不信啊！咱們本來說，想給四娘找個家世不顯的，只要對閨女好的，人口簡單的就行。可是出了這事以後，再跟門第低的結親，人家會怎麼想？肯定想著咱們四娘有什麼不妥當？是不是已經不是……就算成了親，證明還是黃花大閨女，可這事能滿大街的去宣揚澄清嗎？留下這麼個話柄叫人家指點，咱們家姑娘又是一點委屈都不肯受的性子，平日裡玩笑話惹她不高興了，她都能撂臉子，更何況是這樣的閒言碎語？就算姑爺好，可一年兩年沒事，誰能保證十年八年之後，還沒事呢？就這還得跟撞大運似的，真遇上有心胸的姑爺才成啊！

「所以我這左思右想，倒不如這個于忠河可靠。兩人之間，先有這救命之恩，後有了以身相許，多好的事？再說了，這信上不是說了嗎？身量、長相、本事、能耐都不算差，唯獨就差在出身上。可不是還有一句話，叫英雄莫問出處嗎？以老爺現在的官職，提攜自己的女婿，難道還能犯了王法？要不然，我寫信給雙娘，看看簡親王能不能給他在京城謀取個差事也成。他又無父無母，就算沒有產業也不要緊，咱們給置辦就成了。反正咱們至今只有一兒一女，孩子少，多個女婿就當是兒子，怎麼著都不吃虧不是？關鍵是，四娘不必看別人的臉色過日子。」

雲順謹將被子往上一拉，只不開口。其實這些他都想過，可是，一方面沒見到這個于忠河本人前，自己不能輕易下結論；另一方面，也要看人家的意願，這世上強扭的瓜從來就不甜。

若都合適，倒也不是不行。

再說了，他的前程，根本就不需要自己謀劃。在戚家蠢蠢欲動，而朝廷卻沒有水師可以阻擋的情況下，漕幫能在大江上縱橫，不管是現成的船隻，還是精通水性的人手，只要武裝起來，可不就是一支訓練有素的水師？朝廷不用費一兵一卒一文錢，就能拉起這麼一支勁旅，而需要付出的代價也僅僅只是皇上給予于忠河的封賞罷了。

這件事，不管是對誰，都是有好處的。

若是能如此，四娘嫁給他，也不算低就了。

但，這些都有一個前提條件，那就是于忠河自己願意！

不知道是不是因為就快要回家的緣故，四娘覺得這兩天身上爽利多了。她歪在榻上，裹著被子，打開窗戶，看著外面的風景也覺得格外的舒服。

坐在小船上看風景，跟坐在大船上是不一樣的。大船隻能在江面上走，卻不知道這小小的支流，也別有一番風景。

「要是有筆墨紙硯就好了。」四娘看著外面的蘆葦蕩，上面有成群的野鴨子，時而低頭將頭埋進水裡，時而用嘴梳理一下身上的羽毛。要是能畫下來，該多美！她只覺得眼前的一幕場景，真是比以前看到的什麼天鵝、鴛鴦戲水圖都美，透著一股子撲面而來的自然氣息，顯得那麼生機勃勃。

于忠河瞧見四娘盯著野鴨子直看，臉上還帶著可惜的神色，於是什麼都沒說，直接脫了衣服就跳進水裡，不一會兒功夫，兩隻野鴨子就被他擰斷了脖子，提上了船。

四娘見鴨子群嘎嘎叫著全飛了，還以為鴨子被什麼大隻的水鳥給驚飛了，也沒在意。可等她一轉身，卻赫然看見一身濕的于忠河提著兩隻鴨子站在門口！

「妳不是喜歡嗎？」于忠河笑得很不好意思。「也是，這些天光吃魚了，只怕妳吃膩了，想吃鴨子了吧？我這就叫啞姑姑給妳做，她做的鴨湯麵可是一絕！」說著，就拎著兩隻鴨子去了廚房。

誰想吃鴨子了？剛才的景象有多美，現在就有多糟心！

這一輩子，自己都再也不想吃鴨子了！

四娘憤憤地關了窗戶，捂著被子躺下了。這人可真是會殺風景！氣了一會兒，迷迷糊糊的，她竟然就睡著了。

一覺起來，四娘果然聞見特別香的味道。她那美麗的鴨子啊，成了盤中餐！

「快起來！」于忠河笑得很殷勤。「妳不是想吃鴨子嗎？做好了，嚐嚐！」

這要是在自己家，她早就將碗甩出去了！但是看到于忠河帶著忐忑的笑臉，她卻怎麼也做不出這樣失禮的事。

這是他的心意！不管怎麼說，這都是他的心意。
她這麼安慰自己，抬起頭，卻被他帶著忐忑而期待的眼神驚了一下。
他這麼在乎自己的感受嗎？
能遇到一個時刻在乎自己感受的人，也是一件不容易的事。
她拿起筷子，挑著麵條，吃了兩口，見于忠河還盯著自己，就道：「很香，很好吃。」
他們不是一樣的人又怎樣？光是這份心意，也許自己這輩子都不會再遇上了。
回去之後，等待著自己的將會是什麼呢？
爹娘不會嫌棄自己，可自己不能成為家裡的笑話和負擔。
這麼想著，眼淚就吧嗒吧嗒地掉了下來，落在碗裡面，滿嘴都是苦澀的味道。
「噯妳……妳……妳別哭啊！」于忠河有些手足無措。「是麵不好吃嗎？不好吃就不吃，剩下的給我就好了，妳哭什麼啊？」說著，就搶了四娘的麵，扒拉進嘴裡，細細地嚼了嚼，覺得味道剛剛好啊！
四娘被他的樣子逗得破涕而笑，玩笑地問道：「沒覺得味道哪裡變了嗎？」
于忠河狐疑地又吃了一口。「嗯！還真是不一樣，更鹹了！」
四娘不解地看著他。「不是一個鍋裡做出來的？」
于忠河笑著看她。「剛剛掉了金豆子進去，可不是更鹹了？」
四娘一愣，他這是說自己的眼淚掉進去，叫味道變了。「那你還吃？」伸手就要拿回自己的碗。

「掉進去才更香呢！我剛才吃的那碗倒是淡了。」于忠河說著，就自己先笑了起來。

「就著別人的苦澀下飯，就真那麼香甜？」四娘眨著大眼睛看他，問道。

這話叫人心裡沈沈的。「妳有什麼苦的，都倒給我，我給妳兜著。」于忠河看著四娘的眼睛，認真地道。

四娘愕然地看他，就見他的眼神清澈明亮，叫人覺得深不見底。這是自己認識的于忠河嗎？

于忠河輕笑一聲，將碗裡的麵都吃了，才道：「妳這一份，帶著苦的我都吃了，一會子叫啞姑姑再給妳下一碗。」

四娘的眼淚像是氾濫般，一下子就流了下來。自己的苦得自己受著，誰能代替誰？誰又能拯救誰？

于忠河知道四娘擔心什麼，就承諾道：「我親自送妳回家，要是妳家裡不要妳，妳就跟我回來。我沒有大本事，但是叫妳吃飽穿暖還是能的。將來在太湖的島上蓋個大宅子，閒時泛舟湖上，高歌到天亮都沒人管。外面的時勢不管怎麼變化，都少不了咱們的安然日子過。這話我放在這兒，一旦說出口，就永遠作數。」

四娘扭過身看著外面的蘆葦蕩，她覺得，她的心似乎也開始飄搖了……

晚上，四娘作了一個五彩的夢，夢裡像是躺在雲朵編製的床上，隨風飄蕩著。

四娘在天上，看見在皇宮裡穿著華服的元娘；看到在簡親王府迤邐而行的雙娘；看到在大漠的草原上縱馬馳騁的三娘；看到在遼東那兒站在一片菜地裡的五娘；還有六娘，她一直站在山茶花叢裡對著自己抿嘴笑。

四娘覺得渾身都輕飄飄的，不知道該往哪裡去才好？天上很美，雲朵做的床很柔軟，但還是腳踏實地更自在一些。慢慢地，她落了下來。那是一片廣袤的水域，越來越近了，就見水域裡小島星羅棋佈，上面開滿了桃花，她似乎都能聞見那沁鼻的香味。

這是世外桃源嗎？

她心裡這麼期盼著，然後她慢慢地降了下來，看見掩映在桃花林裡有一角飛出的屋簷，青磚黛瓦，粉牆朱門，好一個精緻的所在。

此時，從大門裡走出一個一身勁裝的男子，他劍眉星目，鼻梁高挺，稜角分明的臉上，帶著微微的笑意。就見他的視線落在桃花林裡，眼神變得溫柔又癡迷。她順著他的視線望過去，那桃花林裡走出一個鵝黃衣裙的女子。她恍若初春綻放的迎春花，婀娜多姿。男子迎著那女子走了過去，到了近前，拉了那女子的手，溫柔地笑著，伸手將落在她頭上的花瓣取下來。兩人相視而笑，畫面彷彿就停止在這一瞬間……

四娘覺得身子一沈，整個人就墜了下來。

這才驚覺，剛才那只是一個夢。夢裡那男子是于忠河，而那女子正是自己。

也不知道為什麼，在夢裡，自己就是認不出自己來。她起身倒了一杯茶，又想起夢中兩人相視而笑的場景，不由得脹紅了臉。自己八成是被于忠河的那番話攪亂了心緒吧？

第二天起，于忠河就不怎麼能見到四娘了。他疑惑地問啞姑姑。「怎麼了？她是哪裡不舒服了嗎？」啞姑姑白了他一眼。人家姑娘開始躲著他了，就證明是見了他會害羞了；會害羞了，就表示心裡多少還是有些意思了。連這個都不懂的愣頭青，還想著娶媳婦？作夢吧！啞姑姑一通比劃，于忠河也看懂了幾分，一時歡喜得不知道該怎麼辦才好。三狗子就嫌棄道：「過兩天就要見人家總督大人了，你可別這麼動不動就傻兮兮的笑！」

「這還要你教？」于忠河白了三狗子一眼。他想著，要送人家上門呢，可得趕緊去看看自己有什麼體面點的衣服帶出來沒有？

雲順謹看著眼前這五大三粗的漢子，有些愣神。「你說……你是來送信的？」五魁點點頭，將揣著的鍊子拿出來遞給雲順謹。「我們少主說了，等令千金的身體好點，就送她回來，先叫我送信來了。您也知道，這路程遠，再加上您這高門大戶的，我轉悠了好幾天都不敢進，又看你們家也不像是急著要找人的樣子，還想著自己是不是走錯了？可別送錯了消息，惹出笑話來才好。」

雲順謹心道，原來這于忠河還真不是有意將人扣下好討要什麼好處，人家也在金家找到四娘之前就派了人來報信。可見這人的人品還真像金家說的，絕對上佳。

他當即熱情地叫管家來，然後才對五魁道：「你先在府裡小住幾天吧！你們少主年前肯定會過來的，我們也已經得了消息。」

「看來我還是來晚了。」五魁有些赧然。又覺得這位雲大人真是平易近人、和藹可親。晚上一壺酒下肚，不知不覺的，他就將漕幫的事、于忠河的事，全都吐露出來了。于忠河此刻還不知道，他心心念念的「岳父大人」，連他幾歲尿褲子的事都已經知道得一清二楚了……

船靠了岸，四娘從船艙裡出來，就看到一身勁裝的于忠河，她頓時便有些不自在。眼前的人跟夢裡的人，不知怎的就重疊在了一起。

就見小七站在岸邊拱手道：「少幫主，真是守約啊！」

于忠河也沒想到，小七會來這裡親自迎接。看著岸邊不顯眼的馬車，他也沒資格拒絕人家的好意。

四娘看見小七，眼睛一亮。「真是有勞了。」

「四姑娘不用客氣。您的事，少主已經知道了。發下話來，叫咱們一定要好好安排。」

小七比上次更恭敬了幾分。

少主，指的是雲家遠。

四娘臉上的笑怎麼也遮擋不住。「哥哥他還好嗎？」

兩人是堂兄妹，因不想叫人猜出身分，這樣的稱呼就正合適。

小七點頭笑笑。「都好，一切都好。」

于忠河只覺得小七就是一個謎，這個謎底是什麼，他還真有點好奇。

四娘坐到馬車上後，反倒有些近鄉情更怯了。

「沒事，要是他們不要妳，咱們轉身就走。」于忠河在馬車外小聲道。要是真的不要妳就好了，咱也不用這麼大費周章了！

「你倒是盼著我爹娘要我還是不要我？」四娘有些氣悶地道。

「要妳自然好，不要也沒關係。」于忠河沒想到四娘會在車裡回答他的話，頓時就驚喜了。他說的是實話，他娘就沒有娘家，爹還不是寶貝了娘一輩子？他想，他也能寶貝她一輩子的。

不安好心！四娘這麼想著，臉上卻又泛起了紅暈。

若是自己真要嫁他，爹娘會同意嗎？她心裡有點不安和忐忑。真不知怎的，腦子裡竟就冒出了這樣的念頭。

總督府並沒有大張旗鼓，就是怕引起別人的議論。

莊氏抱怨雲順謹。「我說就該打發人接一下的，你非不讓——」話還沒說完，雲家盛就竄出去了。

「我去接姊姊！不走遠，就在門口！」

雲順謹沒攔著。「在大門口等著吧，將中門打開。」畢竟是救了自家閨女的命，就該鄭重一點。

馬車一停到門口，于忠河就見到十幾歲的小子迎了過來，遠遠地就對著自己鄭重行禮。

于忠河也鬧不明白這是什麼路數，但還是馬上還了禮。

「這位就是于大哥吧？真是不知道該怎麼感謝了！快，咱們回家說！」雲家盛在家裡一副孩子的樣子，但是有外人在，還是挺像那麼回事的。

「盛哥兒！」四娘聽見弟弟的聲音，在馬車裡喚道。

雲家盛眼圈立即一紅，吸了吸鼻子。「姊，是我！妳還好嗎？」

「好……」四娘應了一聲，眼淚就下來了。所有的忐忑和不安，在聽見弟弟說話的那一瞬間都煙消雲散了。

于忠河被人家從正門請了進去，他就是再不知道禮數，也知道這正門不是隨便什麼人都能走的。可自己來，人家偏偏開了中門，這跟自己預想的不一樣啊！

說好的父母不要、家族不容呢？要是人家父母稀罕，還有自己什麼事？自己還怎麼跟在後面撿漏？他面上一派沈穩，心裡已經有些不安了。該不會真的就這麼把到手的媳婦又送回老丈人手裡了吧？他覺得自己的腦門上一定貼著一個大大的蠢字。突然發現三狗子當初建議的生米煮成熟飯才是最可靠的辦法，可他非要當什麼正人君子！正人君子娶媳婦可不是那麼容易的啊！越是往裡面走，見識了高門大戶的氣派之後，這種感覺就越是明顯。

正走著，猛然想起什麼地往後一看，卻發現小七那些人神奇的失蹤了，而雲家更不可思議，竟然完全沒問，恍若看不見！

這不正常！

不過到了此刻，卻不容自己多想了，因為快步走來的一對夫妻，已經進入了他的視線。

男子是三十來歲的人，正值壯年，一身葛青色的袍子，做文士的打扮，卻不難從步履上看出是個練家子；女子清瘦，恍若病了一場般，可即便形容憔悴，也像是二十多歲的少婦。

「是于少幫主吧？你的大恩真是叫人不知道該怎麼感謝才好！」雲順謹遠遠地看到于忠河的樣子，心裡就先滿意了幾分。這長相、這姿容、這儀態、這氣度，絕對算得上是上佳。可見有個出身良好的母親，對一個孩子的教養意義有多重大。

莊氏更是歡喜，都說丈母娘瞧女婿，越看越滿意。于忠河給她的第一印象真是好得不得了！哪裡看得出是江湖草莽？明明就是將門之後的樣子嘛！世家子弟，也不過如此。

「爹！娘！」四娘撩了簾子，從馬車裡露出臉來。

就有筆兒、紙兒哭著上前扶她下來。

于忠河一瞧，好傢伙，馬車邊上跪著二、三十個丫頭、婆子，大大小小、老老少少！

「都起來吧。」四娘抬抬手，都是自己院子裡的人。看護主子不利，最近只怕也沒少受責難。

莊氏伸手，拉過四娘一把抱在懷裡後，抬手就往四娘的脊背上打。「妳這孩子，性子怎麼那麼烈！就算有事，也有妳爹周旋，妳逞什麼英雄？要是妳有個三長兩短，妳叫我跟妳爹怎麼活啊？」

雲順謹趕緊攔了。「妳這人，打疼孩子了！」說完，他眼神一掃，就發現那于忠河的眼裡滿是心疼！這混蛋小子！雲順謹心裡頓時就不樂意了。

莊氏拉了四娘往裡面去，雲順謹就請了于忠河去大廳。

兩人落坐，雲順謹就先道：「感謝少幫主施以援手！以後但凡用得到雲家，你只管說話，這大秦國少有雲家辦不到的事。」這話說的很有底氣。

這父女倆說話的口氣真的很像啊，都是恨不能一口氣將自己給嚇死。

「只是順手罷了，哪裡能煩勞雲大人呢？」于忠河心道：我要你那寶貝閨女，你給不給？

雲順謹就笑道：「咱們還真是有緣分啊！那晚沒想到剛巧碰上了少幫主。」

這是懷疑自己的動機還是什麼意思？于忠河也沒什麼好隱瞞的，就道：「這是漕幫的家務事。有些人做的過了，在別人的地頭上幹活卻連聲招呼都不打。漕幫可沒少給他們揹黑鍋，不給點教訓就不長記性啊！」

這話帶著別樣的霸氣，叫雲順謹心裡又喜歡了兩分。他知道于忠河指的是戚家，他也正想找戚家的晦氣，說不定彼此還真能合作一回，於是便問道：「聽說漕幫最近不安穩？」

知道的還不少。于忠河搖搖頭，道：「不是大事。一個家裡的親兄弟還打架呢，打完了也還是親兄弟。」

這就是說，萬事都還在他的掌控中。

雲順謹沈默了半晌，一副專心地拿杯蓋撇著杯中茶葉的樣子。說心裡話，就算叫自己找，也未必能找到一個像于忠河這般的青年才俊了。可能也就是家世好看一些罷了，其他的，真是不能跟眼前這個一早就在風浪裡打滾的人相比。

這就像是他更看重遼王，而不看重太子一樣。一個天生地養，一個精心侍弄，根本就沒有可比性。

雲順謹將擺弄了一會兒的茶盞放下。「你對以後可有什麼打算？」

這話問得沒頭沒腦的，也叫人覺得很失禮。于忠河皺了眉頭，回問：「不知道雲大人想問什麼？」

「聽說你還沒有娶親？家裡可曾給你訂親過？」雲順謹看著于忠河的眼睛，直接問道。

于忠河愣然了一瞬，然後猛然間福至心靈，不可置信地抬頭看雲順謹。這個驚喜來的太快，他根本不敢坐著，忙站起身來，面色也嚴肅起來。「家父去之前並未為小子訂下親事。」

雲順謹對于忠河的態度還算滿意。「坐下說。」

于忠河這才正襟危坐。

雲順謹繼續道：「你這次送四娘回來，是打的什麼主意？」

「這……」于忠河沈吟了半晌，人家把話都說得這麼明白了，萬萬沒有叫女方開口提親的道理，於是只得厚著臉皮道：「出了這麼大的事，有些人家規矩嚴，小子怕雲姑娘受了委屈。要是雲家真不接受，小子打算向雲家提親，帶著雲姑娘走便罷了；要是家裡不介意，能容得下雲姑娘，小子還真有些氣弱心虛，不敢高攀。」

這話還算實誠。也還算顧忌了四娘的臉面，知道自己說出提親的話。

雲順謹抬頭道：「我們家，不在乎這些名聲，但也確實心疼自家的孩子。自家不在乎這些事，但別人家在乎，她一輩子都得憋屈。當然了，不出嫁也行，我們家養得起她。跟你說這些，也只是我的初步意向，最終還得問問四娘的意思。另外，你要真想提親，我不要別的聘禮，就要一樣東西。」

于忠河心裡一跳，越是簡單的條件，才越不好達成。「您請說。」只要不過分，什麼代價都可以。

雲順謹看著于忠河的眼睛，道：「我要漕幫暗中聽從朝廷調遣。」

于忠河蹭一下就站了起來，看著雲順謹，有些驚疑不定。朝廷和漕幫向來井水不犯河水，他這是什麼意思？「雲大人想拿漕幫抵擋戚家？」雖是問話，但語氣十分肯定。

「有漕幫在，戚家過不了江。」雲順謹沒有隱瞞。對明白人，越是坦誠，越好交流，這是最基本的誠意。

于忠河苦笑地看著雲順謹。「漕幫不是我一個人的漕幫。」他不能拿漕幫千千萬萬弟兄的性命來當作聘禮，就為了娶一個可心的媳婦，他幹不出這麼王八蛋的事！于忠河咬牙道：「小子確實是心儀令嬡，但是這樣為了一己之私而不顧兄弟的事，恕小子不能做！」

雲順謹眼睛一亮，要是這小子真的一點磕巴都不打就應承下來，自己才真不敢將四娘嫁給他了！他朗聲一笑。「好！好！好！好小子！」他起身拍了拍于忠河的肩膀。「先在家裡住下吧！剛才的話你只當是開玩笑的。我還得問問四娘的意思呢！」

……竟是答應了不成？于忠河歡喜嗎？自然歡喜。但，心裡更多的卻是忐忑。

他總覺得，自己被人盯上了。

第三十七章

五娘覺得這一覺睡得特別沈，彷彿又回到了海島上的日子。

眼前全是蔚藍的海水，遠遠看去，海跟天好似連成了一線。唯一不同的是，這次娘在船上，就站在船頭。她穿著黑色廣袖長袍，上面繡著大紅的牡丹，金黃的花蕊上停著一隻展翅欲飛的斑斕彩蝶。她的頭髮披著，被海風捲起，蕩在風裡。陽光透過雲層，灑在海面上，一時間，眼前全都閃著金光，娘的臉上也鍍上了一層暈光。

真美！她覺得，要是她到了娘的年紀，還能美成這樣該多好？

「妳現在就很美。」

耳邊傳來宋承明的聲音。

雲五娘蹭一下起身，還真是宋承明坐在她的身邊！看來剛才自己又說夢話了。

「你怎麼回來了？這神出鬼沒的，嚇死我了。」她拿了披風裹在自己身上。「外面多冷啊，怎麼大半夜就往回趕？」她看了看外面，還黑著呢，便推他。「快去洗個熱水澡！我去給你下一碗餛飩。」

「妳睡著吧。」宋承明也沒想到將她給吵醒了。他將大衣服脫了，去了裡面，常江早就給他叫好了熱水。

五娘也不睡了，披著衣服去了茶房，裡面的小爐子都是現成的。

今晚上是春韭和海石值夜，剛才看見王爺回來，就知道自家姑娘肯定要給做吃的，於是爐子也燒開了，砂鍋裡的湯底也沸騰了。餛飩有包好的，就在外面凍著。

春韭就披了衣服，問道：「要什麼餡的？」

「拿韭黃和大肉的吧。」五娘囑咐了一聲。他在軍營裡，都跟那些士兵一塊兒吃，海帶燉黃豆肯定是沒少吃，就算燉一鍋大白菜，只怕他也吃得香甜。

海石就把一邊木頭槽子裡的香菜摘了一小撮，又掐了小蔥的葉子，洗乾淨剁了備用。

宋承明披著濕頭髮出來，就見五娘端著砂鍋進來。「不是不讓妳起來嗎？」

「百姓家要真有這樣的懶媳婦，都是要挨打的。」五娘笑了一聲，就拿了乾帕子給他擦頭髮。

宋承明坐下，先拿著勺子喝湯，居然還是魚湯。「上哪兒弄的魚？」外面的河都凍上了，想鑽開冰面可不容易。

「都一個多月前的事了。那時候水不是還沒凍結實嗎？我就叫人買了來，用網子兜了放在咱們家池塘裡，叫人天天記得將上面的冰捅一捅，這不，如今想吃了，撈出來就是現成的。」五娘很得意。她以前在田韻苑就是這麼幹的，不同的是，那時網的都是自己養的魚。

還是得有個女人打理生活啊！這麼簡單的事，他在遼東這麼些年愣是沒想到。往年一到這時候，不是臘魚就是熏魚，最讓人難以接受的還是醃魚，那真是夠夠的。

還有這砂鍋，以前只知道熬藥，如今用來盛飯菜，才真覺出好來。保溫不說，能當碗用，還能當鍋用，方便多了。明年不管怎樣，都得找個會做砂鍋的匠人，咱們自己燒，儘量在冬天以前，讓下面的將士們人人都能有一個。要都能吃上熱呼的飯菜，一個長冬省下的藥錢都不是小數目。

吃完飯，他的頭髮也被五娘擦得差不多乾了，這才道：「我不回來不行啊，烏蒙派了明王來，要商量點邊界貿易的事。」

這個事官方並不承認，但私底下，兩國從來沒有斷過。

「這都要過年了。」五娘覺得烏蒙怎麼這麼不會選日子？這時候過來，什麼事都要幹不成了。

宋承明笑道：「他們又不過年，哪裡會想那麼多？」

「什麼時候到？」五娘問道，這該準備的總得準備起來了。

「烏蒙是打著兩國如今是姻親的名義來的。」宋承明看著五娘，又解釋了一遍。

不管怎樣，宋承明還是大秦的遼王。

「你是說，我三姊會來？」五娘萬萬沒想到會這麼早就見面。

宋承明輕笑一聲。「傳回來的消息說，妳這位三姊十分得烏蒙汗王的喜愛。」

就三娘的長相，不喜歡的男人真不多。

五娘眼圈就紅了。別人喜歡又怎麼樣呢？不是自己心裡的人，還不定怎麼委屈難受呢！

「也好。」五娘抿了抿嘴。「有了寵愛，之於她，日子才好過。」

「據說，若是她此次能在商談中為烏蒙取得想要的利益，那麼，大概就會成為汗王的王后了。」宋承明拍了拍五娘的手，苦笑道：「我的王妃，估計不會是妳預料的相見歡吧。」

早就料到會有這麼一天了。

「我是大秦的遼王妃，她是大秦的公主。」五娘看向宋承明。「她可能會為自己籌謀，也可能為大秦謀取不了多少利益，但是損害大秦的事，她不會做。」五娘沈默半晌，又道：「我信她。」

宋承明詫異地挑挑眉。

又過了三天，才得到消息，說是烏蒙一行人今兒中午就能到，今兒可就臘月二十八了。遼王府的春聯都已經貼了起來，整個盛城也透著一股年味。

「要不妳還是在府裡等著吧？」外面仍然飄著雪，宋承明不想叫五娘跟著受凍。

五娘搖搖頭。「親姊姊來了，又是和親的公主，不親自迎接怎麼行呢？」

「那我載著妳。」宋承明不放心五娘一個人騎馬。

五娘哪裡理他？快走兩步到了馬跟前，翻身就上了馬。

本來等著跟遼王一起出發的護衛見狀，吆喝地喝起采來。

「就讓我動一動吧！再這麼養著，就真養廢了。」五娘騎在馬上，朝春韭她們打了一個手勢，於是七個丫頭也齊刷刷地跳上了馬。

那些老光棍、小光棍們更是跟著起哄了。

宋承明罵了一聲「沒出息」，也跟著上了馬。

兩人帶著人，並駕出城，風還是冷冽得很。

五娘看著遠處，慢慢地，有個黑點在往這邊移動，她知道，是人來了。

不管怎麼說，這一刻，她還是擔心了。

三娘也騎在馬上，不過，同她在一匹馬上的，還有一個強壯的女人。大多數時候，她都是被綁在這個女人的身上，才不至於跌落下馬。

女人是汗王的長女，生的比男子還高壯，當然，也十分的勇武善戰。汗王甚至為她取名哈達，意思是山峰。

自己出來，只帶了珊瑚伺候。本來可以跟珊瑚騎一匹馬的，但這位哈達公主卻不許，彷彿要用她的辦法羞辱自己一般，像是要告訴世人，自己這個公主只能成為藤蔓，靠著攀附而活，不可能像樹一般高壯，更不可能像山一樣巍峨。一路上，全是她的喋喋不休。

珊瑚突然道：「主子，妳看！」

三娘抬起頭，遠遠地看去，有兩個人騎在馬上，朝這邊迎了過來。是五娘嗎？

珊瑚道：「是五姑娘。」

哈達聽不懂兩人說的是什麼，但明王卻聽懂了。他扭頭朝三娘看去，就見她的眼裡竟是有水光浮現。他馬上作出判斷，這兩姊妹應該是有感情的才對。

「三姊！」五娘先是一喜，隨後面色就一僵，三娘竟是被捆在一個人的身上帶過來的！又不是十萬火急的事，晚幾天到又能怎樣？走不了馬車，難道連雪橇都沒有嗎？用繩子捆人，身上得成了什麼樣子！她迂了一聲，馬頓時就停住了，揚起了前蹄。「哪個是明王？」五娘挑眉冷笑。「怎麼將我們大秦的公主綁著來？給我們示威嗎？」

宋承明追上來，眯著眼睛看著高坐在馬上、不動如山的男人。

如果不知道的，還真會以為這位是漢人。

就見明王歉意的一笑，拱手道：「想必遼王、遼王妃誤會了，實在是趕路不方便。不過您們放心，帶著貴國公主的，是哈達公主，她是汗王的長女，身分尊貴，並沒有辱沒貴國公主半分。」

宋承明就笑道：「永和公主不僅是大秦的公主，也是烏蒙的汗王王妃，不過，看烏蒙的意思，迄今為止，也沒有接納我們的公主啊！」

話才一落，就見三娘身子一歪，直接往馬下跌！

「小心！」五娘喊了一聲，可是已經來不及了。

三娘重重地跌落在雪地上！原來是哈達直接用匕首割斷了繩子，三娘身子早凍僵了，直接就栽了下來。

沒有這麼欺負人的！而且還當著自己的面！這不光是挑釁自己，更是挑釁大秦！宋承明的眼神一冷，才要說話，就見五娘已經下馬奔過去了。

珊瑚已扶起三娘，五娘見三娘沒有大礙，但這不是受不受傷的問題，而是臉面的問題、是尊嚴的問題！五娘二話不說，就將手裡的馬鞭朝哈達的臉上甩去！「妳給我下來！」說著，手裡的匕首也砍向了馬腿！

這是一匹好馬，哈達本身就高壯，再加上三娘的分量，也一路就這麼馱了過來。不過，五娘此時可沒功夫管這是不是一匹好馬，只想將哈達掀翻下來！

哈達根本沒防備五娘，在她的眼裡，五娘比三娘看著還弱，誰知道居然說動手就動手，而且還直撲面門！她就是再醜，也是個姑娘，自然看重容貌。剛伸手攔了，誰知道馬兒卻猛地直立而起，緊接著，她就失衡，跌了下去！

哈達的噸位比較大，摔倒在雪地上也不像三娘那般的輕飄飄，只聽到砰的一聲，整個人重重地砸在地上，地上的積雪飛起雪沫。不過這哈達也確實厲害，在落地的瞬間，就彈跳而起。可即便這樣，雪地上還是留下了一個人形的痕跡。

「妳偷襲！」哈達的漢話說的生澀，顯然，只是學了戰場上要用到的話。

五娘挑眉，自己只是想叫她丟醜，又不是真的要往崩的鬧。畢竟，一方面是三娘還得在人家的地盤上過活；另一方面，此次雙方會面，是有正事要談的。因私廢公的事，她不幹。

再說了，偷襲這是什麼狗屁道理？兵不厭詐，一個沙場上的宿將會不明白？扯淡！

五娘似笑非笑地瞥了明王一眼，沒有再解釋。反正跟哈達之間語言不通，就算說了也是雞同鴨講，便逕自去扶三娘。

哈達覺得自己被無視了！

只是哈達剛一動，明王用烏蒙語也不知道說了一句什麼，哈達就憤憤地看著五娘，但終究沒有再動。

宋承明手上的飛刀迅速地撤回袖子裡，五娘剛才真的嚇了他一跳。

五娘站在三娘面前，行了個平輩的禮。「永和公主，別來無恙。」

宋承明的心一下子就放下了，此時確實不是敘姊妹親情的時候。

三娘見五娘面色紅潤，似乎又長高了些，嘴角動了動，想問她過得好不好，話一出口，卻成了別句。「遼王妃，別來無恙。」

五娘就點頭微笑。「永和公主可願意同我共乘一騎進城？」

三娘點點頭。「那就有勞了。」

五娘過去，扶了三娘的手，才覺得她的手冰涼。

三娘站在馬下，對著要扶她的五娘擺擺手。「不用，我自己行。」

五娘果真沒動，三娘有三娘的尊嚴。

三娘到底是艱難地咬著牙，爬上了馬。

五娘這才躍上馬背，坐在三娘身後，扭頭對宋承明道：「王爺，咱們回城吧！」

宋承明眼裡笑意點點，對著明王做了一個「請」的手勢。

明王看了三娘一眼，又看了五娘一眼，才朗聲笑道：「還真是姊妹情深啊！看來咱們這次應是能達成共識。」

五娘剛要說話，就被三娘按住了手。

就見三娘仰起頭來。「明王誤會了。公事沒處理完，怎敢論私交？只是如今進入了大秦，妾身便算是回了娘家。我身後的遼王妃，也是皇家之人。」

明王挑眉奇怪的一笑，對宋承明道：「現在的女人都比男人厲害，反倒顯得咱們毫無公心了。本想跟遼王一起敘敘舊，好好地喝杯水酒，如今只怕不行了。」

宋承明哈哈一笑。「公事要緊，私事也要緊！明王這話，可說到我的心坎上了！看見明王，也覺得酒癮犯了，不過家有胭脂虎，我也不敢啊！」

兩個男人相互調侃，好似多年的老友一般。

三娘輕聲道：「以前看見遼王，還覺得為人冷硬，不苟言笑，如今才知道是看錯了。這樣瞧著也很好，能由著妳作主說話，心裡就一定是看重妳的。」

五娘抿嘴一笑。「現在說這些還早。等到頭髮都白了，臉上都是皺紋了，如果還能怕家裡的胭脂虎，那才是真好。」

三娘眼裡閃過什麼，很快就消失了。「咱們姊妹，總得有人過得好吧。有家裡的消息嗎？」

「前段時間送了年禮來，沒聽說什麼不好的。」五娘沒詳細說。「就是四姊，去江南的時候路上遇險了。如今倒是無恙，不過親事大概很快會定下來，這消息我也是昨天才接到的。」

三娘驚了一下。「還有這樣的事？」

五娘點點頭。「說不定是因禍得福，碰到一個如意郎君也不一定。」

三娘臉上的笑意越發的明顯，家裡的消息，讓她整個人都鮮活了起來。

明王不時地看向三娘，那眼神裡面的意思，遼王作為男人，瞭解的一清二楚，這個關係還真是有點複雜啊！在大秦，這叫不倫；但是在烏蒙，這還真不是個事。烏蒙的大汗，將自己的女人送給臣下並不是什麼新鮮的事，就連生過孩子的女人也不例外。

明王對三娘，有別樣的心思。這個發現，叫宋承明不知道是喜還是憂。

三娘偏過頭，叫人看不見她的正臉時，才小聲道：「此次明王是為了鹽的事而來。」

五娘先是笑了一聲，說：「放心，保證有三姊愛吃的！」說完，才小聲快速地道：「以前不是跟成家買賣嗎？怎麼，成家跟烏蒙的關係緊張起來了？」

三娘大聲道：「沒有鮮菜，能有什麼滋味？」又小聲道：「成家跟宋承乾有了嫌隙，三次貨都沒按時到。烏蒙除了貴族，百姓已經買不到鹽了。」

五娘見她說起宋承乾時沒有半絲勉強，想著，她心裡大概放下了。這念頭只在一閃之間，嘴上卻不耽擱地道：「那三姊可想錯了，鮮菜我可已經種出來了！」然後笑著小聲道：「他們能付出什麼？」

三娘就接了她的話道：「有韭菜嗎？包韭菜雞蛋的餃子給我吃！」這才小聲道：「緊挨著你們的烏拉圭山和那片沼澤。」

烏拉圭山？五娘心裡一喜，笑道：「已經包好了，回去就下給妳吃。」然後低聲道：「這交易可以做，那山我要了。」

三娘不知道五娘打的什麼主意，心裡掂量著，嘴上卻回應道：「可惜沒有西山泉水釀的醋。」說著，用手擋了嘴，一副擋著風的樣子，道：「那我就知道怎麼做了。」

五娘笑意滿滿。「沒有西山泉水釀的醋，卻有我剛做出來的醬，回去給妳帶點！」她低頭小聲道：「三姊想辦法周旋，我面上是不會答應的。」

三娘就明白五娘的意思了。她願意做這個交易，但因為自己夾在中間，因此要為自己爭取更大的功勞。她淡淡地「嗯」了一聲，兩人就不再頻繁的說話了，因為哈達已經騎馬來到兩人跟前，而且剛才說話，就已經灌了一肚子冷風。

「說什麼？」哈達粗嘎的嗓子衝著姊妹兩人喊。

「哈達！」明王冷冽地看了一眼哈達。

這粗壯的姑娘頓時就消停了。

「怎麼回事？這公主也太怕明王了吧？」五娘問三娘。

三娘低聲道：「男人愛美女，女人也愛美男吶！」

五娘總覺得三娘這話的味道不對，但還是很快被三娘這話的內容給驚呆了。「他們是叔姪！」烏蒙真亂！

三娘小聲道：「哈達的母親是被搶來的，本來就是別人的妻子，後來七個月就生下了哈達。哈達一身力氣，據說是像她生父。烏蒙的規矩，孩子生在誰家，這孩子的父親就是誰。」

哇喔！這個風俗真是叫人不知道說什麼好了。也就是說，從血緣上，哈達不是明王的姪女，原來是這個樣子。

三娘哼笑了一聲。

「不過，差太多了。」五娘看向明王。「真想不到烏蒙還有這麼風度卓然的人。」

等進了城，自然先去了遼王府。

五娘給三娘預備了院子，裡面的一切陳設都跟褚玉苑一樣，三娘的眼淚瞬間就下來了。

哈達跟著三娘，大有寸步不離的架勢，好似在防著姊妹倆說話。

「三姊先梳洗，飯菜馬上就好。」五娘看了哈達一眼，才道：「公主殿下不梳洗嗎？」

邊上就有個不起眼的、長得黑瘦的丫頭輕聲翻譯著。

這個丫頭看輪廓應該是漢人，不會是被搶去才成為女奴的吧？

五娘在那個女奴的臉上多停留了兩秒，才聽哈達說了一大段。

那丫頭就道：「遼王妃，我們公主說，在這裡守著永和公主，是她的使命。」

五娘微微一笑，挑挑眉就退了出去。

願意守就守著吧！

飯菜很豐盛。看得出來，明王也很高興。很多時候，他更像是一個漢人，喜歡吃漢人的飯菜。比如，五娘專門給三娘做的餃子，被明王吃了大半。

「真的能在冬天種出韭菜？」明王十分驚奇，看著三娘道：「妳上次說想吃韭菜餡的餃子，我還當妳是難為人，沒想到真有！妳要早說這裡有，我早就趕來盛城給妳取回去了！」

五娘心裡的彆扭又一次升了起來。這兩人不像是叔嫂，倒更像是情侶啊！她不確定地看向宋承明，就見他隱晦地點點頭，垂下眼瞼。

不會吧?!

五娘觀察明王，見他眼神裡的意思怎麼也遮擋不住。只是三娘，她卻叫人看不清。

三娘是受過情傷的人，是不會輕易相信什麼感情的。但是她應該不會拒絕明王，因為，多了一個這樣的男人，她在烏蒙的王廷就多了一份保障。

五娘轉頭叫香荽再下點餃子，又扭頭對明王道：「有茴香餡的、有大蔥豬肉的、有羊肉的、有牛肉的，還有蘿蔔的，喜歡就多嚐嚐！」

明王倒是對各色的餃子十分感興趣。

三娘就提醒道：「韭菜餡的、茴香餡的，在這個季節十分難得。別的，什麼時候不能吃？」

明王才了然地笑笑，扭頭對宋承明道：「看來遼王妃不捨得呢！」

五娘就笑道：「還真是捨不得呢！本來是給三姊留著的，如今天冷，凍住也壞不了。誰知道她竟然叫破了，那可就沒什麼給她帶了。」

三娘就笑道：「這個也就罷了，他喜歡就都給他吧，走時給我帶點酸菜包出來的也好。」竟是一點兒也不掩蓋對明王的關心。

五娘拿不準三娘的意思，更是不知道她的打算，便只裝作什麼都看不懂，笑著打哈哈。

一邊的哈達吃得十分的滿意，牛羊肉餡的，不拘什麼，都行。一個人竟然幹掉了三斤的量，比宋承明和明王吃的都多！倒是三娘和五娘淺嚐輒止，三娘更多的是吃五娘特意為她準備的菜。

飯吃完了，兩個男人也沒喝多少酒。

明王直接道：「在下此次來，是為了鹽。還望遼王看在……」他的視線在三娘和五娘的身上一掃。「看在兩國姻親的分上，幫幫忙。」

遼王滿口子答應。「這個沒有問題啊！鹽這東西，官鹽有官鹽的價碼，私鹽有私鹽的價碼。咱們做生意嘛，和誰做不是做呢？」

要是能拿出銀子，或者說願意出銀子，還會叫三娘跟著跑這一趟嗎？不就是拿不出銀子來嗎？再說了，這得花多少銀子，才能買夠整個烏蒙所用的鹽巴啊？

明王就看了一眼三娘，卻見三娘坐在那裡，沒有說話的意思。

哈達兩邊各看了一眼後，大聲道：「烏拉圭你們的！鹽我們的！」

烏拉圭？那座荒山！

宋承明很想說一句：你們這是窮瘋了吧？什麼都敢拿來換！他的臉色有些不好，卻還是笑道：「行啊！烏拉圭山給我們，你們這一行人就從我這裡拿鹽，能搬多少你們搬多少！咱們姻親嘛，不在這小事上計較。」

自己一行人能拿多少？看來人家遼王是生氣了。其實剛才那話，明王自己也說不出口的。如今，還真是不知道怎麼往下接了？他求助地看向三娘。

三娘瞪了他一眼，這才扭頭，拉了拉五娘的袖子，不知道在五娘的耳邊說了什麼，五娘就露出複雜又為難的神色來。

好半天後，五娘才起身笑道：「時間也不早了，一路顛簸辛苦，就先休息吧。有什麼話，休息好了再說。」說著，就看著宋承明，面上雖是祈求之色，但手指卻輕輕的點了點。

宋承明這才一副強做笑臉的樣子，叫人送明王去了客院。

五娘和三娘也分了開來，並沒有要陪伴三娘的意思，因為自己還肩負著「勸服宋承明」的責任。

這邊人都走了，五娘才拉著宋承明回了主院。

「海石，拿地圖來！」五娘十分的激動。

「怎麼了？」宋承明剛才看見五娘的手勢，叫自己稍安勿躁，看來還真有隱情。

五娘扭頭看著宋承明，笑道：「這可是送上門來的好買賣啊！你知道烏拉圭山是什麼嗎？」

「什麼？」宋承明不解地看五娘。

「是一座礦山！一座鐵礦山！」五娘壓低聲音，興奮地道。

鐵礦山?!宋承明的神色一下子就嚴肅了起來，抓著五娘的手有些緊。「確定嗎？」他緊張地問五娘。

五娘沈吟了一下。「金家老祖的記載，應該不會有錯。」

「金家老祖的記載？」宋承明詫異地挑眉。

五娘點點頭。「是。我記得很清楚，標注著的烏拉圭山，以前是在遼東的範圍之內的，什麼時候成了烏蒙的？」

「那是幾十年前的事了，吃了敗仗丟的唄！」宋承明嘆了一聲。

怪不得他剛才那麼生氣，原來是拿著本來就屬於自己的東西再來跟自己做交易啊！不僅缺德，而且打臉！五娘低聲道：「為了這座礦山，你也只能當一回為了美色而耳根子軟的昏聵王爺了。」

宋承明也看了一眼被海石展開的地圖，臉上有了癡迷之色。

等晚上兩人躺在炕上時，宋承明還興奮得睡不著。有了鐵礦，就有了兵器；有了兵器，遼東軍就能擴充了，不需要再看朝廷的臉色、受朝廷的氣。而且只要願意，隨時可以掙脫朝廷的束縛。可以說，這對於自己，是具有特殊意義的。

「沐清啊，妳真是我的福星。」宋承明低聲道。

五娘已經有些迷糊了，聽了宋承明的話，她才又睜開眼睛。「咱們這戲還得唱下去。今兒三姊將這事跟我提前漏了底，成家和宋承乾對烏蒙的態度有些差別，那邊的鹽徹底的停了供應。烏蒙除了貴族，其他人已經買不到鹽了。」

「這麼嚴重？」宋承明一愣，隨即又皺眉。「但這事情不對啊！烏蒙如果不是真的拿不出銀子，也不會拿烏拉圭山來說事啊！烏蒙內部肯定是出現什麼問題了！」

五娘的睡意一下子全都沒有了。「那你覺得這事，三姊可能事先就知道嗎？」

宋承明沈默了半晌才道：「即便不知道，也一定聽到了什麼風聲。」

「但她為什麼什麼都沒說呢？」五娘蹭一下坐了起來。「是覺得跟咱們無關呢？還是她知道的並不確切？」

宋承明動動嘴角，想說什麼，到底沒說出口。她從來就沒想過，會是三娘刻意隱瞞嗎？

五娘緊跟著嘆了一口氣。「你想說什麼我知道了，明天再試探試探看看。」

三娘要是真知道，為什麼什麼都不說？五娘不相信三娘有了不好的心思，因為這麼短的時間，根本是不可能有別的心思的。只要她對家還有感情，就不會做出危害大秦的事。

五娘以為第二天會費一番心思才能問出個究竟，誰知才開口，三娘就主動說了。

「我就知道瞞不過妳。」她拉著五娘在身邊坐了，才道：「烏蒙發生了叛亂，金庫被洗劫一空。據說，這夥人跟宋承乾有關。」

太子宋承乾？五娘這才了然地點頭。

三娘繼續道：「這傳言應該不是假的。因為他們企圖帶走我，卻並沒有要傷害我的意思。」

五娘抓緊了三娘的手，她知道，宋承乾是她心裡一個不能碰觸的傷疤。

三娘看著五娘。「短期內，烏蒙不會成為遼東，乃至大秦的敵人，所以，烏蒙對西北的掣肘作用已經不存在，而我這個和親的公主，便成了一步廢棋。若不是因為跟遼東緊挨著，我們又是親姊妹，我在烏蒙只會更尷尬。因為許多人都將宋承乾煽動叛亂、洗劫金庫的罪名歸咎在我身上，認為是宋承乾無法割捨下我這樣的美人，才策動了這件事，我該為此負全責。」她平靜地說著，恍若這一切的兇險都和她無關一樣。

五娘猜測道：「是明王護著妳的？」

三娘點點頭。「是。是他護著我，沒叫我死在亂箭之下。」

五娘的眼淚瞬間就掉了下來。短短的幾句話，訴說的是怎樣一種艱難！「委屈妳了，三姊。」五娘哽咽著，只能說出這幾句話來。

三娘卻笑了。「不想告訴妳，就是怕妳跟著擔心。看妳過得好，知道家裡過得好，我即便明天就死了，也沒遺憾了。」

「說什麼死不死的話？」五娘拉著三娘的手。「活著吧！都要活著！」

三娘笑了笑，眼裡沒有波瀾。

五娘問三娘。「妳跟明王，你們之間？」

「羅敷有夫，使君有婦，能奈何？」三娘挑眉對著五娘笑了一下。「放心，我不是只知道情愛的小姑娘了，掂量得出來輕重。」

五娘搖搖頭。「真是造化弄人。」

兩姊妹相對而坐，有一搭、沒一搭地說著話。

而屏風的另一邊，宋承明對著明王，卻不肯多提一句關於烏拉圭山換鹽的事。

「在下知道遼王作難，但是大秦如果現在不收回烏拉圭，來年咱們就未必真的願意用它來交易了。」明王端著遼王泡著的茶。

宋承明笑道：「那是明王還不瞭解本王的性子，本王不是那等迂腐之人，對於無用之物，不管給它賦予怎樣的意義，無用之物就是無用之物。本王堅決不會做賠本的買賣。」

明王的嘴角微微有些僵硬。「那遼王看這樣好不好？我們用烏拉圭山做抵押，等將來有銀子了，我們再贖回？」

宋承明嗤笑一聲。「你當本王是傻子糊弄嗎？」他看了屏風後面一眼。「不得不說，你帶來了一個好幫手。本王的小王妃，想家想得天天晚上哭嚎不止，昨兒見到姊姊才好點。只是到底年紀小，哎呀，頭疼。」

明王一笑，也不知信了還是沒信。「那遼王覺得，我們還要付出什麼樣的代價，這買賣才談得下去？」

「一萬隻羊，或者兩千頭牛。」宋承明看著明王，這對他們來說，不算艱難。你金庫被盜了，難道牛羊也被盜了？「我要的又不是戰馬，牛羊而已，不算過分吧？」宋承明呵呵一笑。

說心裡話，人家這條件還真不過分。而且，要是宋承明毫不猶豫的就答應了他的條件，他才會覺得有詐——不是烏拉圭山有問題，就是他們給自己的鹽有問題！

明王遲遲沒有說話，沈默了半晌才道：「不知道遼王給咱們的鹽，會是什麼樣的鹽？這個我需要先弄清楚。」

宋承明點點頭，拍了拍手。

常江便轉身出去，轉眼就端了一個盤子進來了。盤子上的鹽有三種成色，一種是顆粒大的粗鹽，吃到嘴裡有些苦澀的味道；另一種是青色的，比粗鹽的顏色淡一些，顆粒也小些；最後一種就是白鹽，又細又粉。

三娘和五娘聽到宋承明拍手時就起身了，兩人剛繞過屏風，剛好見到端上來的盤子。

「這好似比咱們家裡用的鹽還精細些。」三娘指著白鹽道。

五娘跟著點點頭。「這是工藝又更精純的緣故。這個鹽沒有半點苦味，味道更細膩。」

三娘就用指尖挑了看。「在烏蒙，就算是貴族家裡，用的也多是青鹽。看來成家不是不肯賣鹽，而是賣不了鹽了。」十分的直言不諱，當著明王的面什麼都敢說。

五娘就輕笑一聲道：「這個是自然。成家以前的鹽都是摳出來的朝廷官鹽，成家造反了，鹽自然不會再給成家。如今他們自己的鹽，配給不出問題就已經算好了，哪裡還有精力管得了烏蒙？」

三娘點點頭。「聽說西北也有鹽井。」

當然也有鹽礦，儲備還很豐富。但想要開採，難度也太大。五娘便笑道：「有幾處露天的，產量有限，成家自給自足尚且很困難。」

明王看了三娘一眼，才朝五娘點點頭。想來是三娘替他問了他想問的話。

三娘笑道：「這白鹽雖好，但就算是貴族，能吃得起的也不多——」

這是要商談價碼了。五娘就打岔道：「三姊別管人家吃得起、吃不起，妳吃的鹽我全都包了，回頭就給妳送一車去！」夠吃兩輩子。

「呿！」三娘啐了五娘一口，而後眨著大眼睛問五娘。「真不能低點了？我知道，別人再怎麼缺鹽，妳是不缺鹽的。」

金家住在海島上，最不缺的就是鹽場。更何況，遼東本就靠海，也有自己的鹽場，雖然不能跟金家相比，他們的規模較小，受季節影響也大，但除了自給自足，有些盈餘還是能的。再加上遼東有朝廷的配給，所以自己產的就算是剩下的了。這也是為什麼明王跑來跟宋承明買鹽的原因。

五娘搖搖頭。「有些事，我是作不得主的。三姊需要，肯定緊著三姊，但價錢上，低了我也難給人家張嘴不是？畢竟嫁出去的女兒，潑出去的水。」不能因為自己，就叫金家做賠本的買賣。

兩姊妹妳來我去，商量得似模似樣。

於是三娘就嘆了一聲，看著明王，表示自己也無能為力。

宋承明指著盤子裡的鹽。「如果同意了，可以換取一年的量。這三種鹽，我可以都給你們配上。九成是粗鹽，一成是青鹽，另外再送一車的白鹽。」

「五千隻羊，五百頭牛。」明王還了價錢。

「三千隻羊，一千頭牛。」宋承明拍了拍明王。「我們跟你們不一樣的，我們用牛是耕地用的，所以，你多給牛，少給羊，咱們這生意才能做下去。」

明王點點頭。「成交！」

雙方說的很索利。等將烏拉圭山徹底地劃給了遼東後，這件事就算是完成了。

「過了年再走吧？明兒都年三十了。在漢人這裡，可算是過年了。」五娘開口留他們。她也確實是想要三娘好好地過個年。

三娘就看向明王，等著他的決定。

明王看了哈達一眼，就道：「實在是還有要事在身，不能多待。等食鹽準備好以後，交給哈達，她負責帶人運回去。」意思是，他要帶著三娘先走了。

五娘看了看外面，又飄起了雪花，就擔憂地看三娘。

三娘輕輕地朝她搖搖頭，半垂下眼簾。

五娘就叫人準備雪橇，好歹坐著沒那麼受罪，這次明王倒是沒有反駁。將人送到了城外，看著三娘上了雪橇，五娘才上前，親自為她把簾子拉好。「三姊保重。」

三娘伸手，輕輕地替五娘擦拭了臉上的淚，才道：「好好地過日子。記得給我消息。」

五娘點點頭。「車廂後面是給妳準備的東西，有包好的餃子、餛飩，煮一煮就能吃，還有香腸、臘腸及各色的醬。以後妳要有什麼想要的，給我捎句話，我叫人給妳送去。真有危險的時候，其他的都不重要，保重自己，活著，才是最要緊的。」

三娘吸吸鼻子，將臉扭向一邊，不敢叫五娘看見她臉上的淚。「我都記住了，妳回吧。」說著，強行將簾子給拉上了，遮住了五娘的視線。

曾經，姊妹的不和，在這冰天雪地、大雪紛飛的邊塞荒野，變得那麼的可笑又微不足道，但卻又那麼的清晰。這才發現，留在心裡的，此時不是恨，而是難以割捨的牽絆。

宋承明扶住五娘。「別哭了。離得不遠，想見總能見到的。」

五娘搖搖頭。「就是覺得心酸。」

等雪橇走出很遠，遠到向後看時，五娘整個都變成了一個黑點，三娘才失聲痛哭。

「姑娘……」珊瑚想安慰她什麼，可是話沒出口，就先哽咽了。

三姑娘的日子太難了！新婚夜裡，那汗王在跟自家姑娘洞房之後，又寵幸了兩個女奴！當自家姑娘是什麼？別說是姑娘，就是她們這些丫頭，都恨不能捅死他！當時，姑娘羞憤不已，手裡拿著匕首，就放在脖子下。是她們這群丫頭跪在地上，求她活下去的。從那天之後，三姑娘的眼裡，就再也沒有情緒了。如同此刻這般失控的情況，還是第一次。

「我知道，咱們得活下去……」三娘拍了拍珊瑚的手。

兩人正要說話，簾子一撩，明王跳了上來。

三娘朝珊瑚點點頭，珊瑚就走了下去。三娘的眼睛還是紅的，看了明王一眼，才道：「怎麼，還有事？」

明王一把將三娘摟在懷裡。「我就是想要跟妳單獨待幾天，才急著離開的。」

三娘掙脫了出來。「在我們漢人眼裡，這麼做是不對的。」

「但漢人還有一句話，叫做入境隨俗。」明王抬起三娘的下巴。「妳怎麼不按照這句話去做呢？我知道，妳不討厭本王。」

三娘的手瞬間就在袖子裡縮成了拳頭。「嫁雞隨雞，嫁狗隨狗。漢人的老百姓，都懂這句話的意思。」

明王看著三娘的眼睛。「妳真這麼想？」

三娘就不說話了。

明王放開三娘，才發現竟將她的臉上捏出了指印來，頓時就有些慌亂。「我……我不是故意的。」

「我知道。」三娘一點兒也不在意一樣，抬頭看著明王。「你知道我最羨慕遼王妃什麼嗎？」

「什麼？」明王不由自主地問道。

三娘的嘴角就帶了笑意。「遼王妃以前，可不是你現在看到的樣子。她處事圓滑，卻又謹小慎微，跟她接觸過的人，就沒有不喜歡她的。她總是知道怎麼做、怎麼說話，能討大家的喜歡。」

明王皺皺眉。「這不好！這不是自己太會算計，就是底氣不足，不這麼做過不下去。」

三娘沈默了良久才道：「你說的對，她以前就是為了過下去。」既而，她失笑道：「可如今呢？你瞧瞧，她動輒敢跟哈達公主動手。為什麼？因為她有底氣。因為她知道，不管她惹出多大的亂子，都有人給她兜著。遼王處理政事，她也敢插話，她的意見，遼王也會聽。」她嘴角的笑意又大了幾分，低下頭道：「有一個寵愛她、包容她，更重要的是肯尊重她的人，還不值得羨慕嗎？」

明王恍然地看著三娘。「妳繞了那麼大一個圈子，就是告訴我，叫我尊重妳，是嗎？」

三娘臉上的笑意慢慢的淡了。「汗王沒學會尊重我，所以我恨他，恨不得食其肉、飲其血。」

明王上下打量她一眼。「妳覺得我也跟他一樣，不尊重妳嗎？」

三娘將頭扭向一邊。「你沒有，只是你太霸道了，霸道得令我有些害怕。」

明王又看三娘，見她的臉羞紅一片，燦若朝霞，心裡就越發的火熱起來。「我只要尊重妳，妳就會喜歡我嗎？」

三娘咬著嘴唇，偷偷地看了明王一眼後，又再次低下了頭。

明王的嘴角不由得露出愉悅的笑意，眼睛突然就如同星辰一般燦爛。「我知道了。」他看了三娘一眼。「本王知道了。」說著，就跳下馬車。

珊瑚不明白明王為什麼那麼高興？等上了馬車，只看見自己的姑娘神色半點不變，眼睛也如深泉一般，不見半點波瀾。

哈達公主在宋承明和五娘回去以前，就搬走了，聽說是去了驛館。

「怕我打擊報復她還是怎樣？」五娘恥笑一聲。自己真就那麼心胸狹小、睚眥必報不成？

宋承明跟著一笑，也沒在意。「隨她去吧！豔我早就調過來了，回頭等時間差不多了，就給她。」

「時間差不多了？這是什麼意思？」五娘一時沒有明白。有就給了，何必留著這麼一個人在盛城？客走主人安，就是這個道理。

宋承明就搖頭笑了。「妳啊！」到底是對男人的心思瞭解的少。「妳就沒想想那明王能有什麼急事，連兩天都等不得？」

「他想甩開哈達！」五娘皺眉。「要是真有什麼隱秘的事，以哈達的那智商，想瞞著她簡直易如反掌。」

宋承明搖頭，深深地看了五娘一眼。

五娘念頭一閃，愕然道：「他是為了三娘？」

宋承明點點頭。「我想，那汗王要真是寵愛妳三姊，是不會讓她跟著明王一起來的。有些事，成與不成，跟女人完全沒有任何關係。可明王輕而易舉地就將一個汗王的女人帶出來，這就不是那麼簡單的事情了。」

五娘垂下眼瞼，怪不得三娘對明王不一樣。要說到有什麼感情，就未免太假，她是不得不做，哪怕是曲意逢迎！五娘的心裡不好受，三娘多高傲的一個人啊，如今卻不得不附身屈就，這裡面的艱難，真是讓自己不敢想像。

「以後，若是有烏蒙的消息，你別瞞著我。」五娘看向宋承明，低聲道。

宋承明拉著她。「我什麼都不瞞著妳。妳是我媳婦，我有什麼事是瞞著妳的？」

五娘白了他一眼。「想過和親後的日子不會好過，但也沒想到會這麼艱難。還不知道六娘怎麼樣了？」

宋承明怕她傷感，趕緊打岔道：「對了，烏拉圭山到底怎麼樣？是不是鐵礦？是不是得叫人看看去？」

五娘點點頭。「打發可靠又懂行的人去瞧瞧，最好帶點礦石回來。」

宋承明其實就是故意打個岔的，這事情他早就安排下去了。「好，我知道了。明兒就年三十了，收拾收拾就過年吧！妳上次做的那個油炸的蛋捲好吃，多做點，前院待客的時候要用。」

可是，這個年注定不能好好的過了。

第三十八章

年三十，宋承明還在陪著五娘包餃子，外面就傳來急匆匆的腳步聲。緊跟著，常江跑了進來。

「主子，加急！戚家反了！戚長天自立為帝了！」

五娘手裡的擀麵棍啪的一下就掉了下來。

這一天還是到了。

宋承明卻仔細地包著手裡的餃子，淡淡地道：「知道了。」

五娘看了宋承明一眼，就見他手指笨拙地捏著餃子的邊沿，從眼神到動作都沒有變過。

「看什麼？不趕緊包，等晚上咱們吃什麼？」宋承明扭頭看著五娘笑。「凍好的餃子全叫妳給妳姊姊帶走了，就沒見過妳這麼敗家的媳婦！」

還有時間調侃她。五娘擺擺手，先叫常江下去，才對宋承明道：「京城裡只怕如今也得到消息了。」

「咱們先過了年再說，皇上還不至於蠢到要調遼東軍去西南，怕什麼？」宋承明將包好的餃子端詳了片刻，才道：「既然早就知道會發生的事，還有什麼可驚詫的？」

話雖是如此說，五娘還是從他的語氣裡聽出了別樣的情緒。不知道是對蒼生的悲憫，還是骨子裡透出的野心與興奮。

宋承明說的篤定，但還是在大年初一就去了軍營。

南邊的事，除了他們收到消息，還沒有傳到外面。百姓們依舊過大年，喜慶的鞭炮聲一陣接著一陣，五娘卻已經開始將帳冊搬出來。

戚家反了，成家還會遠嗎？如果說戚家太遠，對遼東的影響有限，那麼成家這邊，皇上注定會啟用遼東軍的。而這，確實也給了宋承明一個光明正大向外拓展地盤的機會。她要做的，就是想辦法籌集儲備起糧草來。

跟遼東的漫天風雪不一樣，此時的突渾，還是如春的季節。

只是這雨有些煩人，叫人從裡到外，都透著一股子黴味。

六娘坐在屋簷下，看著巴掌大的院子，心裡反倒越發的平靜了。

往年這個時候，該是在家裡觥籌交錯、和姊妹一起團年歡笑的；而現在，只有自己一個人，對著外面的雨幕發呆。她到突渾已經十天了，就被安置在這麼一個巴掌大小的院子裡。每天都有人送來一些自己根本吃不慣的飯菜，然後，再沒有人來看過她這個和親到突渾、說好了要做皇后的大秦公主。

六娘臉上露出幾分嘲諷的笑意。不管到了哪裡，都注定是一個犧牲品嗎？

四方的院落，四方的天。來時珠圓玉潤的六娘，臉上也瘦出了稜角。這樣的日子還要過到什麼時候，她無法猜測。她那個突渾國主的夫婿，連打發人來看她一眼都沒有。

她的心一點一點的冷了起來。想叫人打聽消息，可一個認識的人都沒有，甚至連語言都不通。她除了坐在屋簷下，看看偶爾飛過天空的飛鳥，什麼也不能做。

她一遍又一遍地將手放在五姊給自己的小墜子上，想尋求金家的幫助，但還是一次又一次地打消了這個想法。

五姊說過，天助自助者。自己還沒有努力過，怎麼就知道不行呢？

六娘站起身來，心反而一點一點的平靜了下來。

「二喬，咱們以後自己做飯吃好不好？」六娘扭頭問了裡面正在忙著的丫頭。

二喬從裡面探出頭來。「這院子裡沒有廚房，姑娘。」

「沒廚房怕什麼？咱們在屋簷下壘一個簡單的灶台，還不能嗎？」六娘說著，就拍著手站了起來。過好、活下去，才是她唯一的信念。

豆綠就笑道：「這個不難，我就會！」她是雲家的家生子，爹媽都是莊子上的老實人，她哥哥會泥瓦的活，她見過很多次，也幫著哥哥打過下手。見姑娘終於不發呆了，有了點鮮活氣，她就趕緊應下來。

二喬接話道：「等會兒送飯的人過來，我拿些銀子給他，叫他買些鍋碗瓢盆、油鹽醬醋及米麵來，咱們也給姑娘包一頓餃子！」

過年了，誰不想家？但這會兒寧可撐著笑臉，也不敢掉眼淚。姑娘在雲家就算不受寵，可也沒被這麼幽禁過！誰的心裡又會好過呢？

二喬想了想，乾脆拿了一個金錠子出來。還不知道要在這巴掌大的地方待多久呢，準備齊全了，大家都不受罪。

主僕幾個正商量的熱火朝天，卻不想，一個意想不到的人來了。

「怡姑！」六娘含笑喊道。

這個怡姑，曾經是二伯的通房丫頭，又是二伯娘身邊的得力之人，在雲家的內宅，也算是一號人物。後來莫名其妙的不見了，再後來，六娘在來突渾的路上，見到了她服侍在那位楊相國的身邊。人生真是處處都有意想不到的事。

六娘看見她，還是喊怡姑。儘管她不是雲家的人了，可在這裡，卻是自己唯一認識的熟人。

「六姑娘。」怡姑對著六娘福了福身。

六娘避開了。以前是看在雲順恭和顏氏的臉面，現在嘛，看的自然就是那位拿捏著自己生死的楊相國的臉面了。

怡姑還是一身漢家的衣服，靜靜地看著六娘，然後才低聲一嘆。「六姑娘清減了。」

「怡姑是看著我長大的，有什麼是您不知道的呢？」六娘苦笑。「自小就貪口腹之慾，如今還不習慣罷了。慢慢的就會養回來的。」

怡姑就點點頭。「是啊！妳才五、六歲大時，就能一個人將老太太的一罐子蜂糖給吃完。」說著，又上下打量六娘。「日子過得可真快，轉眼，妳都這麼大了，我也老了。」

「老了？」六娘還是像以前一樣，抿嘴笑。「不是老了，是更有味道了。」

「味道？這是什麼誇人的話？」怡姑品味著，別說，還真是意味綿長。

六娘就笑道：「這是五姊說過的話，我覺得好。」

怡姑點點頭。「五姑娘如今在遼東，也不知道好不好？」

六娘的笑意就淡了一些。「會好的，都會好的。」

怡姑收斂了神色，才對六娘道：「六姑娘，咱們說起來不是外人。」

「是。」六娘和順的一笑。「我一直將妳跟我的姨娘一樣看。」

怡姑的眼神閃了閃，才露出幾分苦澀的笑意。「但今兒，我要說的話，實在是不好說出口。」

「怡姑，但說無妨。」六娘颯然一笑。「能來，就已經做好了最壞的打算，還有什麼不能接受的？」

怡姑的嘴角動了動，才道：「妳可能不知道外面的消息，戚家反了。但戚家的家主戚長天也跟突渾提出聯姻，要送他的女兒來。」

「做皇后嗎？」六娘的神色十分的平淡，不見半點波瀾。

怡姑搖搖頭。「還沒定下來。楊相國堅決反對，但是國主卻堅持，說是對那位戚家姑娘心儀不已。」

六娘心裡一動，問道：「叫什麼名字？」

「戚幼芳。」怡姑輕聲道。

戚幼芳？猛然再次聽到這個名字，叫六娘眼裡閃過一絲流光。戚家的這個姑娘，她還真聽五姊提過。在出京前的幾天裡，五姊跟自己說起了不少戚家的事，其中就提過這個戚幼芳。根據五姊的話，這個姑娘叫自己忌憚的從來就不是她的腦子，而是她的武力。

六娘沒有表露出別的情緒，嘴角帶著含蓄的笑意。

怡姑見六娘不說話，就只好道：「以前，戚家是不敢提出這樣的條件的，但如今戚家自立，對朝廷就不會再有忌憚。突渾自然要在大秦和戚家之間選擇更有利於他們的一方，而這一比較，大秦該是吃虧的吧？突渾畢竟跟戚家接壤，忌憚更多些，大秦就顯得有些鞭長莫及了。」

六娘微微低了頭，對她的分析不怎麼贊成。同時，心裡開始盤算著怡姑來的目的。

誠然，怡姑是雲家的舊人，就算有些恩怨，對自己卻不會有什麼惡意；但自己想要借助怡姑，這個可能性一樣不大，畢竟她也只是依附著男人而立的女人，能站住腳跟就不容易了，其實什麼忙也幫不了。再加上，她跟自己一樣，到突渾也就十天的功夫。唯一不同的是，自己不得自由，而她可以。但即便她有自由，就真的能接近自己的院子，來看自己嗎？

六娘在心裡搖頭，這絕對是不可能的事。那麼，怡姑只是個傳話的，是楊相國叫她來的。那目的呢？只是為了通風報信嗎？還是要到自己跟前邀功？畢竟，支持自己為皇后的是楊相國。

六娘的心怦怦直跳。若自己真的是一個什麼都不懂的小姑娘，這會子只怕嚇得光是抱著怡姑哭泣，然後巴著楊相國不放手了。楊相國這是想爭取自己的信任嗎？

六娘輕輕地轉動著手腕上的鐲子。她們姊妹的先生，也曾是一位大儒，在自己出京城前，先生就捎來了一份禮，除了史書，就是兵法。拿到這些東西的那一刻，她就知道，她再也不是一個能在後宅吃吃喝喝的姑娘了。她得靠著往日所學的東西，掙扎著活下來。

她此刻甚至想到了另一種可能——將自己關在這裡的真的是突渾的國主嗎？這樣一個沒有權力的年少國主，至於為了這麼一個和親的公主給楊相國臉色看嗎？更何況，自己的身分，並不算辱沒了這位國主。反倒是戚家，不管將來怎樣，至少現在脫不了反賊的名聲。立這樣人家的姑娘為皇后，得多蠢啊？

說到底，楊相國也不過是想叫自己絕望，想叫自己崩潰，想叫自己過不下去，他才好操縱自己的人生。六娘心裡一笑，天下哪有這麼便宜的事？自己的人生已經被別人主宰過一次了，難道還要再來一次？如果真是這樣……吾寧死！

六娘還是那般清淺的笑。「我也不要別的，只要這個小院，帶著我的丫頭，安生地過日子就成。要是怡姑能請相國大人通融，允許每天有一個人自由出入，我就更感激不盡了。當然，我的人出去採買時，也可以叫外面的人跟著的。」說著，她眼裡就帶了淚。「我是個什麼性子的人，別人不知道，怡姑還不知道嗎？我不像大姊姊一般，敢不要命地往前橫衝直撞，也沒二姊姊會隱忍、懂取捨，更不及三姊姊心中有丘壑。四姊是好命的，有四叔、四嬸安排前程。五姊的身後站著金家，這樣的背景誰也不敢小瞧。我有什麼呢？我什麼也沒有。京城還有一個姨娘要靠著我這個公主的身分活下去，所以，我連死都不能。只要我活著一天，別人就得敬著我姨娘一天，為了她，我不敢有一點閃失。以前，母親苛待我，我不敢說，那是怕母親回頭會更欺負姨娘。如今，其實境況還是差不多的，我唯一能做的就是本分。不管誰來當皇后，我是無所謂的。在自己的家裡，我都是這樣了，如今人生地不熟的，我又能如何呢？」

說著，她不顧怡姑奇怪的神色，收起了臉上的傷感，又露出沒心沒肺的笑臉，指著屋簷下，對怡姑道：「我都想好了，在這屋簷下正好遮風擋雨，壘一個灶台自己做點順口的吃。我來的時候，還帶了田韻苑裡留下來的種子，以後，將院裡這兩分地開墾出來，種點蔥、蒜、香菜什麼的，這院子又沒有外人來，只要留一條一人走的過道就行，粗茶淡飯保平安。要是怡姑看著往日的交情，偶爾來陪我說說話，我也就知足了。」一副安貧樂道、心無雜念的本分樣。

不管別人信不信，反正怡姑是信的。六娘在雲家確實就是這麼過日子的，大冬天的寧願凍死都不吭聲告狀，這是她做得出來的事。怡姑的嘴張了張，勸道：「六姑娘，如今不比家裡。家裡人到底不敢對妳太過，都是有底線的。但是這裡，一旦戚家的那個什麼戚幼芳真成了皇后，妳想要這樣的日子也不能了。」

「那正好！」六娘的眼裡有了一絲決絕。「戚家的姑娘殺了大秦的公主，我就是死，也是死在大秦的仇敵手裡！到時皇上會給我一份死後哀榮，我姨娘也就有了保障。而我，也算是解脫了。這樣的日子，說好聽點叫本分，說不好聽點，那就是等死。遲早都得死，早死早解脫。」

怡姑心裡莫名的就難受了起來。六娘真是她看著出生、看著長大的，相處了十多年了，如今猛地聽見這樣的話，眼前閃過的是六娘小時候的樣子，乖乖巧巧，從不惹人厭煩。她的嗓子一瞬間就像是被堵住一樣，說不出一句話。「真要是有那一天，我不會看著六姑娘死的。」

怡姑抬起頭，不叫眼淚掉下來。「那六姑娘就先在院子裡安心的住著。要打發人出去採買的事，我去求求相國大人。」說著，就轉身往外走。到了門口，她站住腳，沒有回頭，卻道：「以後別動不動就說什麼死不死的話，好好的活著吧！我都能活著，姑娘怎麼就不行？」

說完，才拉開門出去，只留下哐咚一聲，門關合的聲音。

六娘看著那扇門，怔怔的出神。轉過身時，臉上哪裡還有絲毫的決絕與怯懦？她眼瞼低垂，卻透著一股子穩重與沈凝。

一個人要長大，或許只需要一個契機，比如現在。

當妳誰也無法依靠的時候，那麼，妳就不得不長大。

哪怕跌跌撞撞，碰得頭破血流。

丫頭們都不敢說話，由著六娘就那麼坐著。

這裡的雨，時下時停，大部分的時候都是霧濛濛的細雨，帶著濃烈的潮氣。要是在山林裡，在小溪邊，在滿目青翠的竹林裡，這樣的雨是美的。可如今，卻添了幾分難言的愁意。

院牆的外面，站在兩個少年人。一個衣裳華貴，身姿挺拔，面容俊秀；一個衣著普通，含胸駝背，低眉順眼。兩人都緊緊地貼在牆上，聽著牆裡面的動靜。

等真的只剩下丫頭們討論著怎麼砌灶台、怎麼歸置東西，那錦衣的少年才站直了身子，轉身離開。

「主子，您不好奇地進去瞧瞧？」那隨從對錦衣公子道。

「瞧什麼？」錦衣公子嗤笑一聲。「好不好的，還真能換了她不成？」

遠交近攻，真的叫戚家的姑娘做皇后，才是蠢材呢！儘管他想親政，想拿回屬於自己的東西，但不意味著，自己就會甘願成為戚家擺佈的棋子，變成他們的傀儡。

隨從小聲道：「小的瞧著，這位雲家的六姑娘也不錯啊！雲家的姊妹都嫁得好，身分上不會辱沒了主子。」

那錦衣少年笑了一下，這根本就不重要。重要的是，這位自己未來的皇后，比想像中的要聰明堅韌。

她對於楊相國不僅不信任，甚至帶著一種強烈的排斥。這一點，是他事前根本就沒想到的。如今，他心裡多少是有些竊喜的。只要性情好，人聰明，其他的都不是緊要的。

在大年三十的這天，六娘還是吃到了一頓餃子。雖然麵粉不如家裡的新鮮和細緻，但總算是麵粉不是？這段時間她們實在吃不慣當地的東西，更是很少見到主食用麵粉的，所以，六娘猜測，這裡的麵粉許是比較難得的。

今天晚上，沒有人陪著守歲，沒有人一起吃團年飯，也沒有人給自己壓歲錢了。六娘有些失落。

跟六娘的心情完全相反的人，就是身在金陵總督府裡做客的于忠河了。于忠河手裡拿著兩個精緻的荷包，是雲順謹和莊氏給他的，跟四娘姊弟倆手裡拿著的是一樣的。

這叫他的心情頗為複雜。自從父親去世，還真沒有人將自己當成一個孩子看待，給他壓歲錢，這叫他的心裡多少有些觸動。

本來以一個外人的身分被雲順謹留下來，他就有些彆扭，要不是實在放心不下四娘，他早就一走了之了。幾次想開口，都被雲順謹給避開了，要不然，哪裡至於這般沒有眼色，在別人家過起年來了？如今這壓歲錢一給，可不就證明自己不算外人，人家根本沒將自己當作外人看。抬頭一瞧，見四娘低著頭，臉蛋紅潤潤的，只是不敢看自己，于忠河的心就難受了起來。

他喜歡這個姑娘，叫自己割捨她，猶如鈍刀子割肉一般的疼。可這位雲大人提出的條件，實在叫他無法答應。如今見她這般，她更是左右為難了。

從屋裡出來，看著天上升起的煙花，心裡就更揪的疼。自己跟四娘，難道也跟這煙花一樣，剎那的光華過後，便煙消雲散了？他心裡升起一絲濃濃的不甘。

「出來怎麼不帶披風？」四娘走了過去，將披風遞給他。看著他，慢慢的低下頭，淺淺地笑。

有一瞬間他想說：我帶著妳走！咱們走得遠遠的，不要理這些煩心瑣事！但是，他怎麼也張不開嘴。他覺得自己很卑鄙，怎麼能幹出這樣的事情呢？四娘說過，她自小受大儒教導，那麼，她的心裡是不是也有那些大義？是不是也覺得自己是個懦夫？

于忠河看著四娘，話堵在嗓子眼，一句都說不出來。

四娘抬起頭，看著煙花。「金陵果然繁華，比京城更勝一籌呢！」

于忠河隨著四娘的視線，也朝天空望去，正有幾朵煙花升起，綻放如牡丹。「金陵多豪富，出手闊綽，往年都是如此。以後妳見的多了，就不奇怪了。倒是京城，多是高門大戶、權貴之家，萬事都有規程，就算是家有萬貫家財，也不敢如此放縱，只怕那坐在宮中的皇帝老兒會覺得奢侈太過，反而成了罪責。」

四娘看了于忠河一眼，他的語氣裡還是有著一股子江湖氣，對權貴多有鄙夷。她不打算再繞圈子，直言問道：「我父親將他的意思告訴你了，聽說你不願意？」

「我願意！」娶妳我當然願意！于忠河在心裡默默地補充了一句，才接著道：「我雖然願意，但是雲大人要求的聘禮，我卻給不起。」

四娘輕笑一聲。「于大哥，你是顧慮著你的兄弟，怕漕幫的兄弟會被捲進去，因而喪命。但是于大哥，你可能鑽入牛角尖了。你怎麼知道別人就不願意呢？」

于忠河看向四娘，眼裡有些不解。

四娘的笑意綻放在唇角。「于大哥是一個淡泊名利的人，但別人就未必是了。要真是都淡泊名利，漕幫為了幫主之位，怎麼會爭搶了起來？一個幫主之位尚且如此，那麼，如果能給他們一個晉身的機會，他們會不樂意嗎？都說富貴險中求，對于大哥來說不值得的事，對別人而言卻是改換門庭的好機會。從此，不再被人稱為江湖草莽，不再需要在刀口上舔血才能混一碗飯吃。他們的兒子能進學堂讀書考科舉，女兒能嫁到更好的人家，做衣來伸手、飯來張口的少奶奶。于大哥，你怎麼就這麼確定，他們會不願意呢？你們江湖人，本就在大江裡滾，跟土匪惡霸搶飯吃，誰不是把腦袋掛在褲腰帶上？一樣的冒風險，回報卻截然不同，你說，他們會怎麼選？」

于忠河一時啞然，竟答不出來。是啊！他們會怎麼選呢？他們一定會答應的！上到長老、下到船夫，就沒有不樂意的。身分所帶來的限制，受了多少委屈和苦楚，只有漕幫的人自己知道。哪怕把命給搭進去了，只要能給後代子孫換一個良民的身分，甚至是一個官身，誰會不願意？

就算漕幫現在爭搶得厲害，可只要這個消息一出，幫裡立馬就會安靜下來。再不會有任何一個人有意見，更不會有任何人對自己這個少幫主提出反對，如今的亂局瞬間就能遏制住。因為，自己有一個權勢赫赫的岳家。

于忠河抬起手，抹了一把臉。「妳說的對……」他的語氣有些悵然，透著疲憊。明知道會斷送許多兄弟的性命，可自己不做行嗎？

既然雲順謹打上了漕幫的主意，那麼，其實有自己跟沒自己差別不大，因為他完全可以找別人來合作的。誰能給大家找到這樣的機會，誰自然就獲得了人心，這幫主之位就沒有懸念了。哪怕自己是少幫主，也無法阻擋幫眾向上爬的心。

人家肯跟自己說，還把閨女給搭上，這算是看中了自己、給自己一個機會吧？

他一時間對之前自己那點偏激的認知有些赧然，還真是沒有一個姑娘家見識明白。

四娘微微一笑，靜靜地站在他身邊，只仰著頭，看著煙花，然後笑得比煙花還要燦爛。

廊下柱子後的雲順謹慢慢的退了下去。這話由四娘說出來當然是最合適的，若換做自己，這話就成了變相的要脅了。他最開始還盼著這小子自己想明白的，沒想到這人鑽起牛角尖來，還真是十頭牛都拉不住。

于忠河看著四娘的笑臉，心怦怦地跳。「妳來勸我，妳盼著我答應下來嗎？」

答應什麼？親事嗎？四娘瞬間就紅了臉。「沒臉沒皮！」她這麼嗔他，跺了跺腳，轉身就往回走。

于忠河的心瞬間就滿滿的。能換個爵位，順便得個可心的媳婦，這應該是自己賺了吧？

塞外的天空上沒有煙花，也看不見星星。

只有飛舞的雪花、肆虐的狂風，還有帳篷裡熾烈的篝火，與熱呼呼的酥油茶。

但這一切，卻都不是三娘喜歡的。

自從出了盛城，她就知道，明王帶著自己走了另一條路，一條無論哈達公主怎麼趕都不可能趕上的路。

他是不想叫任何人來打擾他和自己的吧？

三娘靠在榻上，榻上鋪著狼皮的褥子，她身上蓋著熊皮的被子。不冷，但真的不舒服。她想念絲綢的質感，想念棉麻的輕薄，甚至想念火炕的滋味。如今這樣的環境，她只想到了粗鄙，想到了野蠻，再沒有其他。

帳篷上的簾子被撩了起來，明王帶著一身寒氣進來，就見三娘歪在榻上，一頭黑亮的長髮垂下，露出白瑩瑩的笑臉來。那黑眼紅唇讓人說不出的動心，露在褥子外面的肩頭小巧消瘦，輕薄的紅紗穿在她的身上，越發顯得其下的肌膚朦朧而魅惑。

「明王。」三娘將被子拉起來，遮住肩頭和脖頸。「在大秦，進別人的房間是要敲門明王挑眉，回頭看了一眼帳篷的簾子。「對不住，烏蒙沒有門這種東西，本王實在是習慣了，還請見諒。」

三娘深吸一口氣。「你應該先在門口詢問一聲，得到我的允許後，你才可以進來。」

明王向前走了兩步。「我問了，妳就允許嗎？」

當然不！三娘氣結。這就是個無賴！「你才答應過我，要尊重我的。」

「可妳得給我追求妳的權利。」明王固執地看著三娘，不肯退讓。

三娘的耐心險些告罄。「我嫁人了，明王殿下！」

明王走過去，坐在三娘的身邊。「在烏蒙，只要出得起價錢，完全可以買走對方的妻子。如果妳接納我，我一定會想辦法讓汗王將妳賜給我！」

這種如同處置牲口的態度，叫三娘怒火中燒。「我是大秦的公主，明王殿下！我希望，不用我再給你提醒第二次！」她見明王變了臉色，才收斂神色道：「如果我喜歡殿下，不要殿下付出任何代價，我、我便會願意跟你走……」

明王看見三娘面色窘紅，說話都結巴了起來，就伸手將床邊的披風拿過來，才將她從被窩裡挖出來，趕緊用披風將她圍住。「今晚是除夕，按你們漢人的傳統，不是該守歲嗎？我是沒想到妳睡得這麼早，不是有意冒犯。」

三娘的嘴角輕輕地抿起，然後綻放出一個淺淺的笑意，垂下眼瞼，不敢洩漏自己的情緒。他這是過來陪自己守歲的嗎？

不一會兒，就有人送來剛出鍋的餃子，邊上還放著一碟子醋。

「沒想到遼王妃也是個有趣的人，送了包好的餃子不算，還送了一罐子老陳醋來。」明王指著碟子，對三娘笑道。

三娘嘴角的笑意就自然了許多。「嗯！以前在家裡的時候，就她最講究！」說著，就拿起筷子品嚐。餃子竟然是蝦肉的，格外的鮮香。

明王只吃了幾個，就拿了烤好的羊排吃。

「怎麼？不好吃？」三娘抬頭問明王。在遼王府時不是挺愛吃餃子的嗎？

「我都吃完了，妳吃什麼？」明王笑道：「就那麼些了。如今天冷，還能多放些日子，烏蒙的飯食妳就沒吃習慣過。」他看著三娘，嘆道：「等來年，叫來往的商隊多帶些妳想要的東西就是了，省得妳吃什麼都不慣。油鹽醬醋米麵，東西給妳，妳叫丫頭們做給妳吃。容我一些時間，到時候多給妳找幾個廚子來。」

三娘還是頭一次遇見這麼為自己打算瑣碎事的人。以前在家，家裡誰也沒敢虧待她，吃穿用度這些小事，別說顏氏不會操心，就是自己身邊的丫頭，那都是只要吩咐一聲下去，自會有人好好的給辦了。如今，沒想會遇到一個這樣的人，這該是自己的福氣嗎？

「不用，慢慢就習慣了。」三娘將嘴裡的餃子嚥下去才道。她現在一點都不想惹眼。

明王點點頭。「妳放心，我會給遼王去一封信，以妳妹妹遼王妃的名義給妳。」

三娘猛地抬頭看他，就見他的眼睛看著自己，閃亮得叫人不敢直視。

他這是叫自己借五娘的招牌用一用嗎？這有了採買鹽的事，自己的日子應該會好過一段時間。他就是想借著不停的讓人送東西，叫人都知道遼王和遼王妃還是很重視自己這個和親公主的。不管是以前還是現在，烏蒙都不敢小瞧遼王，所以五妹的身分是自己的一層保障。

明王見她明白自己的心思，就低聲道：「以前就想打著遼王的招牌給妳一些方便的，但是又不能確定妳跟遼王妃之間的感情到底怎麼樣？雲家的事，我是知道的。這嫡庶之間，和睦的向來就少，何況這位遼王妃的生母還出身高貴，只怕妳們之間的嫌隙就更大了，別到時候沒借上力，反被人半路上抽了梯子，才是真的壞事了。」

三娘的鼻子就酸了，她抬起頭，害怕眼淚落下來。

明王將餃子給她放在醋碟子裡。「但我這次一瞧，就放心了。打聽得再怎麼清楚，到底不如親眼看見真實。不過看遼王妃那樣，可不是普通的女子。妳要是有遼王妃的身手，也不會被欺負了。」說著，看了三娘一眼，問：「你們家還專門請了武師父教姑娘家騎射嗎？」

三娘拿著筷子的手一緊，五娘的底細，她一點都不想告訴別人。就比如五娘偷襲哈達一樣，看不清深淺，才能在關鍵的時候出其不意。她輕笑一聲，道：「那倒沒有，不過是家裡對她溺愛非常，從小到大但凡她張口的，就沒有被反駁過。你可能不知道，她每天裡有一大半的時間都在田裡幹活，力氣大些是肯定的。後來，被金夫人接去了，也跟著金夫人身邊的婆子學了點花拳繡腿。你看著她厲害，其實她不過是全憑著一股子狠勁。再加上遼王就在她身邊，她那是有恃無恐罷了。要真有正經師父教，我哪裡會輸給她？」語氣十分的嬌俏自然，彷彿真是跟自家姊妹掐尖的樣兒。

明王也沒多想，只笑道：「妳們姊妹，還真是各有各的風采！也不知道其他幾位是怎樣的風采斐然？」

三娘的眼睛瞬間就笑得如同月牙兒，思緒飄飛……

京城，皇宮。

今年的宮宴，沒有歡喜，只有戰戰兢兢和不安。

就在除夕的早上，皇上下旨，廢了皇后戚氏，並且冊封了出身不詳的雲氏初娘為后。

一時間，整個京城都躁動了起來。

廢后這一點沒有什麼懸念，戚家都反了，不廢了皇后也不行。

但是廢了皇后，不是應該冊封皇貴妃顏氏嗎？怎麼出了一個不知道來歷的雲氏？

難道這個雲氏跟肅國公雲家有什麼關係？但，這事誰能說清楚？

此刻，皇上叫了大皇子平王宋承平。「你是不是也為你母妃不平？」

宋承平沈吟了半晌才道：「父皇只說二弟失蹤了，卻沒有廢除他的太子位，兒子早就猜測，二弟他是不是在西北跟成家並不是一心？」

皇上詫異地看了一眼平王。「你也長大了。」

果然如此。宋承平點點頭再道：「父皇是害怕叫母妃做了皇后，兒子就會成了嫡子。不僅是長子，還是嫡子，這就把二弟的退路給掐斷了。」他這是害怕宋承乾多想，孤注一擲的跟成家聯手了。

皇上看著這個長子的眼神就有些欣慰。「放心吧，雲氏不能生育。」

別人不知道雲氏是誰，宋承平卻知道。如今她會弄成這樣，也跟自己的母妃脫不了干係。他訕訕地摸了摸鼻子，又想著父皇沒有承認她是雲家女的身分，到底還是防著雲家的，他就垂下眼瞼說：「兒子會跟母妃好好說說的。」

此時元娘一身鳳袍，站在銅鏡前。看著鏡子裡的麗人，她嘴角露出嘲諷的笑意。自己這張臉，京城的權貴之家沒見過的不多，如今這般出現在人前，不過是掩耳盜鈴罷了。皇上還是既想用雲家，又防著雲家。她露出端莊的笑，轉身，緩緩往大殿行去。

嘈雜的大廳，在皇后娘娘駕到的聲音中，瞬間就靜了下來。

元娘深深吸了一口氣，抬起了頭，挺直了腰，邁了進去。元娘一進大殿，就感覺到了一道注視的目光，打眼一瞧——是雙娘，她眼裡透著的關心做不得假。元娘微微垂下眼瞼，表示自己無事。

敢像雙娘這般打量元娘的不多，不少貴婦都是偷偷地看。雲家的老太太成氏和顏氏胸口起伏得最厲害，儘管之前心裡就有數，但看到此刻一身鳳袍的女子，還是叫她們心裡複雜。

雙娘身後的兩個側妃小聲地提醒雙娘。「王妃也太失禮了，怎麼能盯著娘娘看呢？」

雙娘哪裡有時間去管她們，只伸手扶老王妃。

老王妃見過元娘，但也只是一面。她看著眼熟，卻不敢認，想起雙娘剛才的神色，她就朝雙娘看過去，見雙娘微微頷首。老王妃幾不可聞的一嘆，輕輕地拍了雙娘的手，也就明白了雙娘之所以失禮的原因。

男女兩邊宴客，中間隔著珠簾，微微遮擋了兩邊的視線。

元娘剛站定，就聽見皇上來了。她抬頭看去，見他身後跟著大皇子平王。

平王對著元娘躬身行禮。

元娘坦然地受了，才遙遙地對著皇上行禮。

等安坐了之後，眾人才敢抬頭看上座的皇后。不少人瞬間就變了臉色，朝雲家那邊看過去，更有些人看著簡親王妃的臉色，似乎是想要確認什麼一般。

隨後，皇上不停地往下賞菜，元娘這邊卻是最多的。

元娘將一碟子蒜炒青菜叫人給雙娘拿過去，半點都沒有為了避嫌而刻意避開的意思。

雙娘心裡知道，大概剛才兩個側妃的作態叫元娘看見了。她也沒客氣，只站起來福了福身，就坐下了。

老王妃的厲眼朝後面瞄了瞄，這兩個掂量不清輕重的，丟人現眼丟到了外面了！她扭頭看雙娘，問：「看妳最近瘦了，我還道是過年要準備的多，叫妳累著了，如今看來倒是家裡的飯菜不合胃口嗎？」
王府也不缺這些時蔬，只是上上下下老幼放在一起這麼多人，誰都不能忽視了，到她嘴裡能有多少？這跟在娘家可不一樣，想吃了在五娘那裡總能找到順口的。但話卻不能這麼說，只得道：「倒是覺得素的更爽口些。」
老王妃停了半晌，才笑道：「像妳娘家這樣，家裡姊妹融洽的可是不多見。」雲家的這些姑娘可都不是一個娘生的，還都隔著房頭，所以才更顯得難能可貴。
不說別人家，就自己家裡，姊妹之間還不是掐得跟烏眼雞似的？
「都守在一處的時候，牙齒咬到嘴唇的事常有。只有分開了，才知道什麼叫唇齒相依？什麼叫唇亡齒寒？」雙娘說著，鼻子就一酸。她抬起頭，看著元娘孤零零地坐在上面，接受眾人的打量。元娘的神色平和，臉上表情清淡，可能感受到了自己的注視，她抬起眼，一雙眼睛如幽暗的深井，叫人看不到心底。

大年初一，遼東依然是大雪紛飛。
宋承明起得很早，他往年都是在軍營裡過除夕的，今年為了陪著五娘，才在家裡。但是一早起來，還是得趕緊往軍營趕，哪裡能真的把將士給扔下，就自己回家團圓呢？
他看著五娘的睡顏，也沒有叫醒她，而是披著衣服，出去洗漱了。
五娘睜開眼，看著他的背影，也就起身了。

到茶房洗了手，給他下了一碗銀絲麵。用排骨湯做底，下了幾根菠菜，出鍋後撒上香菜和香蔥，點上香油就很好吃了。

宋承明出來，看見炕上的被窩裡是空的，緊跟著，外面就有了動靜。他趕緊出去，就見五娘端著托盤從茶房裡進來，看見自己就展顏一笑。

「快過來，吃了麵再走。」外面多冷啊，不吃點熱呼的，等騎在馬上，冒著風雪，又凍又餓的，怎麼受得了？

「妳怎麼起來了？」宋承明過去接過盤子。「吵醒妳了？」

「沒有。」五娘翻了白眼嗔他。「這跟前睡沒睡人，我還感覺不出來啊？再說了，本來就知道你要半夜出門的，我能不醒著點？」她催宋承明。「快點吃，不是還急著嗎？」

宋承明坐下，從托盤上端了大碗公下來。

五娘跟過來，將兩碟小菜伸手拿了，往前推了推。蒜泥的蒸茄子乾、泡好的酸蘿蔔，就是下飯。

吃著熱麵，人的頭上都冒了一層汗。宋承明不停地抬頭看五娘，真是成了親才過得像個人了，以前雖然下麵的人伺候的也貼心，但那也得是自己吩咐一聲做什麼，下面的人才動手。哪裡像現在這樣，什麼心都不用操，就有人給自己打理得妥妥當當的。

「我走了，妳繼續睡。有上門拜年的，妳就接待著。」宋承明邊吃邊叮囑她。「反正大年初一，大家都知道我不在，多數的時候大概都是禮到人不到。」

五娘就點點頭。「你別操心家裡的事，有我呢。」

宋承明連麵帶著湯，全都灌進了肚子裡。

五娘就起身給他拿了大氅。「護膝穿著沒？」

「穿了。」宋承明將身子低下來，由著五娘給他將衣服整理好。「妳再回去睡一覺，現在還早呢。」

五娘隨口應著，將圍領給他戴好，遮住脖子、耳朵和大半張臉，才推著他出門。「早去早回。」

宋承明將圍領子往下一拉，露出臉來，吧唧一口親在五娘的臉上，才哈哈笑著跑出去了。「外面冷，別出來送了！」

五娘的手捂在臉上。「這人，吃完飯漱口了嗎？」這麼嘟囔著，臉上卻羞紅一片。

她打了一個哈欠，外面就傳來香荽的聲音——

「主子，是要再睡會兒？」

「不了。進來伺候梳洗吧！」五娘揚聲叫了聲。「讓紫茄叫人收拾收拾，按之前準備好的裝車吧，咱們一會子就出門。」大年初一，外面的百姓可不都是半夜就起來開始拜年了？

香荽答應了一聲。

沒多大功夫，紅椒也跟著進來了。「我伺候主子梳洗，香荽姊給主子弄點吃的。」

五娘點點頭，往裡間去了。

梳洗完，圍著被子坐在炕桌前，匆匆吃了早飯，這才穿戴起來。

「還是穿棉布的？」香菱問道。

「嗯！」五娘點點頭。「簡單索利的就好，首飾什麼的，統統都收起來，以後這東西不能戴了。」

香菱知道五娘的性子，所以，壓根兒就不勸。

收拾好了，五娘便帶著海石、春韭她們出門，香菱她們守在府裡。

「走著去嗎？」春韭問道。

「叫人趕著馬車慢慢地跟著咱們，咱們走著去。」五娘看天空飄著細碎的雪花，凍得打了個哆嗦。

到了外院，常河正等著她。

「河叔怎麼起這麼早？您老快回去歇著，大冷天的！」五娘將手縮進袖口裡，道。

常河縮著身子。「王妃這是要去哪兒？王爺不在，您出門，老奴不能放心啊！」

五娘走過去，扶著常河先進了大廳才道：「我尋思著，這大過年的，將士都不能回家，我便帶著年貨，給遼東軍這些記錄在冊的將士家拜年去。主要是戰死的將士家，之前我都叫人打聽了，誰家什麼情況，這心裡大概也有個譜。咱們這年禮，也不分什麼等級，按著需求給吧，有那家裡有病人的，咱就送藥材；有那人口多、勞力少的，咱們多送點米糧。哪怕是粗糧呢，頂用就成，這年貨也都是實在的東西。條件好的，咱就送點海鮮乾貨，也是拿得出手的。」

常河一下子就愣住了，就著大廳裡的燈光，這才看清五娘的裝扮，身上是最普通的紅披風，裡面也是棉布的衣裙，頭上只有一朵絨花，半點首飾都沒有，素淨的厲害。他眼裡就有了淚，對著五娘就要下跪。「老奴替太宗和文慧太子謝謝您了！」甭管這麼做是出於什麼原因，但是能替王爺收攏人心，尤其在大亂將至的這個時候，這對於王爺來說，是多重要的一件事。王爺在軍營跟將士同甘共苦，王妃在後面安撫家眷。如果這樣都不能得到民心，那麼怎樣才能得到民心呢？

五娘趕緊伸手攔著。「河叔，您老這是幹什麼？」她扶著常河坐了。「王爺不在，我這會兒也要出門，府裡還得您操持。要是有那上門拜年的，煩勞您出面應酬。」

「王妃放心，有老奴呢！」常河乾癟的臉上透出紅光來。主子還用得著，就是奴才的福氣。

胡田是遼王麾下第一大將，他的家也離王府最近，是一座占地不小的五進宅子。

家裡不光是父母健在，就是祖父、祖母也健在。

以前一大家子，就是盛城邊上的莊戶人家。十多年前，胡田掉進冰窟窿裡，被路過的遼王一行人給救了，從此就跟在遼王身邊。那時候，還都是年紀不大的孩子。

胡家也都是本分人，這宅子是不小，但大部分的地方都開墾成了田地。老人家最常做的，也就是在園子裡幹活，侍弄莊稼。

這麼大的宅子，沒有雇傭一個下人，都是自己的家事自己做。聽說，胡田發跡以後，不少人送閨女上門給他做小，都被他推辭了。他媳婦就是莊戶人家出身的姑娘，憨厚、壯實。兩口子過得還不錯，如今都有兩個小子了。

大年初一，胡田的老娘帶著媳婦在廚房忙活一大家子的年飯，飯剛上桌，就聽見外面有說話聲。

「大門開著嗎？」胡田的爹問道。

「可不咋地？」胡田的娘應了一聲。「大過年的，肯定一早起來就把門打開了，還能讓拜年的在門外等著啊？」

胡家的老太爺就打發胡田的弟弟胡地。「去瞧瞧，誰這麼早？趕緊的將人請進來，外面可是冷得邪乎！」

胡田官大，年年都有人早早的上門拜年。

胡地應了一聲後出去，然後就跟被狗追了一樣，又躥了回來。「爺、奶……不好了……」胡地指著外面，一時結巴得說不出話來了。

大過年的，什麼就不好了？

「你倒是趕緊說啊！」老爺子坐在炕上，看著胡地的德行能急死。

胡田的娘瞪了一眼小兒子，轉身就往外走，剛撩開簾子，就見一個小媳婦打扮的女子，帶著人笑咪咪地往家裡來。

「過年好啊！」五娘笑著問好。

胡地的娘「啊啊」地應了兩聲，心裡尋思著這是誰家的新媳婦？嘴上卻道：「外面怪冷的，裡面坐吧！」反正進門就是客。

看樣子是不認識自己。五娘就笑了一聲，說：「大娘不認識我吧？」

胡地的娘笑了兩聲。「如今年紀大了，腦子就不好使了。」

春韭就道：「大娘，這是我們王妃，來給您拜年了！」

「誰？」胡地的娘愣了下，看向春韭。「閨女，妳說這是誰？」

「王妃，是遼王妃。」春韭又解釋了一句。

「哎呦！」胡地的娘拍了大腿一下，看著五娘就伸出手，到了跟前，又把手伸回來，在圍裙上擦了擦。「王妃……趕緊裡面請！炕上熱呼，上炕坐著去。」

五娘一看，就知道這是個本分的莊稼人，她伸手拉了大娘的手。「好！進去坐坐。」

胡地的娘被五娘一拉，頓時就瞇著眼笑，這王妃的小手真是細滑，怪不得王爺誰家的閨女都看不上呢，原來是等著娶這個天仙似的姑娘啊！不光是長得好，還和氣得很呢！

「爹、娘，你們瞧瞧，是誰來了？」說著，就拉著五娘進了裡間。

「誰家的閨女？長得真俊！」胡家的老太太就坐在炕上笑著朝五娘招手。

「這是王妃娘娘……」胡田的娘看著婆婆，解釋了一句。

胡家的老太爺看了五娘一眼，趕緊下炕，對著五娘就要下跪，這些娘們什麼都不懂。王妃是多尊貴的人啊，妳們當這是上門跟妳們話家常的小媳婦嗎？沒見識啊！

五娘一把將人扶起來。「老太爺身體還好嗎？」她說著，就扶著胡家的老太爺上炕去坐了，自己也坐在炕沿上。

「都坐著吧，不用多禮了。」說著，看著一屋子被這老爺子給嚇住的一家人，連老太太都從炕上下來，站在下面手足無措。

胡家的老太爺也是見過世面的，並不敢真的就坐了，只戰戰兢兢地道：「回王妃娘娘的話，都好，家裡上上下下都好。還叫王妃記掛著，怎麼當得起？不敢當！實在不敢當！」

五娘就一笑，也不勉強。對待下面的人，不光得是親民和善，還得有威嚴。這官越大，對待下面的人就越是和氣，可要把這當作是真和氣，那就錯了。她要是真的非得拉著人家閒談，只怕人家更不自在。

「王爺走的時候留了話，叫我一定上門給您老拜個年。」五娘將所有的功勞往宋承明身上一推。這事自己冒頭沒什麼意思，這些人對宋承明的觀感，比對自己這個空降來的王妃要不一樣的多。

這話一出口，這一家子還是一樣的恭敬，可是明顯更歡喜了起來。

五娘心想，這些人對自己是從京城來的這一點，還有一定的戒心吧？她沒有多坐，顯然人家正準備吃早飯，也不好多打攪，於是又說了幾句閒話，五娘就起身告辭。

胡家挽留了幾句，被五娘推辭了。叫丫頭們將年禮留下，就從胡家出來了。

胡家的人看著半炕的年貨，有些愣神。顧不上吃飯，就一一查看了。有給兩位老人家治療老寒腿的藥方和藥材，有海鮮乾貨，有給胡田媳婦的精緻首飾，有一家老小的衣服料子，還有兩個孩子的零嘴。連胡田弟弟胡地唸書用的筆墨紙硯都準備了一份，當真是用了心了。

「你這老東西！人家王妃上門，瞧你那樣，叫人家還怎麼坐得住？」老太太不樂意了。「就算是王爺叮囑人家上門的，這東西也不會是王爺準備的吧？一看東西，就知道人家王妃是花了大心思的，這份心意難得啊！你瞧瞧你剛才那德行——」

「妳知道個屁！」老太爺罵了老太太一句。「人家是高門的千金小姐，就是下面伺候的人，出身都比咱們貴重！」一家子泥腿子，還想往人家身邊湊？也不瞧瞧自己配不配！

胡田的老娘就給老倆口打圓場。「可不是嗎？那身邊跟著的丫頭，瞧著都比大戶人家的小姐氣派呢！即便不穿金、不戴銀的，可打眼一看，就是不一樣，比那些金銀恨不能掛一身的姑娘家都體面！」

「明兒，你們把咱們家裡的乾菜、凍著的果子裝上一車，給王府送去。」老太爺拿起旱煙袋，叮囑了一聲。

「就送這個？」老太太覺得寒酸，拿不出手。

老太爺又火了，她們知道個屁！這位王妃的底細，他也聽孫子提過兩句，聽說不光是國公府的姑娘，還是東海王的後人，那這身家有多少，不用想都知道！光是放在明面上的嫁妝，都能換半個盛城，人家能缺什麼？什麼都不缺！就是把自己的家底搭上，都不一定能入人家的眼！「就送這個！以後，常走動就是了。跟親戚裡的串門子一樣，有什麼送什麼。妳送的貴了，王妃還得還了更貴的回來，時間長了，就不招人待見了。」

理是這麼個理！

婆媳倆對視一眼，就都不言語了。

第三十九章

興沖沖的出門，但結果卻不怎麼令人滿意。胡田是遼王麾下第一大將，可從他的家人身上，五娘能感覺到那種戒備。

從胡家出來後，她察覺到了幾個丫頭的情緒。「怎麼，不高興了？」

春韭往身後的胡家看了一眼。「總感覺這些人對主子，心存戒心。」

「正常的。」五娘倒是不怎麼在意。「王爺跟京城的關係一直特殊，可以說，這種對立情緒，從上到下都有。我又是賜婚來的，還沒有跟王爺圓房，算不得正經的女主子。就算是女主子了，他們也一樣會有這樣的戒心，會想著，是不是我想通過拉攏他們，為京城那邊謀劃什麼？但出發點，他們都把自己當作王府的人，將王爺當成了主子，要不然不會冒著得罪王妃的風險，如此行事了。」五娘說著，就長嘆一聲，是她自己將事情想得太簡單了。

不過，及時發現這個問題，改正過來，還是來得及的。

「春韭，妳拿著名冊，帶著人挨家挨戶的去替我拜年吧。」五娘站住腳，扭頭看向海石。「妳們跟著我，到那些陣亡的將士家去瞧瞧。」如果大家都對自己沒有什麼信任，而是抱著懷疑的心態，那又何必過去叫人家難做呢？這些陣亡的將士家裡，總沒有什麼值得人圖謀的吧？本來陣亡的將士家裡，她打算過了年就讓人再做安排，如今倒是要提前了。

幾個丫頭知道五娘的意思，雖然替主子委屈，但這也是讓王妃在遼東迅速立足的辦法。再說了，王妃親自給陣亡的將士家先拜年，而忽視了如今那些正在高位上的，誰還能挑出錯來？死者為大，活著的人給死了的人讓路，是理所當然的。

尤其是對於不知道下次還能不能活下來的將士來說，王府能記得這些人，也算是給他們吃了一顆定心丸。

五娘本以為見到的應該是很多孤兒寡婦，等真的走訪了一遍，才知道自己又想當然了。這裡守節的觀念很淡泊，男人戰死了，女人再嫁的情況比比皆是。

「不是咱們不願意為那些死鬼守著，是留下咱們這些孤兒寡婦，總得想辦法活下去吧？」一個婦人這麼跟雲五娘道。家裡有老人要贍養，有孩子要撫養，活著，就比什麼都強。有時候，死比活著容易多了。

更有些寡婦嫁人前，就事先說好，嫁了人也要管先頭丈夫留下來的公公婆婆。這樣的女人不僅不會被夫家瞧不起，還會更受人尊敬。有情有義的媳婦，娶回家裡是一種保障。

這些事情，給了五娘很深的感觸，她覺得自己接觸到了一個很不一樣的遼東。下面的普通百姓會有這樣的想法，是在宋承明這些年的引導下潛移默化形成的，如今，更是成了一種社會風氣。她覺得，自己不僅重新認識了遼東，更加重新認識了宋承明。

他在治理地方上下的功夫，一點都不比治軍小。

在五娘眼裡，這已經不是鼓勵寡婦改嫁這一點點的改變，更是影響著人們的是非觀和道德觀。

晚上，雲五娘一個人坐在燈下，才覺得自己在很多方面，大概還真有些想當然了。這樣不好，沒有調查就沒有發言權，自己還是太急切了些。

「想什麼呢？」宋承明回來，就看見五娘坐在燈下發呆，心裡還咯噔了一下。今兒五娘其實給了他一個驚喜，這些事都是他一直想做，但抽不出身做的。五娘不用自己提點，處處都想到了，他其實是鬆了一口氣。

他一直害怕五娘融不進遼東，如今這心，才算真的是放下了。

猛地有人說話，五娘還嚇了一跳，知道是宋承明，就起身去解他身上的大氅。「回來了？先去梳洗。我還當你今晚趕不回來了。」

宋承明看她神色，小聲道：「怎麼不高興了？」

五娘笑了一下。「趕緊去。出來咱們再說話。」

宋承明一把將人圈在懷裡。「過了年妳可都十四了，十四歲不算小了吧？」很多姑娘十四就嫁人了，怎麼算都不算小。

五娘推他。「別鬧，叫我娘知道了，可沒你的好果子吃！趕緊去，身上一股子酒味！」

宋承明低頭聞了聞。「就喝了三杯，妳還聞出來了？」

「這什麼酒？味道這麼衝。」五娘在他身上又聞了聞。

宋承明笑道：「妳當是什麼好酒？都是自家釀的土酒，渾得很，火辣辣的燒心。天太冷了，驅寒的。」說著，就鬆開五娘。「給我弄點吃的，路上一顛，肚子又餓了。」這才轉身去洗漱。

飯菜是早就準備好的，一直在鍋裡熱著呢。宋承明出來，飯菜已經擺上了。幾樣素菜、一碗粥、一碟子象眼饅頭。

「還是妳瞭解我，正想吃點清淡的。」宋承明坐到炕上。「吃了一天的烤羊，都上火了。」

「猜出來了。」五娘笑著道。

宋承明看五娘的話不多，邊吃著，邊打量五娘的神色。「怎麼了？誰惹妳不痛快了？」

「沒有的事。」五娘深吸一口氣。「就是覺得你很了不起。」

宋承明莫名其妙地看五娘。「這話怎麼說？誇得我心虛啊！妳以前可不這麼誇我。」

五娘抿嘴笑。「那不是沒發現你的好嗎？」

宋承明拿著饅頭的手就頓住了。「這話可叫我委屈了，我的好這麼難找啊？」

五娘捶他。「別貧嘴，趕緊吃！」

「妳說說，我哪裡好了？」宋承明眼睛灼灼地看著五娘，一副不給答案就誓不甘休的樣子。

兩人晚上躺在炕上，宋承明才說起這些年遼東的事。「不是沒辦法，誰會在這裡過活？以前啊，這都是流放犯人的地方，可就算是犯人，也不願意安生地待在這裡。朝廷為了防止犯人逃亡，就安排家眷一同流放。一個人逃，容易；但撇開老婆和孩子逃跑，誰幹得出這事？留下了老婆、孩子，那就是個死罪。哪怕是十惡不赦的人，對親人，他也下不了這個狠心。可這個旨意下來，執行起來也是有難度的。因為不少女眷在路上被押解的衙差役給糟蹋了，死在半路上的多不勝數。這樣一來，還真是得不償失，更是將犯人心底的怨氣給激發了出來。所以，早些年，這裡真是一塊惡地。」

「可這遼東，卻是太宗皇帝親自給文慧太子定下的地方。」五娘翻了身，面朝宋承明，不解地道。

「這就是祖父的意思了。要是連這個都治理不好，就別鬧騰了。」宋承明笑了一聲。「同樣的道理，只要治理好這裡，手段、謀略、膽識就都有了。有了這些，就有了自保的能力，幹點什麼不行呢？」

也有道理。

宋承明繼續道：「所以，這裡跟其他的地方比起來，不僅民風慓悍，而且相對更開放，隨之而來的，就是道德上的缺失。得叫他們明白，類似於女子守節這樣的事，都是小節，而奉養老人、撫養子女、有責任心、願意承擔責任，才是大節。」

五娘靜靜地聽著，沈吟良久才道：「遼東給我的感覺很好。」真的很好。上下一心，同仇敵愾，崇尚忠孝節義。這在當下，對於凝聚人心，能引發不可估量的作用。「我今兒好像是有點急躁了，遼東上下，對我應該還心存疑慮。」五娘說得很平靜。

宋承明就道：「過兩天在家中宴客，叫妳見見下面的人。」

五娘搖搖頭。「不急。」她笑道：「強盜入夥的時候，都講究納個投名狀。我這要是拿不出投名狀來，也不好立足啊！這事不急，等我立了投名狀，咱們再細細的說。」

宋承明被逗得哈哈的笑。

笑個毛線！我容易嗎？五娘翻個身，背對著宋承明。「睡覺！」

眼睛才閉上，就覺得背後一涼，緊跟著一個滾燙的身子鑽了進來，一把將她抱住。

「沐清，叫我抱抱。」

身上跟火爐子似的，連噴出的氣都是燙的。五娘不敢動，由著他抱著。「你老實點，別亂來。」

「十四成婚的多了去了！」宋承明有點委屈。

五娘將他不老實的手按住。「你答應過我娘的。回頭讓我娘知道了，肯定不饒你！」

宋承明的喘息聲更大了些，一口咬在五娘的脖子上，細細的品嚐，手也伸進了衣服裡，兩下撥弄著，將肚兜的帶子解開，直接給扔出去了。「叫我摸摸，別怕。」

能不怕嗎？擦槍走火了怎麼辦？

「我心裡有數。」宋承明說著，就在五娘的嘴唇上使勁啃。疼死了！這傢伙不會接吻。五娘推不開他，只得示意他輕點，然後才配合著他接吻。

「受不了了……」宋承明一口咬在五娘的肩膀上。

五娘不敢動，由著他在自己身上蹭。

折騰到半夜，雲五娘才睡著。除了沒做到最後一步，其他該做的都做了。

「無賴……」五娘迷迷糊糊地罵了他一句。

宋承明將身上髒了的褲子一脫，往下扔去，然後就這麼抱著五娘。「以後就這麼睡吧，要不然我非得憋出毛病來。能看不能吃，這滋味可不好受！」

「不要！」五娘翻身。「太熱了。」

宋承明趴在五娘耳邊。「妳身子真好看，比我夢見的還好看。」他剛才特意挑了燈光看了，從上到下研究了一遍。說著，就把手又放在五娘的肚子上，手還要往下滑。

五娘一把按住他。「再不老實，就分房睡。」

宋承明見她按著的竟然是手腕上的關節，以她的手段，只要用個巧勁，就能將這關節卸下來，他就真不敢動了，只嘴上討便宜。「妳有這手段，剛才怎麼不使？」

五娘氣得都想捶他了。「那下次可別怪我不客氣！」

宋承明連忙老實了。「娘子，再不敢了！」

誰是你娘子？沒臉沒皮！

不大功夫，轉眼就睡著了。

天快亮的時候，五娘覺得身上一沈，就知道這人又開始折騰，跟狗咬骨頭似的。

「真的不行嗎？」宋承明附在她耳邊低聲道。

五娘睜開眼。「起來吧，咱們出去跑幾圈！」分散一下注意力。

「咱們？」宋承明一下子就頓住了，然後狐疑地看她。

五娘頓時就窘了。這麼撩撥，誰沒反應？

宋承明先是愣然了一瞬，好似從來不知道女人也會有一般，然後就十分得意的笑。「不去！」說著，又低頭，一口咬在五娘胸前的花蕾上。

直到院子裡有了動靜，兩人才起來。

宋承明脫下來的髒衣服，五娘不好意思叫別人看見，只得在洗漱間裡自己洗了，晾在火牆邊上。

吃早飯的時候，宋承明一個勁兒地對著五娘笑，叫幾個丫頭覺得莫名其妙。

晌午有城裡的士紳要來拜訪，因此兩人都換了行頭，不能顯得寒酸不是？

結果客人還沒上門，宋承明就收到了京城的消息，他看完後，將紙條遞給五娘看。

五娘展開，就皺了眉頭。「大姊姊是皇后了。」

一邊的香菱聽了，驚呼一聲。「大姑娘嗎？」

「嗯。」五娘將紙條又遞回去。「大姊這也算是求仁得仁了。」

「可是沒有孩子，要皇后之位做什麼呢？」香菱嘆了一聲，收拾了碗筷就下去了。

宋承明拍了拍五娘的手。「別想了，有個高位分，本身就是一種保障。」

五娘點點頭，每個人要走的路都不一樣，誰也替代不了誰，擔心也是白擔心。

昨晚，宋承明才說了遼東民風慓悍，今兒客人來了，雲五娘才真正體會到究竟有多慓悍。

遼東之地，男女都好酒。

這是五娘此刻面對著十幾桌的女客才意識到的問題。酒是上好的羊羔酒，味道綿長，不會很烈，但是後勁也不小，所以咱也不能一人一大碗地當水喝吧？但是飯桌上的酒文化，五娘還是懂的。人家敬了，妳就得接著，不接著，這是不給人面子；人家喝了三口，妳不喝一口，就是瞧不起人。

這些夫人們，都是端著碗敬酒呢！五娘能怎麼辦？硬著頭皮上吧！寧可不勝酒力的醉了，也不能折了這些人的面子，至少也要表達自己的真誠。

「我不勝酒力，只能用這小杯子了，大家見諒。等我這酒量練出來了，再陪大傢伙兒喝個痛快！」五娘舉著小茶杯大小的酒盅，朗聲道。

這個酒盅還是特意找出來的，一杯頂小酒杯三杯呢！

五娘的年紀小，大家都知道。話說的這麼敞亮，眾人一致叫好。

香菱要偷著換米兒酒，被五娘制止了。

五娘一杯一杯地往肚裡喝，最後，她是怎麼醉倒的自己都不知道。

「喝了多少？」宋承明皺眉問香菱。

「不止一斤。」香菱也皺眉。「姑娘可沒遭過這樣的罪！」胃裡都吐乾淨了，臉上煞白。

宋承明也沒在意香菱的不滿。「妳下去吧，這裡有我照看。」

香菱不放心地看了一眼，才轉身出去了。

宋承明將五娘的衣服脫了，抱到裡面用熱水洗了一遍，要不然一身的汗，她渾身都不舒服。接著又不停地餵點水給她，直到大半夜，五娘的臉色才好點。

「叫妳受委屈了。」宋承明抱著五娘，嘆道。

這酒她不喝也沒什麼，在這盛城裡，誰也不敢勉強她。但是，她還是這麼做了。為了什麼？不過是為了交好當地的士紳，叫這大後方穩定。前面的戰事一觸即發，盛城是遼東軍的根基，只要這裡穩住了，走多遠都不怕。哪怕失敗了，大不了重新來過。所以，她格外的看中這些士紳，重視他們身後所代表的分量。

五娘作了一個夢，夢裡迷迷糊糊的，身上一陣冷、一陣熱，飄飄忽忽，好似在雲端打轉，星辰日月也都圍繞著自己轉動，轉得人眼花撩亂。她想伸手抓住什麼，但好似所有的東西都在眼前，轉身就不知道飄到哪裡去了。她覺得自己要燒起來了，猛地手心一涼，這是什麼？她不顧一切地抱著這份涼意，怎麼也不想離開。

宋承明不過是洗了澡出來，剛要進被窩，就被五娘給纏了上來。修長的腿盤在他的腰上，還不停的磨蹭，整個人都掛在他的身上，肌膚相親，她的身子如火爐一般滾燙。

「別這樣。」宋承明用手撫著她的脊背，輕聲哄道。

然後五娘嘴裡唸叨了一句什麼，彷彿怕他走開一樣，腿在他腰上盤得更緊了，還不老實的來回磨蹭。

宋承明腦子裡轟一下，就炸開了。他身子往前一送，就聽見五娘一聲悶哼。

撕裂的疼痛讓五娘迷迷糊糊地睜開了眼睛，然後就看到宋承明餓狼一樣的眼睛，還有兩人現在的姿勢，她頓時窘得不得了。這是自己纏上去了，而且，後悔也已經晚了。

「寶兒……一會兒就好。」宋承明咬著她的耳垂。

兩人側著身子，五娘纏著人家的腰。開弓沒有回頭箭了，她只能儘量放鬆身子。「你輕點。」

宋承明終於得到允許，但看她咬著嘴唇，就不敢動了。他上前親她，輕輕的、柔柔的，直到看她神情真的放鬆了，才一點一點的試探……

兩個新手，都處於摸索階段。直到天光大亮了，兩人才睡了過去。

香荽和紫茄守在外面，她們起來的時候裡面還沒消停呢，也模模糊糊能聽到裡面的響動。兩人的神色就嚴肅了起來，這可怎麼跟夫人交代才好？

要是叫夫人知道了，她們這一個個丫頭，都等著受罰吧！

外面的風雪大，天陰沈的厲害。五娘睜開眼睛的時候，很有些不知今夕是何夕的，要不是下身腫脹，她還真以為就是作了一個春夢罷了。

宋承明穿著裡衣，頭髮還披散著，坐在炕頭，靠在火牆上，手裡拿著條陳翻看著，不知道在想些什麼。等聽到翻身的聲音，又見五娘睜開眼，他才笑道：「醒了？」

五娘「嗯」了一聲。「不想起來。」

「那就別起來。」宋承明將蜂蜜水給她遞過去。「喝了頭就不疼了。」

蜂蜜水一點都不起作用，那都是自我安慰，哄著自個兒的話，該疼還得疼。

五娘坐起來，一動就扯得下身火辣辣的疼。她低頭看了看身上，換上了乾淨的衣服，顯然身上已經清洗過了。

「沒叫丫頭們看見。」宋承明坐過去，挨著她，低聲說了，然後扭著頭在她嘴上又叨了一口。

「別鬧。」五娘喝了蜂蜜水。「這遼東的女人，從骨子裡帶著一股子辣勁。」

宋承明給她把被子往身上圍了。「也是妳太實誠。怎麼讓妳喝妳還真喝？意思地抿一口就已經很有誠意了。」

五娘拿白眼看他。「咱們現在一步都不敢踏錯啊！根基越是紮實，才走得越是穩當。」

宋承明摸了摸五娘的額頭。「這一通罪，倒也沒白受。今兒一早，不少人家就遞了帖子，主動增加了今年上繳的糧食數目。」

五娘眼睛一亮。「那這也算是值了！」

傻瓜！宋承明將五娘手裡的杯子接過來，放在案几上，才嘆道：「遼東到底是地方有限，如果往西推進，哪怕只吃下平安州，咱們的境況那才真會不可同日而語了。」

吃下平安州？這遼東和西北之間，也就只隔著一個平安州。

平安州所轄三個縣，沃野千里，是塊寶地。有了這個地方，就算是有了糧倉了，後勤補給的壓力肯定會驟降的。但是，如此一來，遼東軍就算是跟西北軍短兵相接了。這無疑是自己給自己找了一個敵人，而且還是主動的。這裡面的利弊得失，宋承明真的想好了嗎？

「你想進兵平安州？」五娘沈吟半晌，才開口問。雖然是問話，語氣卻十分的肯定。

宋承明手裡攥著杯子，來回磨蹭了半天。「妳是不是顧慮名不正、言不順？」

這不是廢話嗎？「這不光是名不正、言不順的問題。」五娘靠在牆上，調動自己的大腦。「還有更要緊的，那就是一旦你有了這個計劃，西北軍豈肯讓咱們一家吞下平安州？雙方必有一場爭奪戰。但咱們沒有皇上出兵的聖旨，一旦發生衝突，那麼，咱們就成了挑起戰端的首犯了。」五娘看著宋承明。「你願意揹上這樣的罵名嗎？」

宋承明的手頓了一下。「妳說的這個，我還真沒想過。」

「遼東軍想得到更多人的支持，前提條件就是，它必須始終站在正義的一方，始終站在道義的一方。」五娘往炕上一倒，睜著眼睛看著頂棚。「不要小看這點名聲，有時候，它能起到決定性的作用。人心向背的問題，從來都不是個小問題。」

宋承明半天都沒有說話，五娘都以為他不會說什麼了，結果卻聽見他開口——

「如果咱們師出有名，且速戰速決呢？」

五娘瞬間就坐了起來。她覺得，她有點明白宋承明的意思了。

出兵是需要理由，但這理由，有時候也可以叫做藉口。

也就是說，只要有個藉口就行。即便沒有藉口，也可以製造一個藉口。只要這個藉口找的巧妙，設計的好，未必就沒有可能。

宋承明看了一眼五娘，就知道她已經明白了他的意思，於是問道：「妳覺得可行嗎？」

五娘舔了舔有些乾燥的嘴唇，眼裡閃過一絲幽光。「為什麼不試試呢？」平安州實在是太過誘人，叫人忍不住要鋌而走險。

宋承明笑道：「妳不愧是東海王的後人呢！妳跟那位老祖一樣，是個敢於冒險的人。但是不得不說，你們也十分善於冒險。」

「我只當這話是好話了。」五娘白了他一眼。「你有什麼計劃嗎？」

宋承明點點頭，躺過去在五娘耳邊細說。

緊接著五娘搖搖頭，好似否定了什麼，兩人又一陣嘀咕。

跟遼王兩口子躺在炕上密謀著算計別人不同，此刻的三娘站在風雪裡，看著明王舞劍。

「咱們什麼時候動身回去？」

「等妳喜歡上我的時候。」明王回答的漫不經心。

三娘臉上露出幾分無奈的神色來。「別鬧了，好嗎？回去得比哈達晚了，汗王要不高興了。」

「這妳放心。」明王收了劍，扭頭道：「我已經打發人回去報信了，說是想在這裡逗留一段時間，觀察一下遼東和成家的動向。而妳，不管是和遼東還是和西北，都有著莫大的聯繫，所以汗王准許妳跟在我身邊，一起完成這個差事。」

三娘面色一變。「明王這話是什麼意思？什麼叫做跟西北有莫大的關係？」

「成家是妳祖母的娘家，怎麼會沒關係呢？」明王呵呵一笑。「雖然沒有血親上的關係，但是你們漢人不是一向最重禮法的嗎？怎麼，難道妳想到的關係不是這個關係？那能是什麼關係呢？是什麼關係，叫妳到現在都念念不忘？」他的視線緊緊地盯著她，好像整個人都在暴怒的邊緣。

「我不知道你在說什麼？」三娘面色一白，轉身就要回帳篷。

明王三兩步就追了上前，一把拉住她的手腕。「告訴我，妳想起了誰？我在妳的身邊，而妳的心裡到底想著誰！」

「沒有誰！」三娘掙脫了一次，根本就掙脫不開。「我告訴你了，沒有誰，真的沒有誰！」

「妳撒謊！」明王一把捏住三娘的下巴。「提到成家，妳馬上就變了臉色！為了什麼？成家是什麼禁忌不成？我要妳說出他的名字！」

「何必明知故問？」三娘被他捏得惱火。「你明知道我曾經是誰的未婚妻子，又何必再來問我！」

「妳忘不了他！」明王看著三娘，神色有些複雜。

三娘瞪起眼睛。「在我經歷了這麼多事情以後，你覺得我這所有的遭遇根源是什麼？你覺得我就能這麼輕易地忘記那個罪魁禍首？」

「妳恨他？」明王看著三娘問道。

「你再這麼沒完沒了，我連你一起恨！」三娘一腳踩在明王的腳上，使勁地碾磨。

明王半點都不為所動，直接將她抱起，朝帳篷走去。

「放我下來！」三娘有些著急。

明王不看她，只道：「妳要是恨他，我可以幫妳出氣。」

三娘就不動了。恨嗎？三娘閉上眼睛。她是恨的，恨他的薄情寡倖，也恨自己那麼容易就被情愛蒙蔽了眼睛。她扭頭看向明王，自己之於他，又是一個什麼存在呢？他想靠著征服自己，來羞辱汗王嗎？她不知道。

「我能替妳出氣。」明王的聲音不大。「其實，我也可以殺了他。但我想，妳捨不得他死。」

三娘的手一點點的握成了拳頭。「死太容易了，活著，慢慢的折磨，才更能解恨。」

「狠心的女人。」明王頓住腳步，俯下身，看著她明豔的臉，那嬌豔的嘴唇比格桑花還誘人，但是他的吻卻只落在了她的額頭。

三娘的心亂了一瞬，她感覺到了被人珍惜。這種感覺久違了，但卻總是能讓人怦然心動。她不敢深想，也不能深想。深吸一口氣後，她轉移了話題。「你打算怎麼替我出氣？」

明王微微一笑，抱著她直接進了帳篷，然後將她放在榻上。「暫時保密。」

三娘伸出手，一把拽住他的衣襬，輕輕地搖了搖，眼裡透著渴求的光，她真的有些急於知道他的打算。

明王低頭看著三娘，喉嚨滾了滾。「女人，妳知不知道，妳這個樣子很危險……」

三娘依舊固執的沒有收手。

「妳真想知道答案？」明王低著頭，先是看向拽著自己衣襬的一雙玉手，那手指纖長柔美，白瑩如玉，美得讓人恨不能據為己有。他強壓下想要拽起來把玩的衝動，看向那張輕靈又嫵媚的臉，又問了一遍。「妳真的想要知道？」

三娘點點頭。「我想知道呢！」她赧然一笑。「你不會是想著算計我妹妹、妹夫吧？你老實告訴我，你怎麼打算的？」

明王俯下身，輕聲道：「要我告訴妳也可以，妳的所有要求我也都能答應，但是任何事情，都是有代價的，妳願意付出什麼代價呢？」

「那要看，你想要什麼了。」三娘眨著眼睛看他。「我現在就是問你，你究竟想要什麼？」

「妳知道的。」明王的手在三娘的臉上遊移。「妳是個聰明的女人，我想要什麼妳肯定知道。別以為妳跟遼王妃的那點把戲能騙得了我，妳能騙我，那是因為我願意被妳騙，明白嗎？」

三娘垂下眼瞼。「你現在要的，就是我的身子。一個心不屬於你的女人，你要來何用呢？」

明王的手一頓。「我也想要妳的心，也想兩情相悅。可今天，我知道我想的簡單了。」他的手收了回去。「妳恨著宋承乾，這我不奇怪，妳這樣的女人，哪裡會沒有點脾氣呢？可我從妳的身上，看到了一種絕望，對男人的絕望。他就真的值得妳如此，一輩子都不敢再對男人動感情？我知道妳很聰明，妳在利用我對妳的感情。妳知道嗎？妳是我唯一動心的姑娘。從那個雪夜裡，闖進妳的帳篷開始，我就動心了。那一刻，知道妳是大秦要送給汗王的女人時，我就想將妳據為己有，甚至帶著妳遠走高飛。」

「但是你沒有！」三娘看向明王。「但是你沒有，你還是選擇了退讓！你不覺得你的喜歡、你的動心，很可笑嗎？」

「可笑？」明王有些嘲諷，又有些受傷地笑了。「我要帶妳走，妳當時會走嗎？」

三娘一愣，然後沈默了。

是的，她不會走。和親的公主如果私奔，那麼自己的父母兄弟怎麼辦？大秦那個時候還需要烏蒙這個同盟，不管是為了國還是為了家，她都不會走。她的先生只教過她家國天下，沒教過她做一個只知道風月的女人。她錯過一次，就不能再錯第二次。所以，她不會走的。

看著明王目露嘲諷，三娘咬牙道：「那你呢？你就會走嗎？」

「我會！」明王惡狠狠地看她。「那一晚，要不是遇見妳，我早帶著親隨，沿著跟遼東的交界去了漠北！」

「漠北?!」三娘驚呼一聲。「怎麼會去漠北？那裡偏遠且苦寒，怎麼會選擇去那裡？」

「再苦寒、再偏遠，那也是我的地盤……」明王看著三娘，將這些年他背著汗王一統漠北的事都說了。「我要帶著妳走，現在，我再問妳一遍，妳到底要不要跟我走？」

三娘不可置信地看向明王，然後搖搖頭。「我還有事情沒了。」

明王點點頭，氣急而笑。「我就知道、我就知道！」他猛地伸手，一把掀開三娘身上的被子。「想要報仇是嗎？可以，我可以幫妳，但是……」他又伸出手，一把扯開三娘的衣服，露出雪白的脖頸、胸脯，還有火紅的肚兜來。

「你瘋了！」三娘伸手掩住衣服，固執地看向明王。

明王卻盯著那片雪白，喉嚨不停的滾動。「我可以先要妳的身子，再要妳的心。」

三娘的語氣就軟了一些。「你給我點時間好嗎？」

明王又是一笑。「妳們雲家的姑娘，是什麼先生教導的？這緩兵之計，用的可真好！」

「那你真的忍心強迫我？」三娘說著，眼圈就紅了。「前兩天你才說要尊重我的。」

明王背過身，喘了兩口氣。「妳又來這套！知道我見不得妳流眼淚，妳就老拿這一套來治我！」

三娘神色複雜地看著他。「那你到底吃不吃這一套？」

明王轉過身，看著三娘胸前露出來的那一抹粉白，然後艱難的又轉回去。「吃！我就吃妳這一套！」說著，就邊往外走，邊鬆開領口的扣子。

三娘看著明王的背影，眼淚就下來了。他吃醋了，吃了宋承乾的醋。可即便這樣，他也沒有真的對自己動粗。他捨不得自己委屈。

「……等等。」三娘出聲道。

明王的手都放在簾子上了才又放下。「又怎麼了？告訴妳，妳別仗著我喜歡妳，妳就得寸進尺啊！我這會子心裡可上火了，妳再這麼跟我磨磨唧唧，小心我後悔了，回來辦了妳！」正說著，一雙胳膊像靈蛇一樣纏在了他的腰上，後背貼上了一副柔軟的身軀，那令人嚮往的香味撲鼻而來。他低頭一看，一雙粉盈盈的胳膊就這麼環著他，圓潤光滑，如羊脂一般。他想把手伸過去，輕輕的撫摸，但他擔心會控制不住心裡的惡魔。「……妳別鬧，再鬧我就忍不住了。」他的聲音低沈，透著壓抑，彷彿一座沈寂的火山，隨時都能爆發。

三娘輕笑一聲。「忍不住又怎樣？你剛才說你要將我怎樣？怎麼不敢了？」

明王按住她的胳膊，一轉身，就愣住了。她只穿著大紅的肚兜，下面只有一條翠綠的褻褲，赤著腳踩在雪白的羊毛地毯上，鮮紅的腳趾甲都可愛得叫人忍不住想要親吻。

「我冷了。」三娘站著叫他看，然後斜著眼嗔他。

明王的視線再次落到那高聳的胸脯之上，隔著肚兜，還能看到兩個鼓起的花蕾。

他一把抱住三娘。「妳別後悔。」

「不會後悔。」三娘看著他。「我遇見了宋承平，他是個好人，一個真心對我的人；後來，又遇見了宋承乾，那就是個渣子，對我沒有動過半分的心思；然後，我先遇見了你，你還是個好人，一路護著我、守著我；後來，又遇見了汗王，又是一個渣子。我後悔過，沒有給我的大表哥宋承平一個機會，給我自己一個機會。我以為這輩子都不會再遇上對我好的人了，但是，我又遇見了你。我害怕，如果我放走了你，這輩子我再也不會遇見第三個對我好的人了。」

「我會對妳好，一輩子對妳好。妳想要什麼，我都給妳。我會愛妳、心疼妳，不叫人欺負妳。如違此誓，人神共誅。」明王正色，對著天地神明起誓。

烏蒙人信奉天神，也看中諾言。明王敢對天起誓，這是三娘沒有想到的。她攀上去，親在他的嘴唇上。「這樣好不好？」

明王一把將三娘扛在肩膀上，然後輕輕地放在床榻上。「從今往後，妳就是我的女人！」

帳篷裡傳來聲響，珊瑚站在外面，聽得一清二楚。她神色複雜地往裡面看了一眼，然後回到小帳篷，用木炭在一個布條上畫了幾個符號，接著走出去，綁在了幾輛雪橇之上，之後快速離開。

等過了一盞茶時間，珊瑚端著木盆，裝作要取一些乾淨的雪時，就見那布條已經不見了，她微微地鬆了一口氣。

三姑娘走出這一步，不容易。

將雪放進壺裡，燒開，然後放在一邊，等著裡面消停下來。

周圍的人，不住地往帳篷那邊瞧，因為明王的聲音一點都不掩飾，如同原始的獸類一樣，快活了就肆意的嘶吼。

三娘從來不知道，男女歡愛原來可以這麼酣暢淋漓。

她整個人趴在他的身上不想下來，手撫著他身上結實的、如同石塊的肌肉。

「這是幾塊？」三娘的手放在明王的肚子上摩挲。

明王翻身，一把將她壓在身下。「這麼喜歡？」

三娘的臉頓時就紅了。雖然很羞人，但是不得不說，看見他這樣，真的很喜歡。她的手順著他的脊背遊走，輕輕的點頭。「喜歡。」

明王朗聲地笑，然後咬著三娘的耳朵。「剛才那樣喜不喜歡？」

三娘斜眼看他，就是不說話。

明王將她的腿分開。「到底喜歡不喜歡？」

三娘難受得直哼哼。「喜歡、喜歡！你還沒跟我說，你打算怎麼幫遼東呢？」

「還記著這個呢！」明王有些惱怒。「看來妳還不累，腦子不是挺清楚的嗎？」

「你答應告訴我的！」三娘纏著他的脖子。「快說！」

明王嘻嘻地笑，附在三娘耳邊輕聲道：「妳換個樣，咱們試試，舒服了我就告訴妳。」

三娘呸了他一口。「沒正經！再不說我就惱了！」

明王這才在三娘的耳邊嘀咕了一通。

三娘的神色越來越凝重，好半天才道：「風險是不是太大了？再說，遼王未必願意。」

「事在人為嘛！」明王將三娘的腿放在他的肩膀上。「再來！」

珊瑚站在外面等了半天，壺裡的水都涼了，結果沒聽到要水聲，反倒又響起讓人面紅耳赤的呻吟聲……

剛剛過了正月十五，平安州就發了加急公文過來，提到有一小股烏蒙騎兵突襲平安州，將平安州府庫的官銀洗劫一空！

這還真是沒有想到的事。

宋承明和五娘面面相覷，兩人剛想著怎麼進入平安州，這邊馬上就有人送來了一封求助的公函。

他們本來打算借著追擊匪盜的名義，先入平安州，然後迅速控制州府的官員，儘量不禍及百姓。但是這樣的事情要設計得無縫，便要將所有的意外都算計在內，也是要費一些時間的。所以，一直也沒能下最終的決心。

誰也沒想到，會有這麼巧的事情。彷彿有人配合一樣，怎能不叫人驚訝？

去，還是不去？

宋承明搖搖頭。「這事蹊蹺啊……」

五娘也有些躑躅。是啊，要真是有詐，可就一頭栽進陷阱裡去了。

「等著平安州探子的消息，再做打算。」宋承明低聲說了一句。

五娘正要說話，就見春韭急匆匆地進來。

「主子，有消息！」

宋承明看了五娘一眼。

五娘接過春韭手上的竹筒，打開來，裡面是一個布條，布條上用炭筆寫的是金家專用的符號。

「什麼意思？」宋承明看了一眼圖案，就問道。

「明王助三娘復仇，三娘跟明王……」五娘沒有說下去，但是意思大家都懂了。

宋承明詫異地看了一眼五娘。「雲三娘身邊和明王身邊都有金家的人？」

五娘搖搖頭。「這個我就不得而知了，金家的事務我並沒有參與很多。只怕這些消息都是經過篩選的，跟咱們有關的，第一時間會傳到我的手裡。」她扭頭看向宋承明。「但只依靠金家的關係網，還是不夠的。」

宋承明點點頭。「那平安州的事情，是明王幹的？」

「應該是。咱們只要占領了平安州，成家就得抓瞎，這跟捅了宋承乾一刀沒什麼區別。只要咱們陳兵平安州邊界，成家就輕鬆不起來了，內有宋承乾鼓搗，外有咱們威逼。這次是個好機會。」五娘低聲道。

宋承明斟酌了半天。「明王可不是吃素的。他願意為了三娘是一回事，但若是有利益，他不會袖手旁觀的。說到底，人家憑什麼幫咱們？只為了三娘，這可能嗎？再說了，大秦的事情，還輪不到他插手。打劫了官銀，這是什麼意思？對成家洗劫烏蒙的庫銀不滿嗎？還是想以牙還牙、以眼還眼？他要真以為本王會感激他，那可就錯了。」

五娘點點頭，這也正是叫她覺得氣憤的地方。「他不是吃素的，難道我就是吃素的？」她抬頭看著宋承明。「你儘管去，盛城我守著。」

宋承明認真地看了五娘一眼，伸手將她抱在懷裡。「一切以妳為重。只要人在，咱們就不怕從頭再來。」

「好！」五娘應了一聲。「你也小心，別大意了。把你的護衛都帶上，寸步都不能跟他們分開。」

遼東出兵，十分迅速，盛城的百姓還沒明白怎麼回事的時候，整個盛城的六門已直接關閉了。想要出城、進城，可不是那麼容易的。

但城外，也有幾個遼王府安排的緊急事務辦理衛所。

如果城外的百姓想要請大夫抓藥，這裡立馬就能辦，十二個時辰都有大夫候在這裡。

如果是回家，請報上你的姓名、住處，得有專門的人陪同，到了地方後，還得有十個以上的人證明你確實是這裡的人，那麼你才能留下。否則，對不住了，先去安置中心，那裡管吃管住，就是沒有自由而已。等危機解除了，要真是冤枉你了，願意補償你銀子，放你離開。

要是想辦理其他的事，也可以，這裡都有專人幫你辦理，而且是無償的。哪怕是想採購東西，也行。

如此一來，抱怨之聲小了。更有那精明的商家，打發夥計等在城門裡面，外面要真是需要，這邊馬上就能取貨。生意雖然會受到點影響，但到底影響不大。

另外王府也承諾了，關閉城門的這幾天，會按照天數、按照以往生意的好壞給予補償。這在別處是絕對沒有的好事，其他地方，一到打仗的時候，哪怕是出城剿匪，都要從商戶納征的，哪裡還有什麼補償這一條？單憑著這個，在遼東做生意就安穩。

遼王府裡，五娘對面坐著三個人，分別是從京城撤回來的戴先生和申先生，還有將軍胡田。

五娘對胡田這個人不瞭解，不過沒關係，慢慢來。但是作為遼王留下來的心腹之人，五娘還是要尊重的。再說了，他在護城軍中的威望，不是自己能比的。「胡將軍怎麼看？」

胡田的聲音沒有半點起伏。「王爺有令，讓屬下謹遵王妃吩咐。」

五娘挑挑眉，這是心裡頭有牴觸啊！

戴先生和申先生對視一眼，心道：這胡田怎麼回事？正要說話，外面就傳來稟報之聲。

「進來！」五娘先揚聲道。

「啟稟大將軍，城外八十里，西北方向，有二千左右的騎兵，正朝盛城移動。」那人稟報道。

胡田卻不說話，只揮手叫那人下去，才扭頭對著五娘。「請王妃示下。」

很好。五娘看了一眼胡田，沒有說話，而是看向海石，道：「拿鎧甲來。」說著，就起身去了內室。

不一會兒功夫，門外打頭進來兩個貌美的丫頭，一人手裡捧著一頂頭冠，一人手裡捧著一身金黃色的鎧甲。

戴先生和申先生馬上就站了起來，躬身對著這鎧甲行禮。

胡田即便出身不高，但也聽過傳聞。相傳太祖曾賜給東海王一件金黃色的鎧甲，這鎧甲曾穿在那位老祖的身上，跟著太祖馳騁天下。多少年了，很多人都想一睹這鎧甲的風采，但都不得而見，不想今兒卻突然出現在了這裡！

兩個丫頭對三人恭敬的神色視若無睹，腳步不停地進了內室。

緊跟著，七個一身銀色鎧甲的姑娘也走了進來，依次排成行，站在內室的門口。

白銀七衛！

相傳東海王身邊有七個忠心耿耿、武藝高強的護衛，可以從萬軍中取走上將首級。原來以為是傳說，今兒才知道，這是真的。

但，如此招搖的出場，那麼，就只許勝，不許敗。否則，就是有辱先祖的威名。

「姑娘，您可想好了？」紫茄給五娘換衣服，手上忙個不停，還不得不趕緊問一問。

五娘淡淡地「嗯」了一聲。「金家沈寂太久了，得叫人記得，金家還在。」

「我看就是胡田不服，姑娘也沒時間去料理自家事，所以想靠著這身鎧甲暫時施壓的。」香菱看了外面一眼。「要不是他，姑娘也不至於孤注一擲。」

五娘擺擺手。「行了，大敵當前，說這些做什麼？其實兩者兼有吧！胡田心裡不舒服，誰都能理解，叫妳，妳願意聽從一個十幾歲、還沒有及笄的小姑娘的調遣嗎？尤其是這樣的沙場宿將，他們的傲氣都是在戰場上真刀實槍打出來的。先應付完眼前的這一關再說吧。」

香菱這才不說話了。

這身鎧甲是請專人改了一下的，要不然五娘也撐不起來。

等五娘出來的時候，出現在眾人眼前的就是一個俊朗的小將，叫人眼睛一亮。其實五娘要不是實在沒辦法，是不願意穿成這樣的，金光燦燦，到哪裡都是一個移動的靶子！估計先祖當時的心情也不怎麼美妙吧？不知道的，還以為太祖是故意想借著敵人的手殺了他呢！

「胡大將軍。」五娘扭頭看向胡田。「你剛才的話，自己可要記清楚。」

「是，屬下不敢忘。」胡田眼裡閃過一絲驚詫。這麼看著，倒是有幾分樣子。但願見了真刀真槍後，不會嚇得哭天搶地、往人身後鑽。

「那就好。」五娘看向兩位先生。「王府交給二位，我們走後，關閉府門，沒有我的手諭，誰來也不開門。」說著，又看向胡田。「走吧，胡大將軍，本王妃還得靠著你調兵遣將呢！」

常河顫巍巍地等在門外，看著五娘，然後跪下。「主子旗開得勝，平安歸來！」

五娘要伸手扶他，但常河卻用眼神制止了她。

這位老者，對於遼王有著特別的意義。而他正在用這樣的方式來告訴那些不服的人，這個王妃在遼王的心裡究竟有多看重？連常河這樣的人，都得敬著。

五娘的喉嚨堵得慌，她回頭看了一眼香荽和紫茄，吩咐道：「照顧好河叔。」然後才從跪著的常河身邊大踏步地走過。

這時候胡田才有些惶恐。他基本上是在遼王府長大的，常河在自家主子心裡是什麼地位，他怎麼會不知道？「河叔！」他連忙伸手，要扶著常河起身。

常河卻一縮。「老奴怎麼敢煩勞胡大將軍呢？」

碰了一個軟釘子的胡田瞬間就知道自己錯在哪兒了。

他想補救，卻見五娘索利地翻身上馬，往城門而去了。

第四十章

雲五娘這樣的出場，騷包得很，但下面卻沒有了質疑的聲音。哪怕這只是暫時壓下去了，也都足夠了。

將城門外那些臨時設置的緊急事務辦理衛所的人撤回來，凡是百姓，也可以一併進城，但是他們需要待在安置中心，由專人看守。這不僅是為了防止混進探子，更是為了多數人的安全著想。

又有府裡的護衛，三人一組，騎馬在大街小巷中喊話，告訴大家，如今盛城還安然無虞，有緊急的事情，在城裡依舊可以行走，但是老幼婦孺，最好不要出門了。

這是在安定人心。

胡田看了五娘一眼。「如果對方真要圍城攻城，城裡能用的人馬也才三千人。王妃，到那時，傷亡就不好說了。」

五娘看了一眼胡田，對這個人的印象頓時好了點。一個將軍，想到的先是將士的生死，這比任何貪功冒進都強。只這一點，他就配做將軍。

「你怕我拿將士頸上的腦袋開玩笑？」五娘打量了胡田一眼，見他眼裡的焦慮和擔憂不是偽裝出來的，就出聲問了一句。

胡田俯身。「屬下不敢。」

五娘一笑，也不跟胡田掰扯，只說道：「抽調出一千人來，徵調各家的木桶，然後取水上來。」

胡田一時沒明白。「水？」要水幹什麼？還要一千人挑水，這得多少水啊？

五娘抬頭看天，搓了搓手。「你說，這會兒要是將水沿著城牆倒下去，會如何？」

數九寒天，城牆上肯定會結出一層冰來！胡田想到這裡，就愣然了一瞬。「王妃是說，用冰封城?!」

五娘點點頭。「咱們只是給王爺爭取時間。」她淡淡地看了胡田一眼。「你的顧慮是對的，以咱們現在的兵馬，還有一城的百姓要顧忌，根本就不宜大動干戈。烏蒙想趁著王爺不在來撿漏，那咱們就耗著他們。」

如今，她還不知道明王是什麼意思。一邊誘使宋承明出城，只要平安州的誘惑巨大，確實會讓人忍不住鋌而走險；可另一邊又兵臨盛城。他想幹什麼？想要從中得到什麼？沒弄清楚對方的目的和意圖，她就得穩妥，不敢冒絲毫的風險。

冰封了盛城，可進可退，這也是最把穩的做法。

城牆上人來人往，忙而不亂。城裡的壯年男丁，自發地挑水拉水，往城牆下送。有些人家，煙囪上冒出了青煙，這是女人們在家裡融化雪水，畢竟，城裡的井是有限的。

「孩子們在收攬積雪，婦女及老人也都跟著忙，家裡的男丁則用盆罐往城牆下送。比咱們將士挑水，也不慢什麼。」海石輕聲稟報著城裡的情況。

五娘點點頭。「盛城，不是一個人的盛城。」

一個時辰之後，城牆的外層，結了一層的冰。只要間隔著不斷地往下倒水，這個冰層還會繼續加厚。

如今攻城，可都是雲梯為主力。只要城裡沒有大量的奸細，這城池就是堅固的，雲梯根本就靠不上來。

即便想用火融化冰層也行不通。

第一，行兵打仗不可能帶那麼多油料柴草，冰天雪地也沒辦法找；第二，若是他們想靠近城牆根，城頭上的射手也不是吃乾飯的。

只要消耗下去，就能將對方拖在盛城之外。

城裡的糧食儲備，抗上三個月都不成問題。所以，五娘不急。

這是一場至少不會敗的戰役。

五娘站在城牆的哨樓上往下看，見他們用雪混著水，一層層鋪在城牆周邊的磚牆上，等凍結實了，城牆就跟著加高了起來！永遠都不要小瞧了大眾的智慧啊！

胡田站在城牆上指揮，偶爾抬頭看一眼站在哨樓的女子。金甲紅纓，兩邊是銀甲護衛，看來，她並不是魯莽之人。最初見她只因為自己的態度，竟然興師動眾地請出了金甲，自己心裡是有些震驚的，更因為河叔的態度，叫自己心裡忐忑了起來。但也覺得這位王妃到底年輕氣盛，怎麼能因為這一點事就擅自請了金甲？這萬一要是敗了呢？那老祖宗的臉面可就丟盡了！

不想，人家那時候心裡就已經有了成算。一方面壓自己的氣焰，一方面大概早就知道，她立於不敗之地。

遠遠地，看見一片黑點移動。

「縱橫來看，估計人數絕對不止兩千。」胡田也上了哨樓，看著遠處道。

五娘點點頭。「只要做點偽裝，能騙過探馬的眼睛很正常。」披上白布，遠遠看著就跟雪是一個顏色的。消息錯誤，很正常。所以，就更應當保守。

胡田想起王爺臨走前囑咐自己的話——

「此次的事情，還是聽王妃的調遣。一是因為你從未與明王交手過，你不瞭解他，但王妃卻瞭解這個人。即便王妃不瞭解，可她也有途徑瞭解，這個比你有優勢；二是因為王妃在雲家受大儒教導，又有金家暗中培養，她不是什麼都不懂的姑娘，她的手上也是見過血的，不會被嚇住的；三是，我不在盛城，王妃就是穩定盛城人心的定心丸，只要王妃還在，我就不會不回來。尤其是這一點，是你根本就無法取代的；四是，若真有變故，我不能按時返回，那麼王妃有辦法籌集來糧草，不會叫盛城成為一座死城，而你沒有這樣的能力和背景。」

胡田以前以為，定心丸就是將她安置在城牆上保護起來，就足夠了。要不是徵調糧草的事他確實不擅長，也不會一點都沒爭辯地接受這樣的一個任務。他現在才知道，沈穩有度、成竹在胸、臨危不亂，才是安定人心的要素。如今再聽她淡然地說著誤報軍情的事，就更加明白，她在兵書謀略上確實不是一無所知。

近前了，五娘的眉頭卻擰起來了。

不是明王！怎麼會不是明王呢？

「主子，人數在三千以上，跟咱們留守的人馬大致持平，領兵是那位哈達公主。」海石輕聲稟報。

胡田扭頭看了一眼海石，看來這些丫頭也不是普通的丫頭。

「胡將軍看呢？」五娘問道。

「判斷沒錯。」胡田讚賞地看了一眼海石，然後輕聲道：「看來這個哈達公主來盛城時也沒閒著，這城裡一定還有奸細，若不然……」人數不會這麼巧合。

五娘點點頭。「胡將軍下去指揮吧。咱們的原則，就是拖住他們。」

胡田應了一聲才下去了。

「這是怎麼回事？」三娘幾乎是暴怒的。她隱蔽在雪壕裡，看著哈達的騎兵從眼前過去。「你騙我！你跟汗王是……」

「三娘！」明王一把摁住三娘。「我沒騙妳！咱們要想順利地回到漠北，就得轉移汗王的注意力！這三千騎兵，是汗王最後的底牌了，其餘的，都被他的兒子瓜分殆盡。妳如今若回去，就是死路一條了！他完了，烏蒙已經亂了，他是在孤注一擲！三娘，妳回去將要面臨的就是被汗王的兒子們爭奪，然後褻玩！妳知道烏蒙的習俗，妳可能被當作物件一般，被當作禮物轉來送去！三娘，這不是妳應該面對的！我說過，我在幫妳！妳看，遼王去了平安州，西北將不再有安寧的日子。妳的妹妹手裡有三千人馬，完全能夠牽制哈達。我們從他們身後穿插過去，直奔漠北。然後，再一點點地侵吞烏蒙。等統一了烏蒙和漠北，妳將是這一片領土的王后！我向天神發誓，從此以後，我只有妳一個女人，愛妳、護著妳，不叫人欺負妳！」

三娘看著明王，他的眼神是炙熱的，也是真誠的。她知道，他有男人的雄心壯志，但對自己的感情是真的。可是……她看著遠處隱約能看見輪廓的盛城。

「五娘！我對不住五娘！我不能看著她……一旦破城，你知道她將面臨什麼嗎？你不懂！她是我妹妹，我不能看著她不管！我不會走的，不看著她安然無恙，我就不會走！她要是有個萬一，我陪她一起死！」

明王看著三娘。「妳先走，要是不放心，我留下，不會讓妳妹妹有閃失。」

三娘堅決地搖頭。「我不走！你——」

話音才落，明王一個手刀下去，然後在三娘倒下去之前，一把抱住她。

「一定要將她安全地送到地方。」明王吩咐了下屬，然後看著珊瑚。「等妳主子醒了，就告訴她，她的所有侍女丫頭，本王都已經將她們安置好了，現在只怕離漠北不遠了，叫她放心。另外，妳告訴她，她妹妹這兒，我保證不叫她受到一點傷害。這是我給她的承諾。」

珊瑚點點頭，然後轉身離開了。金家的主子，不需要別人來守護。但三姑娘能遇到一個這麼愛護她的人，也算是老天對她的一種補償吧。

剛送走三娘，就有探馬回報。

「你說什麼？」明王不可置信地問道：「冰城？」

「是！城牆上跟穿了一層厚厚的鎧甲一樣！沒有太陽光還好，一有光照，就刺得人睜不開眼，連城牆上的情形都看不清楚。」

明王愕然地看向遠處那座只能看見輪廓的城，心道一聲糟糕。

如果哈達知難而退，那麼，她會調過頭來對付誰呢？只能是自己！

所以，哈達的人馬只能被吃掉。以前，他想叫盛城和哈達兩方互鬥，如今嘛，自己只怕也難以置身事外了。

「盛城如今主事的人是誰？」這是他迫切想知道的。

「回主子，是遼王妃。」報信的人低聲道：「金黃的鎧甲，不會看錯的。」

明王一愣。金黃的鎧甲？這可跟自己預想的有點不一樣了。

他眼睛瞇了一下。「傳令下去，咱們的人在天黑前，必須趕到盛城外！哈達不能放她返回烏蒙！」

「是！」傳信之人轉身，迅速的離開。

明王暗自咬牙。「三娘啊三娘，妳可真是害得我好苦……」說什麼遼王妃就是花拳繡腿，花拳繡腿的人敢站在城牆上？

五娘坐在哨樓上，手裡拿著窩窩頭，一口一口地往嘴裡塞。

胡田低聲道：「要不，屬下叫人給王妃帶點吃的上來？」

「王爺在時也這樣特殊？」五娘頭也沒抬地問道。

「不會！」胡田話一出口，就明白了五娘的意思，只得又遞了一個窩窩頭過去。「王妃多吃點。這是要先困住咱們，還有得耗，就怕晚上會有人叫陣。」

五娘接過來。「胡將軍也趕緊抓緊時間去休息吧，我這裡不用招呼。」

胡田點頭應了一聲，就走了下去。

五娘站起身，站在哨樓上往下看。整個盛城的城牆上，隔十幾公尺遠就有一支火把，但火把的位置都不高，下面的只能遠遠地看見一點亮光，城牆上的情形卻是看不見的。而城牆上的將士，往往是六人一隊，二人一組，輪班休息。

此刻的城外，遠遠的能看見火光是帳篷，還有馬蹄的走動聲、馬的嘶叫聲和人的呼喊聲。

「主子，這是在虛張聲勢。」海石低聲道。

五娘點點頭。「這哈達也不完全是一員莽將，怪不得烏蒙的大汗這般的看重她。」

「一個不是汗王血脈的人卻被封為公主，她只怕會對汗王效忠到死。」海石低聲道。

五娘點點頭。「都先睡會兒吧，今兒晚上，還不定對方會玩什麼把戲呢！」

哨樓就是為了觀察城下的情況而在城牆上建造的，所以四面都帶著窗戶。五娘接過春韭遞過來的熊皮大氅，把身上裹得嚴嚴實實的，席地一躺，就睡下了。「妳們換班地睡吧，別都硬扛著。」

風從耳邊掠過，帶著淒厲的嘶吼聲。五娘以為自己會睡不著，誰知道一躺在地上就睡了過去，而且竟然還睡的安穩得很，連個夢都沒有作。

胡田上來的時候，就被一個銀甲的姑娘擋住了。

「將軍有事？」

「啊？」胡田往裡面瞄了一眼，竟然真的都睡著了！四個站崗的，三個陪著王妃休息的，看樣子是睡熟了。還真是膽子不小，被人真刀實槍地圍在了城裡，還能睡得這般安穩，不能不說是一個奇人。

春韭皺眉。「請問將軍是否有事？」她的聲音壓得低低的，不想驚擾裡面，又好似對胡田朝裡面看的那一眼不太滿意。

胡田趕緊收回視線，差點忘了裡面那位也是一位國公府的千金小姐，規矩大著呢！

他收斂心神，低聲道：「請轉告王妃，對方有異動。」

春韭點點頭，其實她們早就看見了，但卻不能越俎代庖地做判斷。她轉過身，輕輕地搖了搖五娘。「主子，有異動。」

「讓胡將軍指揮吧。」五娘把大氅緊了緊。「今晚應該不會有大的動靜，不過是吵得人心煩意亂、自亂陣腳罷了，有事再報。」說著，翻了個身，面朝裡睡了。

胡田已經聽見五娘的話了，他拱拱手，就轉身下去了。

城牆下，不一會兒就傳來鑼鼓聲、吶喊聲，緊接著，就是用流利的漢話喊話——

「你們遼王呢？宋承明怎麼不出來？逃跑了吧？怎麼能叫一個娘兒們出來對戰呢？有本事就出來應戰啊！不出來，等著老子進去，就將你們的王妃逮回去伺候我們汗王！」

海石蹭一下就坐起來。「主子，我去把那滿嘴噴糞的傢伙宰了！」

「睡覺。」五娘打了個哈欠。「誰生氣誰輸。他不怕我一把擰斷了他們汗王的脖子，就儘管來帶我去！」她冷哼了一聲，渾不在意。「都抓緊睡吧！」

胡田壓住幾個副將。「都別動，沒見上面都沒動靜嗎？」

眾人朝哨樓看去，果然，連個冒頭的丫頭都沒有，真沈得住氣。

就聽下面繼續道：「聽說遼王妃是肅國公府的小姐，跟和親的那位公主是親姊妹啊！哎呀呀，你們可不知道那位公主，長得真是貌美如花、騷勁十足啊！我們汗王可是說了，跟那些女奴比起來，也不差什麼！」

五娘的眼睛刷一下就睜開了，雙手握成拳頭，指甲狠狠地掐在手心。豈有此理！

春韭看了一眼五娘，知道姑娘這是動了怒了。但隨即，就見五姑娘慢慢地合上眼睛。

這話可是太難聽了，不管如何，那位公主都是大秦的公主。

胡田的怒氣壓制不住了。

一位副將已經搭起了弓。「不能忍了！看我不宰了他！」

「住手！」胡田一把拉住他。「抬頭看看上面，那位公主是王妃的親姊姊。」

哨樓上半點動靜都沒有。原本躁動的將士重新站了回去。

下面的喊聲，越發清晰地傳入耳中——

「漢人不是有什麼娥皇、女英嗎？咱們也把遼王妃活捉回去，叫咱們汗王也嚐嚐遼王妃的滋味！」

「將軍，我們不能忍了！」副將們紛紛拔出手裡的刀劍。

胡田什麼也沒說，就抬頭看著上面。

上面一如既往，沒有半絲的動靜。

樓下似乎是換了一個人，聲音帶著點猥瑣——

「要是汗王玩膩了，能賞給咱們狎玩幾天，那才是福氣呢！」

石花蹭一下站起來。「主子，我一箭就能要了他的命！」

「傻丫頭，下面的將士都看著呢！要是妳這一箭射出去了，那麼，下面的將士便會衝出去，一場惡戰就避免不了，咱們的將士也是血肉之軀。罵吧，又不會少一塊肉！他們都是上有父母，下有妻兒的人，所以，不管聽見什麼，都給我忍著。他強任他強，清風拂山崗；他橫任他橫，明月照大江。」

正如五娘所想的那樣，下面的人都抬頭看著哨樓。

主辱臣死！看著主子遭受這樣的羞辱，這些將士當以死來為主上洗刷恥辱！

對公主的不敬，是對大秦的不敬；對王妃的不敬，是對王爺的不敬！

哨樓上，火光之下，出現了一個銀甲的姑娘，就聽她聲音朗朗地說——

「王妃說了，大半夜的，屋外有野狗亂吠，也不必為這等牲畜起身勞神，大家都翻個身、伸個懶腰，繼續睡吧！養足了精神，想怎麼料理就怎麼料理。這樣的東西，越是搭理牠，牠就越來勁！大不了明天拔了狗舌頭下酒，也就是了！」說完，朝胡田和幾位副將點點頭，就退了回去。

胡田嘴角就有了笑意。「都聽見王妃說的了？狗吠而已，養足精神，明天拔了狗舌頭，給王妃下酒！」

城牆上一陣笑聲，之後就靜悄悄的。

這一晚上，城外的謾罵聲不斷。先是謾罵三娘、五娘，極盡下流之能事。後來見她不為所動，就開始謾罵雲家。

五娘心裡暗笑，罵唄！誰在乎？得虧他們還能將雲家歷代都記得起來。說雲家是賣女求榮，男人沒出息。

這話也不算太差，有點這麼個意思。

又說雲家專門請了春紅樓的姊兒教姑娘，專門就是為了伺候男人的。

雲五娘心裡不屑的一笑，就又閉上眼睛睡了。這一睡，是真的睡著了。

等雲五娘再次睜開眼，外面的雪還在下，耳邊也還是聽見刺耳的謾罵聲——

「我們汗王已經將你們的公主賜給我們這些將士了，只要願意，誰都能跟你們的公主一度春宵！」

五娘站在哨樓的窗邊上一望，突然，就見一支箭頭朝那騎在馬上罵陣的人身上射去，五娘唯一能判斷的是，這箭頭不是自己這一方射出來的。

明王總算是現身了。

五娘剛要春韭去傳令，就聽見急匆匆的腳步聲，是胡田來了。

「王妃，有變故！」他指了指下面，那馬上的人已經跌下馬，箭頭穿過嘴裡，直接貫穿。

「看見了。」五娘道：「現在才熱鬧了。」她轉身朗聲朝外喊道：「明王殿下，在下可是等候多時了！當日大秦將公主許配給明王為正妻，怎的如今卻說公主伺候了汗王？明王殿下，汗王搶了你的王妃，你就這麼忍氣吞聲嗎？」

明王暗道一聲狡猾！大秦什麼時候把三娘許配給自己了？她還真是膽大，竟然敢張口就假傳聖旨，更是一下子將自己推到了這些烏蒙將士的對立面上。本來自己想叫他們螳螂捕蟬的，誰知道最後的黃雀卻成了她。她這是想坐山觀虎鬥啊！

哈達聽著隨從的翻譯，頓時臉色鐵青，這完全是妖言惑眾！

雲家那個三娘明明是給汗王的王后，怎麼到她嘴裡就成了是賜給明王的王妃了呢？胡說八道！那個柔弱的女人，怎麼能配得上英明神武的明王呢？

於是，城下的烏蒙軍，中間瞬間就分開一條道。哈達一身黑色的鎧甲騎在馬上，手裡拿著鞭子指著牆頭，一通嘰哩呱啦的說話。

五娘根本就不給她翻譯的機會，直接笑道：「我知道妳不會承認，你們烏蒙的汗王還真是下流得讓人噁心！還有妳，哈達公主，妳跟妳的汗王有什麼區別呢？妳心裡覬覦自己的叔叔明王，這個事啊，只要長著眼睛的人都看得出來！」完全忽略了哈達不是汗王的親生女兒的事實。

眾人哄一下就笑開了。

五娘看著哈達，心裡卻止不住冷笑。妳噁心了我一晚上，還不能讓我噁心噁心妳了？她笑顏如花，繼續道：「可惜明王天人之姿，哪裡是妳這等夜叉能匹配的？就是妳身邊的那個小女奴也比妳貌美，妳若將她送給明王，或許還能得到兩分青睞。她的模樣，要是收拾收拾，還真是個清秀的小佳人呢！」

哈達面色一變，對著正翻譯的小女奴看過去。雖然她只聽懂了「送給明王」、「小女奴」這幾個詞，但一看那小女奴不敢繼續往下翻譯，就知道了大概意思。一馬鞭下去，一道血痕就出現在小女奴臉上。

五娘心裡一笑，她覺得終於摸到了哈達的底線在哪兒。

明王大概是哈達心裡的神祇，任何覬覦他的女人，都是她的仇人。

所以，明王就是哈達的軟肋！

五娘的手撫在哨樓的欄杆上，遠遠地能看見明王。

「哈達，妳知道妳的明王叔這幾天在哪裡嗎？他守護在別的女人身邊，是別的女人的勇士！可惜了，堂堂的烏蒙大公主，卻不能得到自己心愛的人，那麼馳騁沙場有什麼意思呢？要我換成了妳，一定帶著人馬，先將人搶過來再說！哪怕只能做一日的夫妻，也賺了是不是？」

胡田跟那些副將都掩著嘴笑。真是慓悍啊！

什麼是野蠻？什麼是慓悍？這就是了！

烏蒙不是野蠻嗎？那我們也野蠻給你看，看看誰更野蠻！

明王的臉都綠了。妳這不是挑動哈達那個女人將矛頭對準自己嗎？用心何其險惡！

哈達騎馬上前，又是一通嘰哩呱啦。

胡田上來翻譯道：「她說，妳這個漢女，跟妳的三姊姊一樣，是個膽小鬼，有本事就出城來一戰。上次輸給妳，是因為妳耍詐。要是不能光明正大地戰勝妳，就無法洗清本公主的恥辱。別覺得挑撥離間就能叫我們內鬥，妳真當本公主是傻瓜嗎？」

五娘挑眉，她從來都不敢將對方當作傻瓜。但是，不是每個人都能控制住心中的慾望和執念的。就比如哈達對明王，暗戀多年了，如果能有機會做夫妻，哪怕只是一日夫妻，哈達肯定也會願意的。尤其是烏蒙這樣，對女人的貞潔根本就沒有要求的風俗習慣。

五娘笑道：「既然妳不要，那我可就要不客氣地叫明王一聲三姊夫了！」她看著更遠處，喊道：「明王殿下，我稱呼你一聲三姊夫，你是應，還是不應？」

明王知道，這時候絕不是應答的時候，但是心裡那股子愉悅卻怎麼也說不清楚。他一直謀劃著，想叫汗王將三娘賜給他，這才叫名正言順。但是五娘卻以遼王妃的身分，否定了之前的聖旨，甚至直言，三娘這個大秦的公主，本來就是和親給自己的！如此一來，自己想要跟三娘結為夫妻，就名正言順了。更要緊的是，如果自己有機會劍指烏蒙，連理由都是現成的——奪妻之恨！

否則，自己就成了搶占汗王女人的人了。

為了女人而背叛汗王，在什麼時候、什麼地方，都是叫人詬病的。

所以，在短期內，這是個陷阱，誘導著自己不得不跟哈達直接對上；但是，從長遠來看，這卻是對自己極為有利的，瞬間就解決了自己所有顧慮的問題。

因此，哪怕這是個陷阱，可裡面的誘餌太過誘人，讓他忍不住想要將它一口吞下去。腦子裡權衡得失，也不過是一瞬間的事情。他的嘴比腦子更快，已回道：「應啊！如何不應？三娘本就是本王的妻子，哪裡能不應承？」他是用烏蒙語說的，就是要將汗王對他的不公宣揚出去。

胡田翻譯完，就一愣。這明王真是愛美人愛傻了！這個時候應了這話，可不等於要自相殘殺？

五娘低聲道：「他可不傻。他在漠北的勢力不小，早就不甘心屈居人下了。我不過是給了他一個名正言順跟汗王翻臉的機會。再說了，他也害怕哈達這個女人出於私心，不肯放他北去。要是被這三千人纏上，那可就麻煩了。他想借咱們的手牽制哈達，咱們也一樣能用他，你見機行事吧。明王那邊，在漠北，又夾著大秦的公主在中間緩和，跟咱們為敵的可能性不大，至少現階段是這樣。如果時機成熟，兩方夾擊，將哈達的人馬全殲於城下也不是不可能。我看上哈達這三千匹戰馬了。」

胡田應了一聲。「請王妃觀戰。」說著，就疾步走了下去。

五娘站在哨樓上，往下望去。明王和哈達兩方對立，敵我分明。

兩人不知道相互在說著什麼，聲音不大，五娘完全聽不清楚。

明王看著哈達。「妳如今只有兩個選擇，第一，妳跟我去漠北。我不能成為妳的男人，但卻能成為妳的主人，妳效忠的男人。第二，被我和城樓上那個陰險的遼王妃聯手絞殺。妳知道的，她覬覦妳身後的三千匹戰馬。」

「我可以跟你走，但你得成為我的男人。我只有這一個條件，只要你答應，我會帶著這三千人跟你去漠北。這三千人馬是什麼樣的戰力，你應該比我清楚。你我都知道，我並不是你的親姪女。」哈達鐵塔一般的身材，直直地坐在馬上，臉龐黝黑，但卻透著堅持。「我可以背叛汗王，但是必須有值得我背叛的藉口。你，就是唯一一個。」

「哈達，我不想欺騙妳。如果我現在答應妳，那就是違心的。等回到漠北，我還是不會跟妳歡好的。」明王看著哈達。「我不想欺騙妳，真的。」

「哪怕為了我的三千騎兵，你也不願意跟我做一次夫妻？」哈達出聲問道。

明王搖搖頭。「我有喜歡的姑娘，哈達。就像妳不願意跟別的男人成為夫妻一樣，我也不願意跟別的女人做違背自己感情的事。」

哈達的頭慢慢的低下去。「……那我只能搶你了。搶到你，你就是我的。做不做夫妻，不由你說了算。我要俘虜你，叫你成為我的俘虜，我的男人！」說著，手就揚了起來。

五娘看著雙方刀出鞘、弓上弦，嘴角就露出幾分笑意。

人的慾望就是這麼的禁不住挑逗。

明王看了城牆上的五娘一眼。「遼王妃，妳可真是讓人刮目相看！令姊的安全，妳就一點也不考慮？」

「嫁雞隨雞，嫁狗隨狗。她是你的王妃，與我何干？要是真遇上一個連她都保護不了的男人，也是命數使然。」五娘隨意的一笑。「她是你的責任。而我，不光是她的妹妹，更是遼王的王妃。在公事面前，咱們不談私交。」

明王一個倒仰。剛才叫姊夫的時候，怎麼不說不談論私交？還真是厚顏無恥到了讓人不能直視的境地了！

哈達抬頭看著五娘，用蹩腳的漢話道：「三娘賤人，逮住她做軍妓！」

五娘臉色一黑，一把搶過海石手裡的弓箭。

拉弓，瞄準，射。

幾乎在一瞬間完成。

哈達一躲，但箭簇還是射在了她的左肩胛上，鮮血順著黑色的戰甲往下流。

好快的速度！

眾人一驚，城牆上就響起一陣歡呼聲。

五娘卻因為用力過猛，趕緊放下已經顫抖的雙手，面上卻不動聲色。「嘴巴給我放乾淨點！否則，我真的不介意親自動手拔了妳的舌頭！」

胡田眼睛一亮，他一抬手，城牆上的箭簇便如雨一般朝烏蒙一方射去。不是你們不動手嗎？那我就先動手了！

明王還會乾看著嗎？

之前，因為畢竟是族人，總是有太多的顧慮，誰也不肯先動手。如今明王嘆了一聲，策馬便朝哈達衝了過去。

兩方的喊殺聲一起，胡田就抬手，示意停止，只在上面觀看這戰局的發展。

「王妃還是個練家子啊？」一個副將輕聲問著。

這誰說的清楚？王爺說過，這位是手上沾過血的人，也就是說，她肯定自己動手殺過人了。胡田當初不信，如今卻不能不信了。

三娘悠悠轉醒，卻在一個明顯不寬敞的房間裡。

珊瑚守著她，在一邊打瞌睡。

「這是哪裡？」三娘搖醒珊瑚，問道。

珊瑚猛地醒來，搓了把臉才小聲道：「這是平安州跟烏蒙交會處的一處村子，叫潘虎村。」

「大秦的地方？」三娘不確定地問。

珊瑚點點頭。她也沒想到，明王會將三姑娘安置在這裡。

三娘坐起來，臉色有些發白，手也跟著抖了起來，她揉了揉僵硬的後背，就急忙問道：「明王人呢？」

珊瑚知道三姑娘脖子後面不舒服，想要過去幫著按揉，卻被三姑娘擋了下來，她這才低聲將明王要轉達的話告訴了三姑娘，並道：「您放心，五姑娘要真是那麼好欺負的，遼王就不會將她放在盛城冒險。在遼王府您就該看出來了，遼王對咱們五姑娘是十分看重的，絕不會叫五姑娘有一丁點兒的危險。」

「話是這麼說，道理也是這麼個道理，可這戰場上，畢竟刀槍無眼。」三娘撫了撫額頭。「不管是五娘還是明王，我都擔心有個什麼意外。」

珊瑚笑了笑，低聲道：「姑娘，您這會子失了冷靜了，好好尋思尋思，就知道不管是誰，都不會有事。」說著，就起身，端了爐子上的雞湯來。「姑娘先吃點東西吧，咱們在這裡，恐怕得待上一段時間。」

碗裡的雞湯，上面浮著一層油，若是在雲家，這樣的飯菜，僕婦都不吃的，太粗糙了。可如今在這裡，能吃上雞湯已經算不錯了，終於不用整天跟牛羊肉和馬奶較勁了。

三娘有些感慨，她失笑道：「可不是失了冷靜是什麼？」五娘有金家做依仗，光是身邊近衛，等閒人就近不了身。再說了，哈達的腦子跟五娘的腦子比起來，那真是沒什麼值得人放在心上的。明王去了，兩人合起來吃了哈達的可能性倒是更高些。她把雞湯接過來，道：「妳說的對，是我急糊塗了。」

熱呼的雞湯進了肚子，五臟六腑都跟著暖和了起來。小小的農家院子，低矮的土屋，還有身下的土炕，身上蓋著的土布棉被，叫她的心一點一點的沈靜了下來。

即便跟了明王，她也不能成為只依靠男人的女人。

五娘站在哨樓上看著，到處都是慘叫聲，血腥的味道直往鼻子裡鑽。她壓下心裡的不適，眼神卻越發的清冷了起來。

明王抬頭看了看五娘，心裡多少有些無奈。如今戰死的，可都是烏蒙的將士。要說心疼，只有他是心疼的，不管死的是哪一方，都是自己的族人。他看著哈達直直地向自己衝過來，牙根一咬，心裡一動，反而不躲不閃，等著她來。他知道，哈達不會下死手。

果然，哈達的刀到了半路，猛地收了回去。

明王卻乘機一躍而起，將刀架在了哈達的脖子上。「妳受傷了，根本就不可能是我的對手。咱們殺來殺去，得利的還是大秦的人，是那個雲家的五娘，狡詐的遼王妃。用妳的話說，妳現在是我的俘虜，一切都得聽我的，這是咱們的規矩。」

「你想怎樣？」哈達看著近在咫尺的明王，眼睛都忘了眨，心裡眼裡全都是他。

明王低聲道：「歸順我，然後帶著人馬跟我走。」

哈達看著明王，一時有些拿不定主意，好半天才道：「那你要殺了三娘那個賤女人！」

明王的刀一瞬間就重重地壓在哈達的肩膀上。「收起妳的心思！以為離了妳，本王就沒辦法了？」說著，就仰頭看著戰場上的亂象，高喊道：「哈達被活抓了，放下武器！」

胡田皺眉，馬上跑上哨樓來，跟五娘低聲道：「明王在勸降，接下來我們該怎麼辦？」

「人可以帶走，馬匹得留下。」五娘輕聲吩咐。「糧草不要他們的，可以叫他們帶走，省得狗急跳牆，禍害百姓去。」

胡田應了一聲，又跑了下去。

明王挾持著哈達，轉身就叫隨從將哈達給綁了起來，然後仰著頭看五娘。「想必遼王妃不會攔著我們的去路吧？」

五娘笑道：「當然，想走隨時都能走！不過，該有的賠償還是要有的吧？」

「賠償？」明王氣笑了。「沒死傷妳盛城的一兵一卒，妳還想要賠償？」

「誰告訴你只有死傷了才算損失的？」五娘抬眼看去。「你瞧瞧，四周都是弓箭手，在弓箭手的前面，是早就埋好的乾柴。只要我命人點起來，你們這裡，不管是人還是馬，一個都別想活著出去！」

胡田跟幾個副將面面相覷，什麼時候布下這個火陣的？他們怎麼不知道？

明王挑眉一笑。「雲五娘，妳詐我？」從時間上算，根本就來不及。

五娘站直了身子，好似為了叫明王看清身上的鎧甲一般。「那你大可以試試！」

明王還真不敢。這身鎧甲，是東海王的。他素來神出鬼沒，真真假假，從來沒有人摸透過。就比如現在，人人都以為金家死絕了，可偏偏有人又披上金黃的鎧甲上了戰場了。神鬼莫測的本事，叫人不敢有絲毫的大意。他神色鄭重地看了雲五娘半天，才失笑道：「我知道妳在誆我，但我不在乎，誰叫本王是遼王妃嫡親的姊夫呢，本王做不到五姨妹這般大義滅親。」

「還真被明王給說著了。」五娘不動聲色。「我就是詐你，明王請便。」竟是一副「你隨意」的樣子。

胡田心裡一笑，虛虛實實，這一招倒是用得純熟。

明王聽五娘承認有詐，心反而更提起來了。「女人心，海底針，真假難辨。遼王妃果然有本事，這是算準了本王不敢冒這個險？」

因為盛城之外，全都是烏蒙人。五娘是無所謂，但是他卻損失不起。

「我是一個坦誠的人。」五娘說了這麼一句。

明王在下面不自覺地翻了一個白眼。

連胡田跟幾位副將都微微有些不自在。遼王妃真的算不上一個坦誠的人，她不是一直挖坑等著人往裡面跳嗎？她這不光是不坦誠，還有些厚顏無恥啊！

五娘像是根本不知道被人腹誹一樣，依舊是那麼一副雲淡風輕的表情和語調。「既然是坦誠的人，我也就不繞圈子了。戰馬留下。看在三姊姊的分上，糧草你們可以帶走，當然了，負重的馬車我們不會扣下的。明王以為如何？」

不如何！果然是盯著戰馬呢！

明王氣急而笑。「不知道盛城受了什麼損失，就要三千匹戰馬來賠償？」妳怎麼不去搶呢？

五娘的語氣裡帶著氣憤和無奈。

「明王覺得貴了?你抬頭看看這城牆，哈達不來騷擾，本王妃至於將盛城給封起來嗎?封了城門，這就是一座毫無生機的死城了，哪裡還有什麼生意往來?哪裡還有以前的繁華景象?就算解禁了，日後哪裡還有人敢來這裡做生意?好好的一座安樂祥和的城池，生生被你們給毀了，沒幾年都恢復不了生機。這還不算這城牆上的將士在寒冬駐守所花費的心力、滿城的百姓跟著提心吊膽受到的心理創傷。明王是聽不見這滿城老幼的哭嚎之聲，可我聽得見。明王殿下，你珍惜你的子民、你的將士，將心比心，難道遼王和本王妃就不是愛民如子的人?如今放你們走，本就是不應該的，但誰讓明王你是我的姊夫呢?本王妃看在三姊的面子上，就不跟三姊夫為難了。但是這補償我要是再要不回來，還怎麼向滿城的百姓交代?明王殿下，你說是不是這個道理?」

是個屁!剛剛說不論私交的是妳，這會子一句一聲姊夫的也是妳!雖然十分想聽五娘叫自己姊夫，但一想到三千匹戰馬，他就牙疼。

什麼滿城的哭嚎聲?扯淡!

盛城哪一年真的安穩過?小磨擦、大磨擦從來都沒停止過，百姓都已經習慣了!況且，哪一仗不死人?就這一仗看著別人死了，盛城根本就沒見血!哭嚎個屁!

還心理創傷呢，要不是為了她，自己早帶著三娘遠走了，會來蹚這渾水?

明王看著站在哨樓上，一派閒適的五娘，暗自咬牙。

「成交!」他衝著五娘喊道。「希望遼王妃言而有信。」就怕自己剛撤離，雲五娘再派人追殺過來。

「冰封的城門要打開，還是要費些時間的。」五娘也不拿自己的人品和承諾說事，只擺事實。「你們有足夠的時間撤離。」

明王呵呵一笑。「遼王妃占了天時，冰封了盛城，希望天氣暖和以後，王妃還有這樣的運氣。」

廢話可真多！這叫輸人不輸陣嗎？五娘白眼一翻。「那你夏天再來，本王妃在這裡恭候！看看這是本王妃的運氣好，還是某些人太蠢？」

哈達惡狠狠地瞪著五娘，顯然，她也覺得自己就是五娘所說的蠢人。

明王不免失笑，輕輕地朝後一擺手，隊伍又重新整合，然後迅速地撤退了下去。

「進退有度。」五娘臉上輕鬆的笑意慢慢地收了起來。「如此進退有度，人家沒輸，咱們也沒贏。」

「怎麼沒贏？」海石不解地道。「不是還有戰馬嗎？」她指著散落在城外的馬匹。「胡大將軍怕是已經派人下去了。這不是咱們贏回來的？」

「這只是咱們封城所耗費的功夫的一點回報而已。」五娘輕聲道。

哪裡算是贏來的？

宋承明坐在平安州知府的大堂上，下面站著的是整個平安州大大小小的官吏。

大正月的天，外面飄著雪花，大堂上的空氣帶著冰涼的氣息。
平安州知府李懷仁縮了縮肩膀，狐裘擋不住從心底泛出來的一陣陣寒意。他突然意識到，自己幹了一件蠢事。
烏蒙人搶劫了稅銀，他怎麼會想到求助遼王呢？儘管他確實是不想跟西北的成家有牽扯，但是也從沒想過就要投靠遼王。可是事出緊急，他與平安州的總兵王廣又一向不和，在這個問題上借不上一點力，這才想起求助於遼王。
可遼王就是吃素的？要真是吃素的，這些年，皇上就不會拿遼東一點辦法都沒有了。如今，西北和西南叛亂，皇上更不可能拿遼王如何。
就比如遼王如今控制了平安州，皇上要是知道，也只能順勢允許，不可能翻臉的。誰叫皇上損失不起遼東，誰叫遼王姓宋，也是大秦皇室的正宗呢？
這算不算是引狼入室呢？雖然這匹狼，看起來是一匹溫馴的、家養的狼，可狼就是狼，始終是吃人的。
駐守平安州的總兵，因為失職被砍了腦袋。這哪裡是追究失職的罪責？分明就是一口要吃下這平安州的兵馬而已。
那位總兵的親信，也被砍了十個。
宋承明是狠辣，但是若不殺了這些人，那麼面臨的就是兩方交戰，到時死傷會更多，不光是大秦的將士，還有無辜的百姓。

「你們一定覺得，本王是用十一個人頭震懾、恐嚇你們。」宋承明的聲音聽起來帶著淡淡的冷意，繼而冷冷地笑了一聲。「把東西都拿上來。」

李懷仁就看著大堂外進來一位一身鎧甲的副將，他手裡抱著一個匣子，放在了遼王的面前。

遼王的手搭在匣子的上面，有一下沒一下的輕輕點著。「知道這是什麼嗎？」

李懷仁低下了頭，心裡狐疑，但是一句話都不敢回，這必然是能要了王廣腦袋的罪證了。

果然，就見遼王的手隨意的一拂，匣子啪嗒一聲掉在地上。「你們都看看吧！平安州總兵王廣，跟成厚淳什麼時候關係密切得快成了兒女親家了？」

李懷仁的手一抖，王廣和成家有勾連？那自己算不算得上是歪打正著了？與其將平安州給成家，然後成為亂臣賊子，當然還是遼王更名正言順一些啊！他俯下身，撿起書信，上面的內容雖說是寫的隱晦，但這裡面沒人是傻子，哪裡不知道裡頭的問題？

成厚淳竟然想跟王廣聯姻？李懷仁嘴角露出嘲諷的笑意。王廣也是鬼迷了心竅，成家兩個兒子，一個還在京城圈著呢，一個帶在身邊，這信上可沒說要給哪個兒子求娶王廣的女兒。誰不知道成厚淳的長子出身有問題，這樣的女婿王廣敢要嗎？而那次子據說跟成厚淳是一個模子裡刻出來的，這肯定是親兒子。成家就這一個嫡親的繼承人了，以成家的野心，王廣的女兒哪裡配得上？為了這個搭上了性命，只能說，王廣也是活該。

李懷仁將信收好，重新歸置在匣子裡，恭恭敬敬地放在了遼王的面前。他感覺得到身後那些從屬，眼睛都盯著他。作為知府，他的官位其實不低，此刻俯身在遼王面前，猶如隨從一樣收拾這些東西，不是他姿態擺得低，而是遼王可不是一般好糊弄的莽漢，想從他手裡順利的脫身，也不是一件容易的事。

平安州，他暫時不想待，也不能待了。怎麼能毫髮無損的退回去呢？哪怕回到老家種田養花，也比在這裡夾在遼王和皇上之間強吧？

形勢，他認得十分清楚。這平安州，既然遼王吃進去了，就再沒有吐出來的道理。

而自己，卻不是遼王任命的知府。

名不正、言不順，再不退位讓賢，只怕遲早得成為別人不得不搬開的石頭。哪怕自己留下，這該聽命於誰呢？聽遼王的，自己成了趨炎附勢的小人；聽皇上的，自己成了腳踩兩隻船的偽君子。到時候騎在牆頭上，那可真是上去容易下來難了。

與其這樣，還不如遠遠地避開些好。他低下頭道：「多虧王爺出兵神速，要不然，老臣可真就成了千古罪人了！丟失稅銀是一宗罪，沒有及時察覺王廣的不臣之心也是一宗罪，不管哪一條都是死罪，但老臣厚顏，請王爺看在老臣一輩子沒有大功，也沒有大錯的分上，准老臣告老還鄉！」

四十歲不到，就自稱老臣？還要告老還鄉？這李懷仁還真是心思轉的快啊！

宋承明轉動著手裡的驚堂木。「李大人這話，將本王置於何地？李大人是朝廷欽命的知府，本王又有什麼資格褫奪了朝廷命官的官帽子呢？你究竟有沒有罪？會是什麼罪？這都需要皇上和朝廷的大人們來定奪。平安州還是大秦的平安州，本王還是大秦的遼王，這一點不會變。」

李懷仁眼前一黑，終於意識到了狼性的狡詐！遼王說話，還真是滴水不漏，半點把柄都不留！可皇上會怎麼做？與其換了自己，倒不如留下自己在這裡戴罪立功！自己想走，恐怕還真沒有那般容易了。這是被遼王給架到了牆上，緊接著會被皇上摁死在這個位置上的！不等他說話，外面就傳來急促的腳步聲，剛才送匣子的副將疾步走了進來。

「王爺，盛城的消息！」說著，就將一個密封的竹筒遞了過去。

宋承明面色一緊，伸手拿過來就趕緊拆開，顛來倒去地看了好幾遍，像是要確認什麼似的，然後就見他的嘴角慢慢地變得柔和了許多，眼裡還帶了幾分笑意。

一直打量遼王神色的李懷仁，心就跟掉到了谷底一般。這樣的神態，不用說都知道是好消息。他多希望盛城告急，遼王趕緊撤兵回援啊！

可是現在看來，好像可能性不大了。都說遼王最倚重的是一位叫胡田的將軍，這次更是將他留下守城，看來盛名之下無虛士啊！

遼王將手裡的東西給了那個副將。「給王妃傳信，盛城之事，全賴王妃定奪，不必再來問了。」

那副將邊看手裡的消息，邊聽遼王說話，然後十分雀躍地退了出去。

李懷仁心裡一跳，怎麼是全賴王妃定奪呢？要是他沒記錯，這位王妃還不到及笄之年吧？好像還是雲家的女兒，這雲家跟成家……李懷仁心思轉個不停，越是琢磨雲家，越是覺得事情擰巴的不行。怎麼到哪兒都有雲家？

遼王站起身。「平安州的事情，本王會上摺子，至於諸位的罪責，就看皇上怎麼裁決了。」說著，就滿身輕鬆地朝大堂外大踏步走去。

誰都看得出來，遼王的心情不是一般的好。

常江跟在遼王的身後，低聲問道：「主子，現在去哪兒？」

「換身衣服，去街上逛一逛，看有什麼好東西沒有，給王妃帶回去！」宋承明臉上的笑意再也不用隱藏，大大方方地露了出來。

「王妃打勝仗了？」常江諂媚地問道。

宋承明回頭一拍常江的頭。「算你有點眼力見！」

常江呵呵地笑，心想，一會子就找白昆細細地打聽去！瞧主子這歡喜勁兒，多誇兩句王妃，可比多少句馬屁都管用哪！

兩天後，雲五娘收到一匣子亂七八糟的玩意兒，有泥人、有木簪、有不知道什麼骨頭做的梳子，還有幾個木雕、竹雕。

「王爺這是記掛主子呢！」香荽拿著東西往博古架上擺，回頭對雲五娘笑著道。

五娘撇了撇嘴。「我還是更喜歡金銀玉石的！」嘴上嫌棄，但眼裡的笑意到底瞞不了人。

京城，皇宮。

天元帝歪在榻上，手裡拿著奏摺，不停地敲打著額頭。

元娘伸手，摁在天元帝的額際上，慢慢的揉撚。「又頭疼了？」

「平安州的事，妳又不是不知道，引狼驅虎，治標不治本。」天元帝難受地呻吟了一聲，才問道：「妳怎麼看？」

「我？」元娘搖搖頭。「我能有什麼見識？不過是覺得，遼王守著平安州，好歹平安州還是大秦的，不若誇一誇遼王的差事辦得好。」

天元帝一愣。「妳說差事？」

元娘點點頭。「是啊，就是差事。這插手平安州的事，是皇上密旨安排的，也一定得是皇上提前就安排好的。」如此，人心才能安定。也好叫人知道，一切還在皇上的掌控之中。

天元帝一笑，帶著幾分若有所思的無奈，將奏摺遞給元娘。「妳瞧瞧就知道了。」

元娘雙手接過奏摺，一目十行地看過去，才知道天元帝為什麼這麼難受了。這奏摺上明晃晃地寫著「臣奉皇上旨意，幸未辜負皇恩」的話，可不是將一切都推給皇上那個莫須有的聖旨了嗎？明面上，這是為了皇上的臉面；可實際上，卻也顯示了遼王的有恃無恐。

平安州物產豐富，如今納入了遼王的懷中，這算是補上了遼東的一塊短板。

「武器配給得看緊了，不能有一把刀、一杆槍再流入遼東了……」天元帝喃喃地道。

這是最後一個能拿捏遼東的手段了。

——未完，待續，請看文創風795《夫人拈花惹草》5（完）

國家圖書館出版品預行編目資料

夫人拈花惹草 / 桐心著. --
初版. -- 臺北市 : 狗屋, 2019.10
冊 ; 公分. --(文創風)
ISBN 978-986-509-054-8(第4冊:平裝). --

857.7　　108015639

著作者	桐心
編輯	黃淑珍
校對	周貝桂
發行所	狗屋出版社有限公司
地址	台北市104中山區龍江路71巷15號1樓
電話	02-2776-5889～0
發行字號	局版台業字845號
法律顧問	蕭雄淋律師
總經銷	知遠文化事業有限公司
電話	02-2664-8800
初版	2019年10月
國際書碼	ISBN-13　978-986-509-054-8

本著作物由北京晉江原創網絡科技有限公司授權出版

定價250元

狗屋劃撥帳號：19001626

網址：love.doghouse.com.tw　E-mail：love@doghouse.com.tw